聊齋志異選譯

蒲松齡 著

劉烈茂
歐陽世昌 譯注

商務印書館

本書由江蘇鳳凰出版社有限公司授權出版

聊齋志異選譯

作　者　蒲松齡
譯　注　劉烈茂　歐陽世昌
責任編輯　甘麗華
封面設計　涂　慧
出　版　商務印書館（香港）有限公司
香港筲箕灣耀興道三號東滙廣場八樓
http://www.commercialpress.com.hk
發　行　香港聯合書刊物流有限公司
香港新界大埔汀麗路三十六號中華商務印刷大廈三字樓
印　刷　永利印刷有限公司
香港黃竹坑道五十六至六十號怡華工業大廈三字樓
版　次　二〇一八年十一月第一版第一次印刷

ISBN 978 962 07 4580 5
Printed in Hong Kong

前言

《聊齋志異》是一部思想藝術都具有獨特風貌的文言短篇小說集，是我國志怪傳奇小說系統中的一部奇書。說它奇，不僅因為它故事奇、人物奇、想像奇、見解奇、文筆奇，而且它的產生和流傳，也相當奇。唐傳奇以後，白話小說興起而文言小說衰落，到了明代，已出現《水滸傳》、《西遊記》、「三言」（即《警世通言》、《醒世恆言》、《喻世明言》）那樣高水平的長短篇白話小說。可是，在文言小說已呈衰落趨勢之後，竟然異軍突起，出現了一部震撼人心的《聊齋志異》。它用典雅博奧的文言文，談狐說鬼，述怪志異，征服了無數讀者的心，在中國老百姓中產生了極其廣泛、極其深遠的影響。《聊齋》創作尚未完稿，就已有人讀到入迷，競相傳抄，不脛而走，至今留下了好些珍貴的抄本。刊刻之後，更是風行天下，萬口傳誦，「流播海內，幾於家有其書」①。此後，「效顰者紛如牛毛」②，可是，始終沒有一部可與《聊齋》相媲美。《聊齋》為甚麼能夠獲得廣大讀者的喜愛？它獨特的藝術魅力從何而來？它的成功，奧秘何在？這是很值得探索和研究的。

表面上看，《聊齋》不過是談狐說鬼、述怪志異的小說，和別的志怪小說沒有甚麼不同。但是如果稍為深入進行分析比較，便可以發現，《聊齋》具有別的志怪小說所沒有的重要特點。比如作者的創作動機和目的，就與別的作者大不一樣。一般志怪小說的作者，往往出於搜奇抉異，甚至為了「明神道之不誣」③。蒲松齡卻是懷着滿腔悲憤創作《聊齋》，耗盡了畢生的心血。他寫的《感憤》詩：「新聞總入鬼狐史，斗酒難消磊塊愁。」既透露了借狐鬼故事以抒憤的隱秘，又表現了憤世嫉俗、不吐不快的創作激情。《聊齋自志》更明確指出這是一部「孤憤之書」。因此，我們要認識《聊齋》的特殊價值，必須了解作者所說的孤憤的內涵。

蒲松齡，字留仙，一字劍臣，別號柳泉居士，山東淄川人，生於明崇禎十三年（1640），死於清康熙五十四年（1715），出身於衰落的地主兼商人的家庭。他自幼聰明好學，十九歲時以第一名考上秀才。原以為從此可以「青雲直上」，誰知在考舉人時，屢屢敗北。一直到了七十歲，還是個窮秀才。博學多才，卻一生淪落，得不到施展的機會。從這種切身遭遇中，他深深體會到「仕途黑暗，公道不彰」，因而「憤氣填胸」④。這也就是其「孤憤」的出發點。科舉的失敗，把蒲松齡拋到生活的底層；家境的貧寒，讓他飽嚐人世的艱辛。這都使他得以清醒地面對現實；而所處的時代又正是明末清初社會大變動的時期。清朝統治者在征服漢族和其他少數民族人民的過程中，伴隨着大屠殺、大掠奪，激起了各地人民的激烈反抗。於是清朝統治者進行了更野蠻、殘酷的鎮壓。人世間充滿了血腥與冷酷。從而讓蒲松齡的孤憤具有了更為深廣的內容。在《聊齋志異》裏，不僅有《司文郎》、《王子安》等從不同角度暴露科舉制度不合理的作品，而且還廣泛地反映了當時社會的種種矛盾與弊病。如《公孫九娘》強烈地控訴清朝統治者屠殺無辜民眾的暴行；《夢狼》無情地揭露官吏魚肉百姓的罪惡；《張氏婦》以憤怒的筆墨，痛斥清朝官兵「其害甚於盜賊」；《席方平》用荒誕的形式，揭示整個現實的黑暗。跟這樣慘痛的人生相對應，在《聊齋志異》中還存在着一個主要由鬼狐、神怪構成的溫馨的世界，那裏有善良、正直、同情、友誼和愛情。《嬌娜》中由狐狸幻化而成的皇甫公子對萍水相逢、窮途流落的孔雪笠多方照顧，其妹嬌娜不避男女之嫌，親自為之治病，就是一個突出的例子。不過，在寫這類故事時，蒲松齡的內心仍然是寂寞而痛苦的。在《聊齋志異》的一篇題為《小梅》的作品中，敍述一個女狐精對於二十年前曾有「一夕之好」的男人仍然不忘於心，當那個已經死去的男人的兒子犯了死罪時，她求人出來救護，並對救護者盡力加以報答（限於篇幅，《小梅》在本書中未能選入），在該篇的結尾，蒲松齡感慨地說：在人間，有誰能像女狐精這樣地「死友而不忍忘，感恩而思所報」呢？由此可見，蒲松齡實在是深感在人間找不到這樣的溫暖，所以不得不在幻想中的狐鬼身上尋找精神上的寄託。從這點來說，此類作品仍是其孤憤的表現。也正因此，《聊齋志異》的孤憤，並不只是蒲松齡個人不得志的牢騷，而是對黑暗現實的憤恨，同時還包含着對美好理想的追求。在這基礎上，《聊齋志異》以其獨特的藝術成就贏得了無數讀者的喜愛。

蒲松齡的孤憤雖完全植根於現實的土壤，但他創作的《聊齋》卻很少直接再現現實，大部分是以自己特有的構思方式把其感受化為奇幻的鬼狐故事。現實性情節和幻想性情節、現實人物和幻想形象被巧妙地結合在一起，創造出時真時幻、真幻交融的藝術世界，使《聊齋》形成獨特的藝術風貌。這個世界由於狐鬼的介入，和現實生活拉開了距離，但是讀者卻可以從中領略到寫實作品所沒有的無窮情趣和深刻意蘊。在《聊齋》裏，幾乎每篇都有意想不到的奇想。這些奇想，用科學的眼光去看，實在是荒誕離奇；而用藝術眼光去看，則引人入勝，妙不可言。例如，衡文論學本是非常複雜的腦力勞動，睜大雙眼，反覆思考，所得的結論，還未必恰當。可是《司文郎》裏的盲僧，卻只需把文章燒成灰，用鼻子嗅一嗅，立即可以判斷文章的優劣高低。不但準確無誤，而且可以指明文章的師承關係。《促織》裏的小孩可以幻化為蟋蟀，身體病危，臥牀不起，靈魂卻進了皇宮，鬥贏了天下所有的「名將」。《石清虛》裏「四面玲瓏、峯巒疊秀」的石頭，似乎帶點靈性，不但一次次使官紳掠奪的美夢落空，而且「能自擇主」，與石癡結為神交老友。諸如此類的想像，都大膽、新穎、帶點怪味，但絕非憑空胡編亂造，奇想的背後自有真意在。試想，如果《司文郎》缺少了嗅文以鼻的盲僧，那麼，依照主題的需要，只好直寫主考官評卷時分不清文章的優劣高低，使富有才學的王生名落孫山，而狂悖無知的餘杭生反而高中。這種寫法雖然直截了當地揭露了科舉的積弊，但讀起來有甚麼味道！有了盲僧嗅文以鼻的奇想，便出現了一連串的奇境妙文：嗅王生的佳作美文，盲僧「受之以脾」；嗅餘杭生的低能劣作，則作嘔難以忍受；暗中夾進古大家文以試之，盲僧並沒有受惑，嘖嘖稱讚說：「妙哉！此文我心受之矣！」表明盲僧的嗅覺何等靈敏，誰也騙不了他。可是，科考放榜，偏偏是王生落第而餘杭生得中。因此，盲僧不得不感歎：「簾中人並鼻盲矣。」更妙的是，僥倖得中的餘杭生竟要找盲僧算賬，這就逼出全篇最精彩的一段：嗅試官之文。「生焚之，每一首，都言非是；至第六篇，忽向壁大嘔，下氣如雷。眾皆粲然。僧拭目向生曰：『此真汝師也！初不知而驟嗅之，刺於鼻，棘於腹，膀胱所不能容，直自下部出矣！』」諷刺之辛辣，無以復加。試想，如果沒有成子幻化為蟋蟀的奇想，那麼，故事只能結束在成名的家破人亡上。這種寫法當然也含有對封建壓迫者的揭露作用，但只是觸及生活的表象，並沒有挖到禍根。《促織》從實境轉入幻境，突破生活的表層，進入事物的內部，把發生在鄉里的一件常事，一步步引向封建王朝發號施令的所在地——皇宮。這樣就大大開闊了讀者的視野，加深了讀者的思考。宮中的笑聲，民間的眼淚；皇帝的小歡樂，百姓的大災難；人雖是萬物之靈，卻不如一只小蟲的價值；還有，九歲小孩被逼得精神失常，誰是罪魁禍首？一人飛升，仙及雞犬，又是哪家王法？凡此種種，無不引人深思。比起直接再現社會發生的事件，不是更震人心弦麼？試想，如果《石清虛》裏那塊石頭沒有一點靈性，那麼，勢豪某將它從邢雲飛手中搶去以後，邢有甚麼辦法呢？正如小說所寫：「邢無奈，頓足悲憤而已。」文章至此，還能做下去嗎？掠奪，在封建社會裏是常有的事，只寫掠奪行為，未必能夠表現事物的本質。設想石頭有靈性，就造成一種機會，可以充分地表現勢豪、官僚和盜賊各自施展掠奪伎倆：勢豪靠搶，盜賊靠偷，官僚不用搶不用偷，他手中有權，可以任意捏造罪名，構陷無辜，逼得家屬不得不背着邢雲飛獻石於尚書家。作者巧妙地把官、賊、勢豪交錯起來寫，彼此映襯。這樣就把官即是賊、官惡於賊的本質作了淋漓盡致的揭露。邢雲飛愛石如命的「石癡」性格也在反覆鬥爭中給讀者留下深刻的印象。可以說，《聊齋》的巧設幻境、幻真交融以及各種難以意料的奇想，都不只是為了滿足讀者的好奇心，而是作者深入思考、上下求索、追求理想的表現。他力圖把讀者帶進一個新的天地，引向一個新的境界。

在對青年女性形象的描繪裏，這一點表現得尤為明顯。《聊齋》裏的青年女性，有許多是狐仙、鬼女、花精。其中大多數都個性突出、感情真摯、光彩照人。蒲松齡之所以如此，絕不是為了獵奇，也不只是為了追求藝術效果，而是想顯示出他理想中的女性形象及其與現實的矛盾。封建時代的婦女受壓迫最深。政權、族權、神權、夫權像四座大山壓得她們抬不起頭。婦女沒有參加社會活動的權利，甚至連說話和笑的自由也被限制，封建禮教規定她們「笑莫露齒，言莫高聲」，蒲松齡卻與之針鋒相對地塑造了一個由狐母所生、鬼母所育的敢說敢笑的嬰寧形象，她走到哪裏，就笑到哪裏。作者在各種不同的場合，以不同的姿容和神態來描寫她的笑，又用爛漫的山花作為襯托，極力突出她的性格美。在不准笑的封建專制社會裏，嬰寧開懷大笑，無所顧忌。這愛笑的性格，顯然是和封建禮教相對立的。後來嬰寧從鮮花遍野的深山來到污濁的人間，再也無法笑下去了，「雖故逗，亦終不笑」。通過這一對比，嬰寧笑的挑戰性質，也就更為明顯了。如果嬰寧是個現實人物，就不能這樣表現。

封建禮教規定「男女授受不親」，禁止男女自由來往。蒲松齡偏偏描寫青年男女親密純潔的友誼。《嬌娜》裏的嬌娜，曾經不顧嫌忌地為孔雪笠治病，其後孔雪笠愛上了她，但因年齡相差較大，兩人都跟別人結婚了。但這並不妨礙他們之間的深厚友情，當孔雪笠為救嬌娜而被雷震死時，嬌娜大哭說：「孔郎為我而死，我何生矣！」並把自己多年修煉而得的內丹——紅丸給孔雪笠吞下，把他救活。她對孔雪笠的感情之深，已到了忘我的地步；同時仍深深地愛着自己的丈夫。所以，當孔雪笠邀請她跟兄長同至孔家居住時，她不願離開丈夫而去孔家；及至聽到丈夫已死，她「頓足悲傷，涕不可止」。這都說明她對孔雪笠的友情並不影響其真摯的夫婦之愛。最後，她跟兄長都住到了孔家，「棋酒談宴，若一家然」。但兩人始終是朋友。蒲松齡在篇末評論說：「余於孔生，不羨其得豔妻，而羨其得膩友也。」這樣純潔的男女關係，在禮教森嚴的社會裏是不可能有的，但卻是蒲松齡嚮往的。《聊齋》以生動的故事表明：男女之間可以有純真的友情，它有時甚至比一般的愛情更為寶貴。這種看法在當時是驚世駭俗的，只有在狐鬼奇幻形象中才能體現出來。封建階級鼓吹婚姻大事要聽從「父母之命，媒妁之言」，蒲松齡對此也大唱反調，寫了大量青年男女自由戀愛的故事。限於篇幅，本書所選極少。以《翩翩》、《晚霞》兩篇來說，作品中的女主人公對愛情的追求何等大膽，但她們都不是凡人。相比之下，《胭脂》中的女主人公就顯得十分軟弱，她只能把對於愛情的渴望埋於心底，一旦向女友透露，就釀成了大禍。而作為現實中的少女，她其實也只能如此。《聊齋》愛情故事中的女主人公很多都是精怪、仙鬼，主要原因恐怕就在於她們能勇敢地追求、自由地行動，從而更具備蒲松齡所希望的特點。總之，蒲松齡所塑造的奇幻的人物形象及其所設計的奇幻的情節，很多都具有理想的性質。理想與奇幻的結合，思想性與藝術性的高度統一，這就是《聊齋》取得巨大成功的根本原因。

此外，《聊齋》語言精練、優美，也極其突出。其作品都篇幅短小，一般只千把字，最長的《嬰寧》也不過四千餘字。而它包含的內容之豐富，情節之曲折多變，思想之深刻，情致之動人，都令人吃驚。那些更短的志怪體，如《小獵犬》、《義鼠》、《雨錢》等，也都寓意深刻，耐人尋味。《聊齋》故事有點像中國的盆景，即使山如拳石，池似堂坳，都給人異峯競秀、煙波浩渺之感。至於《聊齋》的文筆，歷來為中外學者所推崇，也可說是《聊齋》的一「奇」。《法國大百科全書》盛讚《聊齋》的文學語言卓越有力，「達到中國古典散文的高峯」。這種評價，是有根據的。蒲松齡博覽羣書，《左》、《史》、《莊》、《騷》，詩、詞、歌、賦，無所不讀，並經過融會貫通，化為自己的語言。同時廣泛吸收民間口語，將典雅博奧的文言與生動活潑的口語熔於一爐，形成《聊齋》獨特的語言風貌：簡練、傳神、流暢、含蓄、富有情致。蒲松齡確實把文言小説的語言藝術發揮到了最高水平。我們在翻譯過程中，時時感到《聊齋》文筆精美，情深意濃，雖然也力求譯出原作的特色，但總覺得我們的拙筆很難準確地傳達出《聊齋》的神韻。因此，我們主張有條件的讀者最好再去閱讀原著，直接品味《聊齋》的筆墨旨趣，必有更多的收穫。

說了那麼多《聊齋》的好處，難道《聊齋》就沒有缺點麼？當然不能這麼說。任何事物都是一分為二的，《聊齋》也不例外。應該看到，蒲松齡畢竟是三百多年前封建社會的人，他的思想既有光輝的民主的一面，又有落後的一面。在我們所選譯的篇目中，有些也摻雜着封建糟粕。比如他猛烈抨擊土豪劣紳欺壓人民，但並不反對一般的封建剝削。《聊齋》故事的結局多半遵循「善有善報，惡有惡報」的原則，所謂「善報」，往往是中舉、做官、當地主。《促織》裏的成名，《席方平》裏的席方平，後來都成了地主暴發戶。一方面寄同情於被壓迫者，一方面又讓他們向「世家」看齊。這種安排表現了作者的歷史局限。我們當然不能苛求古代作家，但是也不能因為《聊齋》是優秀的進步作品，就連同封建糟粕也加以肯定。對任何事物都要採取分析的態度，讀《聊齋》這樣複雜的作品，更應如此。綜上所述，《聊齋》是一部奇特的書。我國當代著名學者郭沫若先生於 1962 年初冬為蒲松齡故居題辭，盛讚《聊齋志異》「寫鬼寫妖，高人一等；刺貪刺虐，入骨三分」。給如此高的評價，應該說蒲松齡當之無愧。《聊齋》確實以獨特的思想，獨特的人物，獨特的藝術構思，形成獨特的藝術魅力。它的卓越成就，早為國外學者所矚目。一百多年前，已出現《聊齋》的單篇譯文，隨後不斷有各種外文譯本問世。現在已有英、法、德、意、西、荷、比、挪、捷、羅、波、匈、保、俄、越、韓、日、瑞典等十八種外文譯本。這個事實說明，《聊齋》已不僅是中國人民的，而且是世界人民的共同精神財富了。

劉烈茂（中山大學中國古文獻研究所）

歐陽世昌（廣東省佛山市順德區教育局）

❶ 陸以湉：《冷廬雜識》。❷ 馮鎮巒：《讀聊齋雜說》。❸ 干寶：《搜神記序》。❹ 蒲松齡：《與韓刺史樾依書》。

目錄

勞山道士

這是一篇寓意深刻的諷刺小說。雖以勞山道士命題，但着重刻畫的卻是王生。作者以奇特的想像，描寫了勞山道士既能剪紙為月，擲箸化仙，又能使壺酒飲眾而傾注不竭，甚至可以移席月宮，盡情歡樂。這些描寫，看來似乎是在讚美道士法術之高妙，實則僅是作為諷刺王生的鋪墊，和那些引人慕道的神異小說迥然不同。王生很想學道，所拜的師父道法又很高強，為甚麼一點本領也沒有學到呢？這則故事生動地表明，像他那樣嬌生慣養，好逸惡勞，連上山打柴都受不了，還能學甚麼道；像他那樣目光短淺，急於求成，雖然有了志向，也必然半途而廢；後來他只求學穿牆之術，存心不良，妄圖投機取巧，以逞一己之私，則更非碰壁不可。當我們看到王生在妻子面前賣弄，砰然碰壁，額上墳起雞蛋般的大疙瘩時，不禁失笑。在這裏，作者巧妙地運用含意雙關的「碰壁」細節，收到很好的諷刺效果。

邑有王生①，行七，故家子。少慕道，聞勞山多仙人②，負笈往遊③。登一頂，有觀宇，甚幽。一道士坐蒲團上④，素髮垂領，而神觀爽邁。叩而與語，理甚玄妙。請師之。道士曰：「恐嬌惰不能作苦。」答言：「能之。」其門人甚眾，薄暮畢集。王俱與稽首，遂留觀中。

凌晨，道士呼王去，授以斧，使隨眾採樵。王謹受教。過月餘，手足重繭，不堪其苦，陰有歸志。

本縣有個姓王的書生，在兄弟中排行老七，出身於世家大族。他從小就愛慕道術，聽説勞山上有許多仙人，就背起書箱出門去遊訪。到了勞山，他登上一座山頂，那裏有座道觀，環境十分幽靜。觀裏蒲團上，坐着一位老道士，滿頭銀髮披在肩上，神采奕奕，看上去很有點超世絕俗的氣概。王生叩頭下拜，恭敬地向道士請教，見道士所説的話都很深奧玄妙，就請求拜他為師。道士説：「像你這麼嬌氣、怠惰，恐怕幹不了辛苦活吧。」王生急忙回答説：「弟子能吃苦。」道士的徒弟很多，傍晚時全回來了。王生向他們一個個跪拜，就留在觀裏學道。

第二天清早，道士就把他喊去，交給他一把斧頭，叫他跟着大家上山砍柴。他畢恭畢敬地聽

一夕歸，見二人與師共酌。日已暮，尚無燈燭。師乃剪紙如鏡，黏壁間。俄頃，月明輝室，光鑒毫芒。諸門人環聽奔走。一客曰：「良宵勝樂，不可不同。」乃於案上取壺酒，分賚諸徒，且囑盡醉。王自思：七八人，壺酒何能遍給？遂各覓盎盂，競飲先釂⑤，惟恐樽盡；而往復挹注，竟不少減。心奇之。

❶ 邑：即本邑、本縣，這裏指山東淄川。作者是淄川人，故這樣說。❷ 勞山：即嶗山，在山東即墨東南六十里。舊時是道教的勝地。❸ 負笈（jí）：原意為背着書箱出外求學，這裏指出門訪道。笈，書箱。❹ 蒲團：用蒲葉編成的圓墊子，一般用於盤坐或跪拜。
❺ 釂（jiào）：乾杯。

從吩咐。過了一個多月，手腳全都磨出了一層層老繭，他吃不了這種苦頭，暗暗地產生了回家去的念頭。一天晚上回到觀裏，看見有兩個客人和師父一起喝酒。天色已經昏暗，尚未點上燈火。師父就把紙剪成圓鏡的樣子，黏在牆壁上。一會兒，月光照亮了全室，針尖大小的東西也可看得清清楚楚。徒弟們站在四周聽候使喚，進進出出。一個客人說：「這樣美好的晚上，非凡的歡樂，不可不讓大家共同享受。」道士聽了，就從桌子上拿起一壺酒，賞給眾徒弟，要他們盡情喝個夠。王生心裏想：「七八個人，這麼一壺酒，怎能讓大家喝足呢？」於是大家各自找來杯碗，爭着喝酒，搶着乾杯，唯恐壺裏的酒沒了。可是，儘管大家不停地輪流斟酒，而壺裏竟然一點兒也沒有減少。王生感到十分驚奇。

俄，一客曰：「蒙賜月明之照，乃爾寂飲。何不呼嫦娥來？」乃以箸擲月中。見一美人，自光中出。初不盈尺；至地，遂與人等。纖腰秀項，翩翩作《霓裳舞》①。已而歌曰：「仙仙乎而還乎，而幽我於廣寒乎②！」其聲清越，烈如簫管。歌畢，盤旋而起，躍登几上。驚顧之間，已復為箸。三人大笑。又一客曰：「今宵最樂，然不勝酒力矣。其餞我於月宮可乎？」三人移席，漸入月中。眾視三人，坐月中飲，鬚眉畢見，如影之在鏡中。

喝了一會兒，一個客人說：「承蒙主人賞給我們明亮的月光，可是這樣喝悶酒不夠味。為甚麼不請嫦娥來助興呢？」於是道士就拿了一根筷子，對準牆上的紙月扔去。只見一個小美人，從月亮裏頭走了出來。開始身高還不到一尺，落地就和平常人一樣高了。腰肢纖細，頸項秀美，輕盈地跳起了《霓裳羽衣舞》。一會兒又唱道：「仙仙乎而還乎，而幽我於廣寒乎！」那歌聲清越悠揚，像吹洞簫那樣優美。唱完了歌，旋轉起舞，騰躍上桌。在大家的驚奇注視下，那嫦娥又變成了一根筷子。三個人都哈哈大笑。另一個客人說：「今天晚上玩得太高興了！可我酒量有限，不能再喝了。到月宮給我餞行好嗎？」於是三個人就移動席位，慢慢地化進月亮裏去了。大家看見他們三個人都坐在月亮裏喝酒，連鬍子眉毛也

移時，月漸暗；門人然燭來③，則道士獨坐而客杳矣。几上餚核尚存。壁上月，紙圓如鏡而已。道士問眾：「飲足乎？」曰：「足矣。」「足，宜早寢，勿誤樵蘇。」眾諾而退。王竊忻慕，歸念遂息。

又一月，苦不可忍，而道士並不傳教一術。

❶《霓裳舞》：即《霓裳羽衣舞》，是唐代宮廷的一種樂舞。相傳唐玄宗與方士遊月宮，聞仙樂，歸而記之，譜成《霓裳羽衣曲》，其舞蹈就是《霓裳羽衣舞》。但這種舞曲實是從西域傳入，經唐玄宗潤色而成。❷「仙仙」二句：仙仙，騰飛空中的樣子，出《莊子・在宥》：「仙仙乎歸矣。」這兩句是說：是騰空而行地回去呢，還是把我幽禁在廣寒宮呢？❸然：「燃」的古字。

可以看清，就像鏡子裏的人影一樣。不久，月光漸漸暗淡下去；徒弟點起蠟燭，只有道士獨自坐在屋裏，客人已經不見蹤影了。桌子上還留着菜餚果品；那牆壁上的月亮，則不過是圓鏡般的紙而已。道士問大家：「都喝夠了嗎？」徒弟們回答說：「喝夠了。」道士說：「喝夠了就早些去睡覺，別耽誤明天砍柴割草。」眾徒弟答應着，退了下去。王生心裏又高興又羨慕，回家的念頭也打消了。

又過了一個月，王生實在苦得受不了，而道士卻連一點道術都沒有傳授給他。

心不能待，辭曰：「弟子數百里受業仙師，縱不能得長生術，或小有傳習，亦可慰求教之心；今閱兩三月，不過早樵而暮歸。弟子在家，未諳此苦。」道士笑曰：「我固謂不能作苦，今果然。明早當遣汝行。」王曰：「弟子操作多日，師略授小技，此來為不負也。」道士問：「何術之求？」王曰：「每見師行處，牆壁所不能隔，但得此法足矣。」道士笑而允之，乃傳以訣，令自咒畢，呼曰：「入之！」王面牆不敢入。又曰：「試入之。」王

王生感到不能再待下去了，就向道士告辭說：「弟子跋涉好幾百里，來向仙師學道，縱然不能傳我長生不老之術，倘若教我一點小法術，也可以安慰我求教的一片苦心；如今已過了兩三個月，不過是早早起來上山打柴，天黑回到道觀而已。弟子在家的時候，從來沒吃過這樣的苦呀！」道士笑笑說：「我原先就說你幹不了苦工。現在果真如此。好吧，明天一早就打發你走。」王生說：「弟子苦幹了幾個月的活，只求師父略為傳授一點小法術，我這趟也算沒白來呀！」道士問：「你想學甚麼法術呢？」王生說：「常見師父隨便走到哪裏，牆壁都阻擋不住。只要能學到這個穿牆術，我就心滿意足了。」道士笑着答應了。就把口訣傳授給他，叫他照着念誦，念完後，道士喊道：「進去！」可是王生面對牆壁，不敢進去。

果從容入，及牆而阻。道士曰：「俯首驟入，勿逡巡！」王果去牆數步，奔而入；及牆，虛若無物；回視，果在牆外矣。大喜，入謝。道士曰：「歸宜潔持，否則不驗。」遂助資斧遣之歸。抵家，自詡遇仙，堅壁所不能阻。妻不信。王效其作為，去牆數尺，奔而入，頭觸硬壁，驀然而踣。妻扶視之，額上墳起，如巨卵焉。

道士又說：「你試着進去吧！」王生果然慢慢地朝牆壁走去，可是一到牆壁前便被擋住。道士說：「你低下頭猛然衝過去，不要猶豫！」王生向後退了幾步，果真低着腦袋奔過去；到了牆壁那兒，只覺得空蕩蕩，仿佛並不存在那堵牆；回頭一看，自己真的已站在牆外了。他高興得不得了，進來謝了師父。道士說：「你回家後，要心地清淨，摒絕慾望，否則就不靈了。」便給他一些路費，打發他回家了。王生到家後，自誇遇到神仙，多硬的牆壁也擋不住他。妻子不相信，王生就仿效上次勞山道士教他的方法，先離開牆壁幾尺遠，然後向牆壁猛衝過去。結果，嘣的一聲，一頭撞到堅硬的牆壁上，猛然倒在地下。妻子趕緊把他扶起來，一看，額頭上鼓起一個雞蛋般的大包。

妻揶揄之。王慚忿，罵老道士之無良而已。

異史氏曰①：「聞此事未有不大笑者，而不知世之為王生者，正復不少。今有傖父，喜疢毒而畏藥石②，遂有吮癰舐痔者③，進宣威逞暴之術，以迎其旨，紿之曰④：『執此術也以往，可以橫行而無礙。』初試未嘗不小效，遂謂天下之大，舉可以如是行矣，勢不至觸硬壁而顛蹶不止也。」

妻子笑他瞎吹牛，王七惱羞成怒，但也只能破口大罵老道士沒良心罷了。

異史氏說：「聽了這個故事的人，沒有不哈哈大笑的。豈不知在當今的世上，像王七這樣的人還真不少呢。現在有些識見鄙陋的傢伙，喜歡奉承而不願聽忠告。於是就有吮癰舐痔的小人，專門向他進獻發威風、逞暴虐的壞主意，以投其所好，並且哄騙說：『只要照這個法子辦，可以橫行無阻。』開頭用的時候，未嘗不見點效果，於是就以為天下萬事，都可以照此辦理，不到碰壞頭摔跟斗勢不甘休。」

❶ 異史氏：蒲松齡的自稱。因為《聊齋》是一部「志異」的書，所以作者自號異史氏。❷「喜疢（chèn）毒」句：疢，病。藥石，治病的藥物和治療用具。《左傳》中曾把讚頌的話比做病毒，把批評的話比做藥石（見襄公二十三年的記事），此處就是用此典故。❸ 吮癰舐痔：吮吸癰疽的膿液，舔痔瘡。據《史記・佞幸傳》載，鄧通曾為漢文帝吮癰。又據《莊子・列禦寇》載：秦王生病，有人為他舔痔瘡，他就賞給那人五輛車。後人遂以「吮癰舐痔」比喻下流無恥的奉承諂媚行為。❹ 紿（dài）：哄騙。

這是一篇讚美青年男女友誼的動人頌歌。在封建時代，「男女授受不親」，青年男女之間沒有交往的機會，更談不上建立友誼。也許作者有感於這種違背人性的反常情況，特意虛構出這首扣人心弦的友誼之歌。病中的孔生，見到「嬌波流慧、細柳生姿」的嬌娜，情不自禁地「嚬呻頓忘，精神為之一爽」。她獨特高妙的醫術和聰明靈巧的為人，更令孔生為之傾倒，「懸想容輝，苦不自已」。以後情節的發展，卻跳出了一般小說的俗套，孔生嬌娜並沒有戀愛成婚。因為年齡等因素，同孔生結為夫妻的是松娘。緊接着是孔生返里，嬌娜另嫁，兩人似乎難有再見面的機會。誰知平地起風波，嬌娜全家忽遭雷霆之劫。孔生並沒有因為得不到嬌娜的愛情而冷眼旁觀。相反，他不避風險，矢共生死，仗劍於門，奮起相救，雖霹靂轟頂，也沒後退一步。嬌娜為救孔生，竟不顧羞怯，當着松娘和哥哥的面，用舌尖將紅丸送進孔生嘴裏，接吻呵氣。這種舉動，在當時，對於一個少婦來説，需要具有多大的膽量和勇氣！作品這樣安排，不僅在於表現人們應該患難相助，而且表明男女之間，除了愛情，還可以有一種珍貴的友情。

孔生雪笠，聖裔也①。為人蘊藉，工詩。有執友令天台，寄函招之。生往，令適卒。落拓不得歸，寓菩陀寺，傭為寺僧抄錄。寺西百餘步，有單先生第。先生故公子，以大訟蕭條，眷口寡，移而鄉居，宅遂曠焉。

一日，大雪崩騰，寂無行旅。偶過其門，一少年出，丰采甚都。見生，趨與為禮，略致慰問，即屈降臨。生愛悅之，慨然從入。屋宇都不甚廣，處處悉懸錦幕，壁上

有個書生叫孔雪笠，是孔子的後代。為人含蓄多情，很會作詩。他有個好友在浙江天台縣做縣官，來信請他去玩。他到了天台，縣官剛巧去世了。孔生流落在天台縣，無法回鄉，只好寄居在菩陀寺裏，被和尚僱去抄寫佛經。在寺廟西面一百多步遠的地方，有單先生的大院。單先生是官僚世家的子弟，因為打了一場官司，弄得家境敗落，加以人丁稀少，已經移居鄉下，這座大院就成了空屋。

一天，大雪紛飛，路無行人。孔生偶然走過單家門口，正好碰到門裏出來一個少年，風度翩翩，儀容美好。那少年一見孔生，馬上迎上來，躬身施禮，說了幾句客套話後，便懇請孔生到他家裏做客。孔生挺喜歡這個少年，便爽快地答應

多古人書畫。案頭書一冊，籤云：《琅嬛瑣記》[2]。翻閱一過，俱目所未睹。生以居單第，意為第主，即亦不審官閥[3]。少年細詰行蹤，意憐之，勸設帳授徒[4]。生歎曰：「羈旅之人，誰作曹丘者[5]？」少年曰：「倘不以駑駘見斥[6]，願拜門牆[7]。」

❶ 聖裔（yì）：孔子的後代。聖，指孔子。❷《琅嬛瑣記》：元朝伊世珍著有《琅嬛記》，其中說張華曾遊仙境「琅嬛福地」，見有很多書，皆生平所未見。這裏以《琅嬛瑣記》作書名，意味着此書所記的事與琅嬛仙境有關。亦意指現實中並無此書，這只是作者的虛構。❸ 不審官閥：不問家世情況。審，詢問；官閥，官階門第。❹ 設帳：東漢馬融教書，用紗帳把廳堂隔開以分內外。後人便以設帳為設館教書的代詞。❺ 曹丘：即曹丘生。《史記》載，漢初季布任俠義勇，楚國辯士曹丘生到處讚揚他，季布因此享有盛名。後來就把曹丘生當做介紹人、推薦人的代名詞。❻ 駑（nú）駘（tái）：駑和駘都是劣馬。這裏是表示自己能力低下、沒有學問的自謙之詞。❼ 拜門牆：拜為老師。《論語・子張》載，子貢曾稱他的老師孔子學問高深，跟一般人就像隔着一堵高牆，不入其門，就不能理解孔子的偉大。所以，後世常以門牆指師門。

他的請求，跟他進去。院裏房屋不太寬敞，室內到處掛着錦幕，牆上還掛着很多古人的字畫。桌上放着一部書，題為《琅嬛瑣記》。孔生隨手翻開看，都是自己沒有讀過的。他以為這個少年住在單家大院，一定是大院的主人，也就沒有詢問他的家世。那少年倒細問了孔生的經歷，對他的困境深表同情，勸他開館教學生。孔生歎息說：「我是流落在外的人，沒有親友，誰肯替我向人推薦呢？」少年說：「如果你不嫌我愚劣的話，我願拜你為師。」

生喜，不敢當師，請為友。便問：「宅何久錮？」答曰：「此為單府，曩以公子鄉居，是以久曠。僕皇甫氏，祖居陝。以家宅焚於野火，暫借安頓。」生始知非單。

當晚，談笑甚歡，即留共榻。昧爽，即有僮子熾炭於室。少年先起入內，生尚擁被坐。僮入白：「太公來。」生驚起。一叟入，鬢髮皤然，向生殷謝曰：「先生不棄頑兒，遂肯賜教。小子初學塗鴉①，勿以友故，行輩視之也。」已，乃

孔生聽後大喜，但是不敢當老師，只請求做個朋友。於是問道：「這房子為甚麼總是鎖着呢？」少年問答說：「這座大院原是單公子的，以前因為單公子搬去鄉下住，所以空曠了很長時間。我姓皇甫，祖籍在陝西。因老家被野火燒毀，只好暫時借這裏安家。」孔生這時才明白，少年並非單家房主。

當晚兩人有說有笑，非常投機。談到深夜，少年挽留孔生與他同在一牀睡覺。第二天清早，便有書僮進屋生炭火。少年先起牀，進內室去了。孔生還圍着被子坐在牀上。那個書僮跑進來說：「太公來啦！」孔生吃了一驚，急忙下牀。見一位鬢髮雪白的老人走了進來，向他殷切致謝，說：「先生不嫌我兒子愚頑無知，肯教他讀

進錦衣一襲，貂帽、襪、履各一事。視生盥櫛已②，乃呼酒薦饌。几、榻、裙、衣，不知何名，光彩射目。酒數行，叟興辭，曳杖而去。餐訖，公子呈課業，類皆古文詞，並無時藝③。問之，笑云：「僕不求進取也。」抵暮，更酌曰：「今夕盡歡，明日便不許矣。」呼僮曰：「視太公寢未；已寢，可暗喚香奴來。」

❶ 塗鴉：唐代盧仝《示添丁》詩：「忽來案上翻墨汁，塗抹詩書如老鴉。」後來以「塗鴉」形容初學寫作時東塗西抹的樣子。多用作謙詞。❷ 盥（guàn）櫛：盥，洗臉；櫛，梳頭。❸ 時藝：指明清時科舉考試所規定的應試文體八股文。稱之為「時藝」，是為了與「古文」相區別。

書，我很感激。不過，他剛剛開始學習，先生千萬不要因為是朋友，就把他當成同輩相待。」說完，便贈送錦衣一套，貂帽一頂，鞋、襪各一雙。等孔生梳洗完畢，便吩咐擺上酒菜。屋裏擺設的桌子、牀榻、主人穿着的衣服，都十分華麗，叫不出名目，只覺得光彩四射，使人眼花繚亂。斟過幾遍酒，老人便起身告辭，拖着拐杖走了。吃完了飯，少年公子送上他做的課業，都是古文詩詞，並沒有當時流行的八股文。孔生問甚麼緣故，公子笑着回答說：「我不想參加科舉考試求取功名。」到了黃昏，又擺了酒宴，說：「今晚盡情痛飲，明天就不這樣做了。」並招呼書僮說：「去看看太公睡了沒有；要是睡了，就悄悄地把香奴叫來。」

僮去，先以繡囊將琵琶至。少頃，一婢入，紅妝豔絕。公子命彈《湘妃》①。婢以牙撥勾動，激揚哀烈，節拍不類夙聞。又命以巨觴行酒，三更始罷。

次日，早起共讀。公子最惠②，過目成詠。二三月後，命筆警絕。相約五日一飲，每飲必招香奴。一夕，酒酣氣熱，目注之。公子已會其意，曰：「此婢為老父所豢養。兄曠邈無家，我夙夜代籌久矣。行當為君謀一佳偶。」生曰：「如果

書僮去了一會兒，先把用繡袋裝着的琵琶抱來了。隨後，進來一個丫頭，打扮入時，非常漂亮。公子叫她彈一曲《湘妃怨》。她用牙撥勾動琴弦，發出激越悲壯的聲音，旋律節奏跟孔生以前聽到過的都不一樣。彈完後，又讓香奴大杯勸酒。就這樣一直玩到三更才散。

第二天，他們清早起來，一道讀書。公子非常聰明，能夠過目成誦。兩三個月後，作文便極精彩警闢。他們約定五天喝一次酒，每次喝酒都叫香奴作陪。有一晚，孔生喝得醉意朦朧，就目不轉睛地瞅着香奴。公子明白了孔生的心思，就說：「這個丫頭是我父親撫養的。哥哥遠離家鄉，身邊沒有家眷照料，我早就在日日夜夜代你考慮，不久就可為你物色一個合適的伴侶。」孔

惠好，必如香奴者。」公子笑曰：「君誠『少所見而多所怪』者矣。以此為佳，君願亦易足也。」

居半載，生欲翱翔郊郭，至門，則雙扉外扃③。問之，公子曰：「家君恐交遊紛意念，故謝客耳。」生亦安之。時盛暑溽熱，移齋園亭。生胸間腫起如桃，一夜如碗，痛楚吟呻。公子朝夕省視，眠食都廢。

❶《湘妃》：即古樂曲《湘妃怨》。相傳舜南巡死於蒼梧，他的妃子娥皇、女英尋至湘江邊哭悼他，死後成為湘水女神。❷惠：通「慧」，聰明。❸外扃（jiōng）：把門從外面鎖上。扃，門外的環鈕，這裏作動詞用。

生說：「你要是幫我找一個，一定要像香奴這樣的才好。」公子笑笑說：「你可真是少見多怪，把香奴當做佳人，你的願望也太容易滿足了。」

孔生在皇甫公子家住了半年。一天，他想到郊外閒逛，來到大門口，看見兩扇大門反鎖着，便問是甚麼緣故。公子說：「家父恐怕由於交遊而分散精力，因此閉門謝客。」孔生聽後，也就打消了外出的念頭。這時正是炎熱的夏天，潮濕悶熱，便移居到園亭裏讀書。孔生的胸脯忽然腫起個像桃子樣的大包，一夜工夫便腫得像飯碗那麼大，痛得他呻吟不絕。公子早晚都來看望，急得吃不下飯，睡不着覺。

又數日，創劇，益絕食飲。太公亦至，相對太息。公子曰：「兒前夜思先生清恙，嬌娜妹子能療之。遣人於外祖母處呼令歸，何久不至？」俄僮入曰：「娜姑至，姨與松姑同來。」父子疾趨入內。少間，引妹來視生。年約十三四，嬌波流慧，細柳生姿。生望見顏色，嚬呻頓忘，精神為之一爽。公子便言：「此兄良友，不啻胞也，妹子好醫之。」女乃斂羞容，揄長袖，就榻診視。把握之間①，覺芳氣勝蘭。女笑曰：「宜有是疾，心脈動

又過了幾天，毒瘡更厲害了，痛得連粥水也不能下咽。太公也來探望，愁得與公子相對歎氣。公子說：「我前天晚上想，先生的病，嬌娜妹妹能夠醫治。便派人到外祖母家叫她回來，但為甚麼這麼久還沒來？」說話間，書僮進來說：「娜姑回來了，還有姨娘和松姑也一同來了。」皇甫父子聽了後，急忙跑進內室。不一會兒，公子便領着嬌娜來看孔生。嬌娜年約十三四歲，明亮美麗的眼睛，閃動着智慧的光芒，細柳般的腰肢，顯得格外動人。孔生望見這樣嬌美的女郎，立即忘了呻吟，精神也清爽起來。公子就對妹妹說：「這是哥哥的好朋友，如同親兄弟一樣，妹妹要用心給他治療。」嬌娜聽後，收起羞澀之態，擺動着長袖子，靠近牀鋪給孔生看病。在診脈的時候，孔生聞到嬌娜的芬芳氣息，似乎比蘭花更香。

矣。然症雖危，可治；但膚塊已凝，非伐皮削肉不可。」乃脫臂上金釧安患處，徐徐按下之。創突起寸許，高出釧外，而根際餘腫，盡束在內，不似前如碗闊矣。乃一手啟羅衿，解佩刀，刃薄於紙，把釧握刃，輕輕附根而割。紫血流溢，沾染牀席。而貪近嬌姿，不惟不覺其苦，且恐速竣割事，偎傍不久。未幾，割斷腐肉，團團然如樹上削下之癭②。又呼水來，為洗割處。

❶ 把握：這裏指按脈。 ❷ 癭（yǐng）：一種瘤子。這裏指樹瘤。

嬌娜笑着說：「真該患這種病，心脈動啦。雖然病情很險，還是可以治好的；但是毒瘡已凝結成塊，不割皮削肉是不行的。」說完就從手腕上脫下一只金鐲，把它放在腫瘡上，然後用手慢慢往下按壓。腫瘡在金鐲裏鼓起一寸來高，突出在鐲子外，根部的餘腫，都收束在鐲子裏，不像從前飯碗那麼大了。她用另一隻手撩起衣襟，解下一把佩刀，刀刃比紙還薄，就一手按着鐲子，一手握着佩刀，輕輕地貼着瘡根割削。紫紅色的膿血直往外流，污染了牀席。孔生因為貪圖接近嬌娜的美麗姿容，不但不覺得痛苦，反而恐怕手術結束得太快，使他不能偎傍更久。不一會兒，爛肉割下來了，它圓圓的如同從樹上割下的木瘤子。嬌娜叫人送水來，為孔生清洗傷口。

口吐紅丸，如彈大，着肉上，按令旋轉。才一周，覺熱火蒸騰；再一周，習習作癢；三周已，遍體清涼，沁入骨髓。女收丸入咽，曰：「愈矣！」趨步出。生躍起走謝，沉痼若失。而懸想容輝，苦不自已。

自是廢卷癡坐，無復聊賴。公子已窺之，曰：「弟為兄物色，得一佳偶。」問：「何人？」曰：「亦弟眷屬。」生凝思良久，但云：「勿須。」面壁吟曰：「曾經滄海難為水，除卻巫山不是雲①。」公子會

然後從嘴裏吐出一粒紅色小丸，像彈丸那麼大小，貼肉放好，按着讓它旋轉。剛轉了一圈，孔生就感到熱火蒸騰；再轉一圈，傷口酥酥發癢；三圈過後，遍體清涼，滲透骨髓。這時，嬌娜收起紅丸放入喉嚨裏，說聲：「好啦！」便快步走出房去。孔生跳下牀，跑出去向她道謝。頑固的惡疾好像突然消失了，但心裏卻老是掛念着嬌娜那副光彩照人的姿容，再也無法抑制。

從此以後，他不再看書，成天癡癡地坐着發呆，百無聊賴。公子看透了他的心事，就說：「小弟為哥哥物色伴侶，已得到一位很好的配偶。」孔生急問：「是誰？」公子說：「也是我的親戚。」孔生沉思了很久，只說了一句：「不必費心了。」便轉過臉對着牆壁吟道：「曾經滄海

其指，曰：「家君仰慕鴻才，常欲附為婚姻。但止一少妹，齒太稚。有姨女阿松，年十八矣，頗不粗陋。如不見信，松姊日涉園亭，伺前廂，可望見之。」生如其教。果見嬌娜偕麗人來，畫黛彎蛾，蓮鉤蹴鳳，與嬌娜相伯仲也。生大悅，請公子作伐②。

❶「曾經滄海」兩句：這是唐代元稹哀悼亡妻的詩句，見其所作《遣悲懷》詩。意思是：他的亡妻好像滄海的水、巫山的神女，是平常的水與女子所無法比擬的；在跟這樣的人共同生活以後，再跟別的女子相處就毫無意義了。巫山，在重慶巫山縣。據宋玉《高唐賦》，楚王曾在夢中與一女子歡會，那女人自稱為巫山之女，又說她「朝為行雲，暮為行雨」。元稹的詩即用此典故。孔生吟這兩句詩，是表示他對嬌娜的愛慕。❷作伐：做媒。《詩經》：「伐柯如何？匪斧不克。娶妻如何？匪媒不得。」後來就用「作伐」、「執柯」等借指做媒。

難為水，除卻巫山不是雲。」公子領會孔生的意思，就說：「家父仰慕你高才博學，常想與你攀親。但我只有這個小妹妹，年紀太小。我有個表姊，是我姨母的女兒，叫阿松，今年十八歲，頗不粗俗，也不淺陋。你如果不相信，松姐每天都去園亭，你可在前邊等着，到時就可以望見她。」孔生照公子的指教，果然看見嬌娜陪同一位美女走來，那美女畫着又黑又彎的蛾眉，步態婀娜多姿，模樣同嬌娜不相上下。孔生一看，喜出望外，就請公子給他做媒。

公子翼日自內出，賀曰：「諧矣。」乃除別院，為生成禮。是夕，鼓吹闐咽①，塵落漫飛②，以望中仙人，忽同衾幄，遂疑廣寒宮殿，未必在雲霄矣。合巹之後③，甚愜心懷。

一夕，公子謂生曰：「切磋之惠，無日可以忘之。近單公子解訟歸，索宅甚急。意將棄此而西。勢難復聚，因而離緒縈懷。」生願從之而去。公子勸還鄉閭，生難之。公子曰：「勿慮，可即送君行。」無何，

第二天，公子從內室出來，向他祝賀說：「說妥了。」於是，另外收拾了房子，為孔生舉行婚禮。當晚，鼓樂齊鳴，聲震長空。孔生原本以為可望而不可即的仙女，今夜忽然同牀共枕，因此，他真懷疑月宮仙境也未必遠在雲霄之中。婚後，孔生心情舒暢，日子過得很快活。

一天晚上，公子對孔生說：「兄長與我一起研究學問，相互切磋的恩惠，我任何時候也不會忘記。但最近單公子打完官司回來了，急着要我交還房子，我們打算離開這裏到西邊去。形勢所迫，再也難以聚在一起了。因此，心頭充滿離別的愁緒，很不是滋味。」孔生表示願意和他們一起西去。公子卻勸他返回故鄉，他感到很為難。公子說：「不必發愁，我可以立刻送你回家。」

太公引松娘至，以黃金百兩贈生。公子以左右手與生夫婦相把握，囑閉目勿視。飄然履空，但覺耳際風鳴。久之曰：「至矣。」啟目，果見故里。始知公子非人。喜叩家門。母出非望，又睹美婦，方共忻慰。及回顧，則公子逝矣。松娘事姑孝；豔色賢名，聲聞遐邇。後生舉進士，授延安司李④，攜家之任。

❶ 鼓吹闐（tián）咽（yè）：鼓吹，是鼓、鉦、簫、笳等樂器的合奏，漢初本為軍用，後逐漸用於朝廷和民間的喜慶或婚喪大典。闐咽，這裏指樂聲洋溢的意思。❷ 塵落漫飛：意為樂聲震天，連高處的灰塵也被震落而在空中飄飛。語見王勃《三月上巳祓禊序》。❸ 合卺（jǐn）：舊時婚禮中的一種儀式，由新婚夫婦各拿半個瓢飲酒，有如後來的喝交杯酒。❹ 司李：官名，也叫司理。本是宋時掌理獄訟的官吏，明清時也稱推官為「司李」。

說話間，太公領着松娘來了，贈給孔生百兩黃金。公子伸出左右手，分別與他們夫婦兩人的手緊緊握住，並囑咐他們閉上眼睛，不要看。孔生感到身體飄在空中，只聽耳邊風聲嗚嗚直響。過了很久，公子說：「到了。」孔生睜眼一看，果然回到了自己的老家。這才知道公子不是塵世間人。他高興地去敲家門。母親開門看到兒子回家，真是料想不到的事，又看見帶回一位漂亮的兒媳婦，更感到無比欣慰。等他們回頭一看，公子已經無影無蹤了。松娘侍奉婆母很孝順，她的美貌、賢慧遠近聞名。後來，孔生考中進士，被任命為延安府的司李，便帶着家屬赴任。

母以道遠不行。松娘舉一男，名小宦。生以忤直指罷官①，掛礙不得歸。

偶獵郊野，逢一美少年，跨驪駒，頻頻瞻顧。細視，則皇甫公子也。攬轡停驂，悲喜交至。邀生去，至一村，樹木濃昏，蔭翳天日。入其家，則金漚浮釘②，宛然世族。問妹子則嫁，岳母已亡，深相感悼。經宿別去，偕妻同返。嬌娜亦至，抱生子掇提而弄曰：「姊姊亂吾種矣。」生拜謝曩德。笑曰：「姊夫貴矣。創口已合，未忘痛耶？」

母親因為路途遙遠，沒有跟去。松娘生了一個男孩，取名小宦。不久，孔生因為冒犯了上司，被罷了官，但有些公事尚未了結，不能立即回家。

一次，孔生偶然到郊外打獵，遇見一個瀟灑的少年，騎着一匹黑馬，不斷回頭看他。他仔細一瞧，原來是皇甫公子。立即勒住韁繩下馬，悲喜交集。公子便邀請孔生一起走，到了一個村子，只見樹木繁茂，濃陰遮日。公子家的大門上釘着黃燦燦的大銅釘，豪華得如同貴族世家。打聽嬌娜近況，得知她已經出嫁，岳母也去世了，互相感歎不已。孔生住了一夜，告辭回去，又和松娘一同來探親。這時，正好嬌娜也來了。她抱起松娘的孩子，逗弄着說：「姐姐亂了我家的種了。」孔生拜謝她從前治病的恩惠。嬌娜笑笑說：

妹夫吳郎，亦來謁拜，信宿乃去。

一日，公子有憂色，謂生曰：「天降凶殃，能相救否？」生不知何事，但銳自任。公子趨出，招一家俱入，羅拜堂上。生大駭，亟問。公子曰：「余非人類，狐也。今有雷霆之劫。君肯以身赴難，一門可望生全；不然，請抱子而行，無相累。」生矢共生死。乃使仗劍於門。囑曰：「雷霆轟擊，勿動也！」

❶ 直指：官名。漢代派侍御史為直指使，到各地審理重大案件。這裏指奉派到外省巡察的高級官吏。❷ 金漚浮釘：古代貴族世家大門上的一種豪華裝飾物，是形似水泡的塗金釘子。

「姐夫高貴了。瘡疤早已癒合，還沒忘痛嗎？」妹夫吳郎也來拜見，住了兩夜才走。

一天，公子滿面憂愁地對孔生說：「老天爺降下了大災大難，你能搭救我們嗎？」孔生雖不知將要發生甚麼事，但非常堅決地表示一切由他擔當。公子急忙跑出去，把全家人都找來，在堂上圍着孔生跪拜。孔生大驚，急忙詢問原因。公子說：「我們不是人類，而是狐狸。今天要遭受雷劈的劫難。你如果願意以生命來抵擋劫難，我們全家有可能活下來；不然的話，請你抱着孩子趕快離開這裏，不要受我們的連累。」孔生發誓與他們同生共死。公子就叫他拿着利劍，站立在門口，並囑咐他說：「雷霆轟擊的時候，你可千萬不要動！」

生如所教。果見陰雲晝暝，昏黑如磬。回視舊居，無復閈閎；惟見高冢巋然，巨穴無底。方錯愕間，霹靂一聲，擺簸山岳；急雨狂風，老樹為拔。生目眩耳聾，屹不少動。忽於繁煙黑絮之中，見一鬼物，利喙長爪，自穴攫一人出，隨煙直上。瞥睹衣履，念似嬌娜。乃急躍離地，以劍擊之，隨手墮落。忽而崩雷暴裂，生仆，遂斃。少間，晴霽，嬌娜已能自蘇。見生死於旁，大哭曰：「孔郎為我而死，我何生矣！」松娘亦出，共舁生歸。嬌娜

孔生照他所說的站好。轉眼間，果然看到烏雲滾滾，白天突然成了黑夜，天昏地暗。回頭看看所住之處，再也沒有高大的門樓了，只見一個大墳堆，露出一個深不見底的大洞。正在猛吃一驚的時候，霹靂轟隆一聲，山嶽都震得顛簸起來，緊接着吹來一陣狂風暴雨，連百年老樹都被連根拔起。孔生被震得目眩耳聾，但他還是仗劍挺立，一動也不動。忽然在翻滾的濃煙黑雲之中，看見一個鬼物，尖嘴長爪，從洞裏抓了一個人出來，隨着煙霧騰空飛起。孔生瞥見那人的衣服鞋子像是嬌娜，急忙向上一跳，揮劍砍去，那人隨手落下。忽然，一個雷像天崩一樣地突然炸響，孔生被擊倒在地上而死。過了一會兒，雨過天晴，嬌娜已自甦醒過來，看見孔生死在自己身旁，不禁失聲大哭，說：「孔郎為我而死，我活着幹甚麼

使松娘捧其首；兄以金簪撥其齒；自乃撮其頤，以舌度紅丸入，又接吻而呵之。紅丸隨氣入喉，格格作響。移時，醒然而蘇。見眷口滿前，恍如夢寤。於是一門團圞，驚定而喜。生以幽壙不可久居，議同旋里。滿堂交贊，惟嬌娜不樂。生請與吳郎俱，又慮翁媼不肯離幼子，終日議不果。忽吳家一小奴，汗流氣促而至。驚致研詰，則吳郎家亦同日遭劫，一門俱沒。嬌娜頓足悲傷，涕不可止。共慰勸之。

呀！」松娘也趕出來，一起抬着孔生進洞。嬌娜讓松娘捧着他的頭，哥哥用金簪撥開他的牙齒；她自己捏着孔生的兩頰，用舌頭把紅丸送入他的嘴裏，便嘴對嘴往裏呵氣。紅丸隨氣進入喉嚨，發出格格的響聲。過了好一會，孔生甦醒過來了。看見親戚們都站在自己面前，彷彿剛做了場大夢。於是合家團圓，驚慌變成了歡喜。孔生認為陰冷的墓洞不可久居，就商量一起返鄉。大家都表示贊成，唯獨嬌娜悶悶不樂。孔生邀請她和吳郎一起去，她又擔心公婆不肯離開小兒子，商量了整天也沒有結果。突然，吳家一個小奴僕汗流浹背、氣喘吁吁地跑來，大家驚恐地追問他，原來是吳郎家也在同日遭到劫難，全家都死了。嬌娜悲傷得不斷頓腳，淚流不止。大家都對她安慰、勸解。

而同歸之計遂決。生入城勾當數日，遂連夜趣裝。既歸，以閒園寓公子，恆反關之；生及松娘至，始發扃。生與公子兄妹，棋酒談宴，若一家然。小宦長成，貌韶秀，有狐意。出遊都市，共知為狐兒也。

異史氏曰：「余於孔生，不羨其得豔妻，而羨其得膩友也。觀其容可以忘飢，聽其聲可以解頤。得此良友，時一談宴，則『色授魂與』①，尤勝於『顛倒衣裳』矣②。」

這樣，一同回鄉的事才定下來。孔生進城辦了幾天事情，便連夜整理行裝。回鄉以後，讓公子全家住在空着的花園裏。公子常常把園門反鎖起來，只有孔生和松娘來到時才開門。孔生和皇甫兄妹下棋飲酒，談笑歡會，如同一家人。小宦長大了，容貌清秀，有時表現出狐狸的情態。他到城裏去玩，人們都知道他是狐仙所生的孩子。

異史氏說：「我對於孔生，不羨慕他得到一位豔麗的妻子，而羨慕他得到一位親密的女朋友。看到她的容貌可以使人忘掉饑餓，聽到她的聲音可以使人歡笑。得到這樣一位好朋友，時常在一起聊天喝酒，那麼，精神上的融合，真是遠遠勝於夫妻之歡愛了。」

❶色授魂與：被美色所動，精神與其相融合。語出司馬相如《上林賦》。❷顛倒衣裳：語出《詩經》：「東方未明，顛倒衣裳。」後來常借指夫妻的性生活。

所謂卜卦算命，不過是一種騙人的迷信活動。這則故事，在迷信的外殼裏寄寓了深刻的思想內容。慣於訛詐的卜卦人用心險惡，詐騙不到于公的錢財，竟然差遣「鬼怪」去暗害于公，以顯示其卜卦的靈驗。可是富有膽識的于公並沒有被嚇倒。他有充分的精神準備，而且善於以己之長，攻敵之短。最後出現的「巨鬼」，高與簷齊，于公就穿插進巨鬼的兩腿之間，揮劍削其腳踝骨，其後又刺他脅下，使巨鬼失去高大的優勢，終於露出木偶的虛弱原形。那個心狠手辣的卜卦人也無所施其技、無所遁其形了。于公戰勝「妖術」的經驗，對於人們如何戰勝敵人，是個很好的啟發。

于公者，少任俠，喜拳勇，力能持高壺，作旋風舞。崇禎間①，殿試在都②，僕疫不起，患之。會市上有善卜者③，能決人生死，將代問之。

❶ 崇禎：明朝末代皇帝朱由檢的年號，共十七年（1628—1644）。

❷ 殿試：在皇帝宮殿所舉行的科舉考試。舉人考進士時，先參加在京城舉行的會試；會試錄取的人，實際上已具備進士的資格，但必須再參加殿試，才正式成為進士。殿試的作用在於確定會試錄取者在進士中的等第名次。

❸ 卜：卜卦，亦稱占卜，以卦、爻來預測吉凶的迷信行為。一卦由六爻組成，由六爻的不同組合形成不同的卦象，作為判斷吉凶的根據。

于公年輕時，行俠仗義，喜歡打拳練武，力氣大到能雙手拿着沉重的銅製漏壺，像旋風一樣地迅速飛轉、跳躍，如同舞蹈似的。明朝崇禎年間，他在京城參加殿試，僕人得了傳染病，臥牀不起，他很擔心。剛巧街上有個很會卜卦的人，據說能判斷人的生死命運，他想去替僕人問問吉凶。

既至，未言。卜者曰：「君莫欲問僕病乎？」公駭應之。曰：「病者無害，君可危。」公乃自卜。卜者起卦，愕然曰：「君三日當死！」公驚詫良久。卜者從容曰：「鄙人有小術，報我十金，當代禳之①。」公自念，生死已定，術豈能解。不應而起，欲出。卜者曰：「惜此小費，勿悔勿悔！」愛公者皆為公懼，勸罄橐以哀之。公不聽。

倏忽至三日，公端坐旅舍，靜以覘之，終日無恙。至夜，闔户

到了那兒，沒等于公開口，卜卦的倒先問：「你不是想問僕人的病嗎？」于公大吃一驚，急忙說：「是呀！」卜卦的說：「病人倒不要緊，但你自己卻危險得很啊！」于公於是就要他給自己卜卦。卜卦的在卦象形成後，驚訝地說：「你三天內當死！」于公被嚇愣了，大半天說不出話。卜卦的不慌不忙地說：「敝人會小小的法術，只要你給我十兩銀子做報酬，我可以替你祈禱消災。」于公心想，既然生死已定，一點小小法術怎能解脱呢？他一聲不響，站起來就要走。卜卦的說：「這點小財都捨不得花，你可別後悔，別後悔！」關心于公的人都替他擔憂，勸他把身邊所帶的錢全拿出來，哀求卜卦的幫幫忙，于公不聽。

一轉眼就到了第三天，于公端端正正地坐在

挑燈，倚劍危坐。一漏向盡②，更無死法。意欲就枕，忽聞窗隙窣窣有聲。急視之，一小人荷戈入；及地，則高如人。公捉劍起，急擊之，飄忽未中。遂遽小，復尋窗隙，意欲遁去。公疾斫之，應手而倒。燭之，則紙人，已腰斷矣。

❶ 禳（ráng）：以辟邪消災為目的的迷信行為。 ❷ 一漏向盡：一更將盡。漏，是古人以銅壺滴水的方式來計算時間的器具（也稱「漏壺」），後引申為計時的單位。

客店裏，聚精會神，窺察動靜，直到天黑，並沒有意外事情發生。到了夜裏，他關上房門，把燈挑亮，倚着寶劍，挺直腰杆，坐着等候。一更將盡，也沒有甚麼死的症候。剛要躺下睡覺，忽聽窗縫有窸窸窣窣的響聲。急忙往那邊看，只見一個小人，肩扛着槍鑽了進來；跳落地面，就變得和常人一樣高大。于公緊抓寶劍砍了過去，那怪物飄忽不定，沒有砍中。但一下子縮得很小，想再鑽窗戶眼逃跑。于公連忙又劈了一劍，小人應手倒在地上。拿燈一照，原來是個紙人，已被攔腰砍斷了。

公不敢臥，又坐待之。逾時，一物穿窗入，怪獰如鬼。才及地，急擊之，斷而為兩，皆蠕動。恐其復起，又連擊之，劍劍皆中，其聲不耎。審視，則土偶，片片已碎。於是移坐窗下，目注隙中。久之，聞窗外如牛喘，有物推窗櫺，房壁震搖，其勢欲傾。公懼覆壓，計不如出而鬥之，遂劃然脫扃①，奔而出。見一巨鬼，高與簷齊；昏月中，見其面黑如煤，眼閃爍有黃光；上無衣，下無履，手弓而腰矢。公方駭，鬼則彎矣；公以劍

（由於情況異常），于公不敢躺下睡覺了，於是繼續坐着等候。過了好些時候，又有一個東西穿過窗子進來，面目猙獰，像個惡鬼。那東西剛着地，于公就給了它一劍，把它劈為兩半，可這兩半仍在地下伸縮活動着。于公怕它再起來，又連續砍了好幾下，每劍都砍中了，只是聲音不像砍在軟物上。仔細一看，原來是個泥塑的偶像，已被砍成一堆碎片。敵情嚴重，于公於是把座位移到窗下，睜大眼睛盯着窗縫。過了好久，聽見窗外呼哧呼哧的聲音，好像老牛在喘氣。接着有東西使勁推窗戶，房子的牆壁都被推得直晃動，眼看快要倒塌下來。于公怕自己被壓死在屋裏，心想不如出去和它格鬥，就嘩啦一聲拔開門閂，衝到門外去了。只見窗外站着一個大鬼，個子有屋簷那麼高；在昏暗的月光下，看到它的臉黑得

撥矢，矢墮；欲擊之，則又彎矣。公急躍避，矢貫於壁，戰戰有聲。鬼怒甚，拔佩刀，揮如風，望公力劈。公猱進，刀中庭石，石立斷。公出其股間，削鬼中踝，鏗然有聲。鬼益怒，吼如雷，轉身復剁。公又伏身入；刀落，斷公裙②。

❶ 剨（huō）然脱扃：剨，本是東西的破裂聲，這裏形容驟然把門打開的響聲。脱扃，打開門。❷ 裙：古謂「下裳」，男女皆用。

像煤炭，眼裏閃爍着黃色的光；上身沒穿衣服，腳上沒穿鞋子，手裏拿着弓，腰袋裏插滿了箭。于公正在吃驚，那鬼已拉滿了弓，把箭射了過來；于公用劍把飛來的箭一擋，箭落到了地上。于公剛要揮劍還擊，又射來一箭。他急忙跳開，箭頭穿進牆壁，發出戰戰的響聲。那惡鬼兩箭都射不中，火冒三丈，從腰上拔出佩刀，旋風似的飛舞着，朝于公猛劈過來。于公像猴子般敏捷，穿插過去，鬼刀劈在庭中的石頭上，石頭被劈成兩半。這時，于公趁機鑽到惡鬼的大腿間，揮劍砍削它的腳踝骨，發出鏗鏗的響聲。那惡鬼更加惱怒了，吼聲如雷，轉身又向于公砍了過來。于公往下一蹲又鑽了過去；鬼刀落下來，砍斷了于公下身的衣服。

公已及脅下，猛斫之，亦鏗然有聲，鬼仆而僵。公亂擊之，聲硬如柝①。燭之，則一木偶，高大如人。弓矢尚纏腰際，刻畫猙獰；劍擊處，皆有血出。公因秉燭待旦。方悟鬼物皆卜人遣之，欲致人於死，以神其術也。

次日，遍告交知，與共詣卜所。卜人遙見公，瞥不可見。或曰：「此翳形術也，犬血可破。」公如其言，戒備而往。卜人又匿如前。急以犬血沃立處，但見卜人

這時，于公已經鑽到惡鬼的脅下，用足力氣朝它砍去，鏗的一聲，惡鬼跌倒了，再也不能動彈。于公揮動寶劍，又對它亂砍亂剁，只聽見發出敲木梆子似的堅硬響聲。拿燈一照，原來是個木偶，高大如人，弓箭還纏在腰上，面目被刻畫得十分可怕，凡是被劍擊中的地方，都流出了鮮血。于公仍然不敢上牀睡覺，點亮蠟燭坐等到天亮。這時他才醒悟到這些鬼怪都是卜卦的人派來的，想致于公於死地，以此來顯示他的卦術高明。

第二天，于公把這一切告訴了所有的朋友，並一起去找卜卦的人算賬。那卜卦的人老遠看見了于公，一眨眼就無影無蹤。有人說：「這是隱身術，淋狗血可以破它。」于公照他所說的，準備好了狗血再去，卜卦的人又和上次一樣隱蔽

頭面，皆為犬血模糊，目灼灼如鬼立。乃執付有司而殺之。

異史氏曰：「嘗謂買卜為一癡。世之講此道而不爽於生死者幾人？卜之而爽，猶不卜也。且即明明告我以死期之至，將復如何？況有借人命以神其術者，其可畏不尤甚耶！」

起來了。于公迅速地用狗血潑到他剛才站着的地方，只見那卜卦的人滿頭滿面被狗血潑得一片模糊，眼睛亮閃閃的，像個鬼樣站着。眾人上前把他抓住，押送去衙門，依法把他處死了。

異史氏說：「我曾經說過，花錢卜卦的人是傻瓜。世上相信卜卦的人有幾個能準確預知自己的生死禍福呢？卜了卦而仍然不能準確預知，就和沒卜一樣。而且即使明明白白地告訴我死期已經到了，又能怎樣呢？何況還有借別人的性命以證明他的卦術靈驗的，那不是更可怕嗎？」

❶ 柝（tuò）：從前夜間巡更時敲的木梆子。

畫皮

在我國古代，由於科學不發達，神鬼妖魔之類荒誕不經的故事廣泛流行。這篇故事所寫的獰鬼畫皮，偽裝美女，王生貪色，遂遭挖心之禍，以及後來的道士收鬼、瘋癲乞人使之起死回生等等，亦屬荒誕不經的故事。但它和那種以鬼嚇人的迷信故事不同。作者通過離奇的情節，表現他長期觀察生活所得到的獨特感受：社會上存在各種吃人的鬼物，有的以猙獰面目出現，有的卻把真實面目掩蓋起來。這後一種鬼物不僅兇殘可惡，而且具有前一類所沒有的欺騙性。《畫皮》裏的獰鬼之所以能夠騙人吃人，就在於它懂得「畫皮術」的妙用，本是青面獠牙的獰鬼，卻化為妖豔動人的美女，使那些心存邪念、喪失警惕的人上當受騙。通過王生被害的慘痛教訓，作者發表感慨：「愚哉世人！明明妖也，而以為美。迷哉世人！明明忠也，而以為妄。」進一步提出辨別人妖美醜的問題，使主題更為深化。至於王生「愛人之色而漁之」，導致妻子「食人之唾」的描寫，這種因果報應思想不僅削弱了故事的積極意義，而且在藝術上也是敗筆。

太原王生，早行，遇一女郎，抱襆獨奔，甚艱於步。急走趁之，乃二八姝麗。心相愛樂。問：「何夙夜踽踽獨行？」女曰：「行道之人，不能解愁憂，何勞相問！」生曰：「卿何愁憂？或可效力，不辭也。」女黯然曰：「父母貪賂，鬻妾朱門。嫡妒甚，朝詈而夕楚辱之①，所弗堪也，將遠遁耳。」問：「何之？」曰：「在亡之人，烏有定所？」生言：「敝廬不遠，即煩枉顧。」女喜，從之。生代攜襆物，導與同歸。女顧室無人，問：「君

太原王生，清晨出門，路上遇見一個女子，她抱着個包袱，獨自急忙趕路，走得很吃力。王生加快腳步趕上去，原來那是個十六七歲的美貌少女。他心裏十分喜愛，就問她：「你怎麼一大早孤單單地趕路？」女子說：「你是過路的人，不能替我分憂解愁，何必勞神相問！」王生說：「你有甚麼憂愁呢？如果我能幫忙，決不推辭。」女子顯得很悲傷，說：「我父母貪圖錢財，把我賣給有錢人家做小老婆。大老婆很妒忌，對我早罵夜打，我實在無法忍受，準備逃走得遠遠的。」王生問：「你要逃到哪兒去呢？」女子說：「正在奔逃的人，哪有一定的去處？」王生說：「我家離這兒不遠，就請委屈前去吧！」女子很高興，答應了。王生替她拿着包袱，領着她一起回到家裏。女子看看屋裏沒有人，就問：「你怎麼沒有

何無家口？」答云：「齋耳。」女曰：「此所良佳。如憐妾而活之，須秘密，勿泄。」生諾之。乃與寢合。使匿密室，過數日而人不知也。生微告妻。妻陳，疑為大家媵妾，勸遣之。生不聽。

偶適市，遇一道士，顧生而愕。問：「何所遇？」答言：「無之。」道士曰：「君身邪氣縈繞，何言無？」生又力白。

❶ 楚辱：捶打侮辱的意思。楚，荊條，古時常用荊條打人，這裏作動詞用，意即鞭打。

家小？」王生回答說：「這是書房。」女子說：「這兒挺好的。你要是可憐我，讓我活下去，就得保守秘密，不要洩漏出去。」王生答應了她。於是兩人就同居了。王生把她藏在密室裏，過了好幾天也沒有人知道。後來，王生對妻子微微露了點口風。他妻子陳氏懷疑那女子是有錢人家的婢妾，勸丈夫把她打發回去。王生不聽勸說。

一天，王生偶然來到市上，遇見一個道士。那道士看着王生，露出驚愕的神色，問他：「你最近遇到甚麼了沒有？」王生回答說：「沒有。」道士說：「看你渾身都被邪氣纏繞着，怎麼還說沒有？」王生又極力辯白。

道士乃去，曰：「惑哉！世固有死將臨而不悟者！」生以其言異，頗疑女。轉思明明麗人，何至為妖，意道士借魘禳以獵食者①。無何，至齋門，門內杜，不得入。心疑所作，乃逾垝垣。則室門亦閉。躡跡而窗窺之，見一獰鬼，面翠色，齒巉巉如鋸。鋪人皮於榻上，執彩筆而繪之；已而擲筆，舉皮，如振衣狀，披於身，遂化為女子。睹此狀，大懼，獸伏而出。急追道士，不知所往。遍跡之，遇於野，長跪乞救。道士曰：「請遣除之。此

道士便走開了，一邊走一邊說：「鬼迷心竅啊！世上真有死到臨頭還不醒悟的人！」王生聽他說得很奇怪，就有點懷疑那女子。但轉念一想，明明是個美女，怎會成為妖怪？便認為道士不過是借魘魅害人、驅邪捉鬼那一套來混飯吃的人罷了。不一會兒，王生回到書房門口，發覺大門從裏面鎖上了，進不去。他心裏有些懷疑，不知裏面在幹甚麼，就爬過殘缺的牆頭跳進去。見密室的門也緊閉着，便躡手躡腳走過去，從窗縫向裏面張望，只見一個猙獰的惡鬼，臉色發青，牙尖尖如同鋸齒。把一張人皮鋪在牀上，拿着彩筆在上面描畫；一會兒畫完了，把筆一丟，拎起人皮，像抖衣服那樣抖了抖，然後往身上一披，頃刻變成了漂亮的女子。王生看到這可怕的情景，嚇得半死，趴在地上爬了出來。他急忙去追尋道

物亦良苦，甫能覓代者②，予亦不忍傷其生。」乃以蠅拂授生③，令掛寢門。臨別，約會於青帝廟④。生歸，不敢入齋，乃寢內室，懸拂焉。一更許，聞門外戢戢有聲⑤。自不敢窺也，使妻窺之。但見女子來，望拂子不敢進；立而切齒，良久乃去。

❶ 魘：魘魅，用祈禱鬼神或詛咒來害人的迷信行為。 ❷ 甫能覓代者：剛能找到代替的人。這是一種迷信說法，說鬼如能找到頂替的人，就可以重新投胎為人。 ❸ 蠅拂：用馬尾等物做的驅趕蚊蠅的用具，也叫拂塵、拂子。 ❹ 青帝廟：古人迷信，認為在東、南、西、北、中央有五天帝，是太微垣裏的五星座；青帝，指東方的天帝，也叫「春神」。祭祀青帝的廟叫青帝廟。 ❺ 戢（jí）戢：本是魚唼（shà）水的聲音，這裏指鬼怪來時的響聲。

士，卻不知道往哪去了。到處尋蹤追跡，最後在野外遇上了，就跪在地上，請求道士救命。道士說：「好吧，讓我把它趕走。這東西也費盡了苦心，好不容易才找到一個替身，我也不忍心傷害它的性命。」說完就把一個蠅拂交給王生，叫他掛在臥室的門上。分手的時候，約定第二天在青帝廟相見。王生回到家裏，不敢再進書房，就睡在臥室裏，把蠅拂掛在門上。一更左右，聽到門外傳來一陣「沙沙」的走路聲。王生自己不敢去偷看，就叫妻子去看一下。只見那女子來了，望見蠅拂，不敢進去；站在那裏咬牙切齒，好久才離開。

少時，復來，罵曰：「道士嚇我。終不然①，寧入口而吐之耶！」取拂碎之，壞寢門而入。徑登生牀，裂生腹，掬生心而去。妻號。婢入燭之，生已死，腔血狼藉。陳駭涕不敢聲。

明日，使弟二郎奔告道士。道士怒曰：「我固憐之，鬼子乃敢爾！」即從生弟來。女子已失所在。既而仰首四望，曰：「幸遁未遠。」問：「南院誰家？」二郎曰：「小生所舍也。」道士曰：「現在君

過了一會兒，又走回來，罵道：「道士嚇唬我。我一直不進去，難道把吃到嘴裏的肉又吐出來不成！」說着就把蠅拂扯下來撕碎，撞破房門闖進去，徑直登上王生的牀鋪，撕開王生的胸膛，挖出王生的心臟，便走出去了。王生的妻子大喊大叫，驚動了丫環，進來點上蠟燭一照，只見王生已死，胸口血肉模糊。陳氏很害怕，眼淚直流，卻不敢作聲。

第二天，陳氏叫王生的弟弟二郎跑去告訴道士。道士一聽發怒了，說：「我本來可憐它，這鬼東西竟敢這樣！」立即跟着二郎到王家來。可是那女子已經不知去向。道士抬頭向四周望了望，說：「幸虧還逃得不遠。」接着就問：「南邊院子是誰的家？」二郎說：「是我的住處。」道士

所。」二郎愕然，以為未有。道士問曰：「曾否有不識者一人來？」答曰：「僕早赴青帝廟，良不知。當歸問之。」去，少頃而返，曰：「果有之。晨間一嫗來，欲傭為僕家操作，室人止之，尚在也。」道士曰：「即是物矣。」遂與俱往。仗木劍，立庭心，呼曰：「孽魅！償我拂子來！」嫗在室，惶遽無色，出門欲遁。

❶ 然：如此。這裏指進房去殺人。

說：「那惡鬼這會兒正在你家裏。」二郎一聽怔住了，認為他家裏沒有。道士問他：「你家是否曾有一個陌生人來過？」二郎回答說：「我一早就趕到青帝廟，確實不知道。得回去問一問。」二郎去了一會兒，返回來說：「果然有此事。早晨來了一個老太婆，要為我家做僕人、幹家務事，我妻子把她留下了，眼下還在我家呢。」道士說：「就是這東西了。」於是和二郎一起來到南院。道士手拿木劍，站在院子中心，大喝一聲：「孽鬼！快把蠅拂還給我！」老太婆在屋裏嚇得驚慌失措，臉色霎時慘白，衝出屋門就想逃走。

道士逐擊之。嫗仆，人皮劃然而脱；化為厲鬼，臥嗥如豬。道士以木劍梟其首；身變作濃煙，匝地作堆。道士出一葫蘆，拔其塞，置煙中，飀飀然如口吸氣，瞬息煙盡。道士塞口入囊。共視人皮，眉目手足，無不備具。道士卷之，如卷畫軸聲，亦囊之，乃別欲去。陳氏拜迎於門，哭求回生之法。道士謝不能。陳益悲，伏地不起。道士沉思曰：「我術淺，誠不能起死。我指一人，或能之，往求必合有效。」問：「何人？」曰：「市上有瘋者，

道士追上去，對着她就是一劍。老太婆倒在地上，人皮嘩啦一聲脱落下來；變成了一個惡鬼，躺在地上像豬那樣號叫。道士用木劍砍下它的腦袋；它的身體化作濃煙，在地上環繞一圈後團成一堆。道士拿出一個葫蘆，拔掉塞子，擱在濃煙裏，只聽得飀飀作聲，像是用嘴吸氣，轉眼間，濃煙就被吸盡了。道士塞好葫蘆口，放進布袋裏。大家一起看那張人皮，有眉有眼，有手有腳，樣樣齊全。道士把它捲起來，發出像捲畫軸一樣的響聲，也把它裝進布袋裏，就跟大家告別，準備走了。陳氏在門口迎着給道士叩頭，哭哭啼啼向他哀求起死回生的辦法。道士推辭說沒有這種本領。陳氏更加悲傷，跪在地上不肯起來。道士沉思了一會兒說：「我的法術淺薄，實在不能起死回生。我給你推薦一個人，或許能

時臥糞土中。試叩而哀之。倘狂辱夫人，夫人勿怒也。」二郎亦習知之。乃別道士，與嫂俱往。見乞人顛歌道上，鼻涕三尺，穢不可近。陳膝行而前。乞人笑曰：「佳人愛我乎？」陳告之故。又大笑曰：「人盡夫也，活之何為？」陳固哀之。乃曰：「異哉！人死而乞活於我。我閻摩耶？」怒以杖擊陳。陳忍痛受之。市人漸集如堵。

夠做到，去求他一定會有效果。」陳氏問：「是哪一位？」道士說：「市上有個瘋瘋癲癲的人，時常躺在糞土裏。你去試試看，給他叩頭，並哀求他。如果他瘋狂地羞辱夫人，夫人可不要惱他。」二郎素來也知道有這麼個人，就告別了道士，和嫂子一道去尋找。到了市上，只見一個乞丐在路上瘋瘋癲癲地唱着歌，鼻涕拖了三尺長，髒得叫人不敢靠近。陳氏跪下去，用兩膝走到他面前。乞丐笑着說：「小娘子愛上我了嗎？」陳氏向他訴說了來意。他又大笑着說：「人人可以做丈夫，何必救活他？」陳氏一再苦苦哀求。他就說：「奇怪啊！人死了卻求我來把他救活，我是閻羅王嗎？」說完就惱怒地用棍子打陳氏。陳氏忍着疼痛讓他打。市上看熱鬧的人越聚越多，圍得像一堵牆。

乞人咯痰唾盈把，舉向陳吻曰：「食之！」陳紅漲於面，有難色；既思道士之囑，遂強啖焉。覺入喉中，硬如團絮，格格而下，停結胸間。乞人大笑曰：「佳人愛我哉！」遂起行，已，不顧。尾之，入於廟中。迫而求之，不知所在；前後冥搜，殊無端兆，慚恨而歸。既悼夫亡之慘，又悔食唾之羞，俯仰哀啼，但願即死。方欲展血斂尸，家人竚望，無敢近者。陳抱尸收腸，且理且哭。哭極聲嘶，頓欲嘔。覺鬲中結物，突奔而出，不及

乞丐連痰帶吐沫，咯出滿滿一大把，伸到陳氏嘴邊說：「把它吃下去！」陳氏滿臉漲得通紅，露出為難的神色；隨後想到道士的囑咐，就硬着頭皮吃了下去。只覺得它像一團發硬的棉絮，進了喉嚨就被卡住了。硬咽下去，就停留、糾結在胸間。乞丐大笑着說：「小娘子愛上我啦！」說完就走了，頭也不回。陳氏在後面跟着，見他進了一座廟裏，忙追上去要再向他哀求，卻不見了他的蹤影；廟前廟後連隱秘之處都搜遍了，連一點蹤跡也沒有，只好又羞又恨地回到家裏。她既哀悼丈夫的慘死，又悔恨吃痰所受的羞辱，直哭得前俯後仰，但願自己也立即死去。正要揩乾血污，收殮屍體，家人都站着呆望，誰也不敢走近。陳氏抱着屍體，把腸子收拾進去，一邊整理一邊痛哭。哭到最傷心時，聲音都嘶啞了。猛然

回首，已落腔中。驚而視之，乃人心也。在腔中突突猶躍，熱氣騰蒸如煙然。大異之。急以兩手合腔，極力抱擠，少懈，則氣氤氳自縫中出①。乃裂繒帛急束之。以手撫尸，漸溫。覆以衾裯。中夜啟視，有鼻息矣。天明，竟活。為言：「恍惚若夢，但覺腹隱痛耳。」視破處，痂結如錢，尋愈。

❶ 氤（yīn）氳（yūn）：熱氣蒸騰的樣子。

間想要嘔吐，只覺得停留在胸中的那團疙瘩，突然衝出來，還來不及轉過頭去，已經落到屍體的胸腔裏。她吃了一驚，仔細一看，原來是一顆人心。那顆心還在胸腔裏撲撲地跳動，熱氣騰騰的像冒煙一樣。她感到非常驚異，急忙用兩隻手把胸腔合攏，使盡力氣把它緊緊地抱合在一起；稍一鬆手，就有一股熱氣從裂縫裏冒出來。於是撕下一塊綢子，急急忙忙地把屍身的胸腔紮緊。用手撫摸着屍體，漸漸有些溫熱了。又給他蓋好被子。半夜裏掀開被子看看，鼻孔裏已有了氣息。天亮時，王生居然活了過來。他說：「恍恍惚惚，好像做了一場大夢，只是覺得肚子隱隱作痛罷了。」看看那被撕裂的地方，結的痂像銅錢那麼厚。不久也就痊癒了。

異史氏曰：「愚哉世人！明明妖也，而以為美。迷哉愚人！明明忠也，而以為妄。然愛人之色而漁之①，妻亦將食人之唾而甘之矣。天道好還②，但愚而迷者不寤耳。可哀也夫！」

❶ 漁：貪取的意思。這裏指對女色的貪求，就像打漁的人要撈取所要得到的魚一樣。❷ 天道好還：這是一種含有因果報應的迷信説法，猶如説「一報還一報」。

異史氏說：「世上的人真是愚蠢啊！明明是妖怪，卻認為是美人。愚蠢的人真是沉迷不悟啊！明明是忠言，卻認為是胡說。不過，貪戀別人的美貌而千方百計把她弄到手，那麼他的妻子也會吃別人的痰唾而認為是很甜美的了。天理是善於報應的，只是愚蠢而又沉迷不悟的人不覺醒罷了。真是可悲呀！」

嬰寧

嬰寧像開在深山幽谷裏的一朵水仙花。作者說她是狐母所生、鬼母所育，看來大有深意。她從小生活在大自然的懷抱裏。那裏環境幽雅，沒有封建社會的污濁；那裏自由自在，不受封建禮教的束縛。特殊的環境，養成了她特殊的性格。她愛花成癖，與笑為伴。她天真爛漫，無拘無束。她從來就不知道人世間還有所謂「婦言」、「婦德」的禮教。哪裏有嬰寧，哪裏就有歡笑聲。即使在舉行婚禮這種對新婦有嚴格要求的場合，她也笑得前俯後仰，無所顧忌。這分明是一個與傳統的封建禮教相對立的女性形象。然而，這種理想性格卻為封建禮教所不容，她從鮮花遍野的深山來到污濁的人間，再也無法笑下去了，「雖故逗，亦終不笑」，愛笑的嬰寧終於被冷酷的現實毀滅了。更妙的是嬰寧所生之子「見人輒笑」，「大有母風」，這究竟意味着甚麼？是表現嬰寧喜笑性格的遺傳，還是顯示蒲松齡不甘其毀滅而幻想的一線希望之光？

王子服，莒之羅店人。早孤。絕惠①，十四入泮②。母最愛之，尋常不令遊郊野。聘蕭氏，未嫁而夭，故求凰未就也③。

會上元，有舅氏子吳生，邀同眺矚。方至村外，舅家有僕來，招吳去；生見游女如雲，乘興獨遨。有女郎攜婢，撚梅花一枝，容華絕代，笑容可掬。生注目不移，竟忘顧忌。女過去數武，顧婢曰：

❶惠：通「慧」，聰明。❷入泮：學童考入縣學，也即考取秀才。因學宮前有泮水，故以「入泮」作為入學的代稱。❸求凰：求妻的代詞。鳳凰是神話傳說中的鳥，雄的叫鳳，雌的叫凰。

王子服，是山東莒縣羅店人。小時候父親就去世了。他非常聰明，十四歲就考中了秀才。母親最疼愛他，平時不許他到荒郊野外去遊玩。替他和一個姓蕭的姑娘訂了婚，誰知那個姑娘還沒過門就夭折了，所以他還沒有娶親。

正月十五元宵節那天，有個舅舅的兒子吳生邀他一齊出去遊覽。剛走到村外，舅舅家裏來了個僕人，把吳生叫回去了。王子服看見遊女如雲，便獨自乘興漫遊。看到有個少女帶着丫頭，手裏揑着一枝梅花，長得容貌絕世，笑容可掬。王子服目不轉睛地看着她，竟然連男女間的顧忌都忘記了。女子從他身邊經過，走了幾步，回頭對丫頭說：

「個兒郎目灼灼似賊！」遺花地上，笑語自去。生拾花悵然，神魂喪失，怏怏遂返。至家，藏花枕底，垂頭而睡，不語亦不食。母憂之。醮禳益劇，肌革鋭減。醫師診視，投劑發表①。忽忽若迷。母撫問所由，默然不答。適吳生來，囑密詰之。吳至榻前，生見之淚下。吳就榻慰解，漸致研詰。生具吐其實，且求謀畫②。吳笑曰：「君意亦復癡！此願有何難遂？當代訪之。徒步於野，必非世家。如其未字，事固諧矣；不然，拚以重賂，計必

「這小夥子目光灼灼，像個賊！」說完，把梅花丟在地上，說說笑笑地逕自走了。王子服撿起那枝梅花，心裏十分悵惘，好像丟了魂似的，悶悶不樂地往回走。到家以後，王子服把梅花藏在枕頭底下，無精打采地躺下就睡，不說話也不吃東西。母親很憂慮，請人祭祀求神，驅邪趕鬼，可是他的病卻更加沉重，身體很快地消瘦下去了。請醫生為他診治，讓他服藥發散，他卻變得精神恍惚，好像被甚麼東西迷住了。母親安慰他，關切地問他得病的原因，他也一聲不吭。剛好吳生來了，母親就囑咐吳生私下問問他。吳生來到牀前，王子服一看見他就流下了眼淚。吳生挨近牀沿，安慰勸解了他一番，然後慢慢地問起他得病的原因。王子服把實情吐露出來，並且懇求吳生為他想想辦法。吳生笑着說：「你也實在太傻了！這個心

允遂。但得痊瘳，成事在我。」生聞之，不覺解頤。吳出告母，物色女子居里，而探訪既窮，並無蹤緒。母大憂，無所為計。然自吳去後，顏頓開，食亦略進。數日，吳復來。生問所謀。吳紿之曰：「已得之矣。我以為誰何人，乃我姑氏女，即君姨妹行，今尚待聘；雖內戚有婚姻之嫌③，實告之，無不諧者。」

❶ 發表：中醫學名詞。指用藥把潛伏在人體裏的病發散出來。
❷ 畫：同「劃」。❸ 內戚：內親，母系的親戚。

願有甚麼難實現的？我一定為你去訪求。她徒步在野外遊玩，必定不是富貴人家的女兒。如果她還沒有許配別人，這門親事定會成功；不然的話，拼着多給錢財，估計也一定會得到應允。只要你病體痊癒，這事就包在我身上。」王子服聽了，不覺露出了笑容。吳生出來告訴了姑母，要她想辦法尋訪那女子的住處。但是到處都探聽訪查過，也沒有一點蹤跡和頭緒。母親十分憂慮，又想不出甚麼辦法來。不過，自從吳生來過以後，王子服變得面容開朗，也開始吃點東西了。過了幾天，吳生又來探望。王子服問他事情辦得怎樣。吳生騙他說：「已經訪查到了。我還以為是誰家的人呢，原來是我姑姑的女兒，也就是你的姨表妹，她現在還未訂婚。雖然姨表親聯婚有點嫌忌，但只要把真情告訴對方，沒有不成功的。」

生喜溢眉宇，問：「居何里？」吴詭曰：「西南山中，去此可三十餘里。」生又付囑再四，吴鋭身自任而去。

生由此飲食漸加，日就平復。探視枕底，花雖枯，未便凋落。凝思把玩，如見其人。怪吴不至，折柬招之。吴支託不肯赴召。生恚怒，悒悒不歡。母慮其復病，急為議姻；略與商榷，輒搖首不願。惟日盼吴。吴迄無耗，益怨恨之。轉思三十里非遙，何必仰息他人？

王子服聽了，高興得眉開眼笑，問道：「她住在甚麼地方？」吴生騙他説：「住在西南山裏，離這裏大約三十多里。」王子服又三番四次地囑託他，吴生堅決表示這事由他負責，於是就走了。

王子服從此飲食逐漸增加，健康情況也一天天好轉、恢復。看看枕頭底下，梅花雖然已經枯了，但花瓣還未脱落。於是拿來梅花，一邊把玩，一邊凝神地想着，就像見到了那個女子。又埋怨吴生遲遲不來，就寫信去請他。吴生支吾推託，不肯來。王子服又氣又恨，鬱鬱不樂。母親怕他舊病復發，就急忙託人為他説親；誰知跟他一商量，他就搖着腦袋，表示不願意。只是天天盼望着吴生。吴生卻一直沒有音信，他就更加怨恨起來。轉念一想，三十里路並不遠，又何必乞求、

懷梅袖中，負氣自往，而家人不知也。伶仃獨步，無可問程，但望南山行去。約三十餘里，亂山合沓，空翠爽肌，寂無人行，止有鳥道。遙望谷底，叢花亂樹中，隱隱有小里落。下山入村，見舍宇無多，皆茅屋，而意甚修雅①。北向一家，門前皆絲柳，牆內桃杏尤繁，間以修竹；野鳥格磔其中。意其園亭，不敢遽入。回顧對戶，有巨石滑潔，因據坐少憩。

❶ 意：這裏指房屋建築及其自然環境所表現出來的一種意境、風格。

依靠別人呢？於是把梅花揣在衣袖裏，賭氣着親自去尋訪，而家裏人誰也不知道。王子服孤零零地一個人走着，又沒有可以問路的，只是朝着南山走去。大約走了三十多里，只見亂山重疊，山野的蒼翠令人神清氣爽。靜悄悄的看不見行人，那險峻的小道，只有飛鳥才能過得去。遠遠望見山谷底下，隱隱約約有個小村莊，掩映在繁花亂樹之中。他下山走進村子，看見房屋不多，又都是茅屋草房，但給人一種整潔幽雅的感覺。有一戶大門朝北的人家，門前垂柳依依，牆內的桃花和杏花格外繁盛，中間還夾雜着修長的翠竹；野鳥在裏面唧唧啾啾地鳴叫。王子服以為這一定是人家的園亭，不敢冒冒失失地走進去。回頭看見大門的對面，有一塊光滑潔淨的大石頭，就走過去坐在上面休息一下。

俄聞牆內有女子，長呼「小榮」，其聲嬌細。方佇聽間，一女郎由東而西，執杏花一朵，俯首自簪。舉頭見生，遂不復簪。含笑撚花而入。審視之，即上元途中所遇也。心驟喜。但念無以階進；欲呼姨氏，顧從無還往，懼有訛誤。門內無人可問。坐臥徘徊，自朝至於日昃，盈盈望斷，並忘饑渴。時見女子露半面來窺，似訝其不去者。忽一老媼扶杖出，顧生曰：「何處郎君，聞自辰刻便來，以至於今。意將何為？得勿飢耶？」生急起揖之，答

一會兒，聽見牆內有個女子在拉長聲音呼喚「小——榮——」，聲音很嬌細。王子服正在那裏側耳細聽，一個女子由東向西走過來，手裏拿着一朵杏花，低着頭往自己的髮髻上插。她抬頭看見王子服，就不再插了，滿臉含笑地捏弄着花朵走進屋去。王子服仔細一看，原來就是元宵節那天在路上遇見的女子。他心裏頓時高興起來，但又想到沒有理由進門；想要呼喚姨媽，又顧慮到從來沒有來往，恐怕弄錯了。看看大門內，又沒有人可以詢問。急得他一會兒坐着，一會兒又躺着，一會兒又心神不定地走來走去，早晨過了，中午又過了，他眼巴巴地盼望着，連飢渴都忘記了。不時看見那女子露出半個臉來偷看，似乎對他一直待在那兒感到很驚訝。忽然一個老婦人拄着拐杖走出來，對着王子服

云：「將以盼親。」媼聾聵不聞。又大言之，乃問：「貴戚何姓？」生不能答。媼笑曰：「奇哉！姓名尚自不知，何親可探？我視郎君，亦書癡耳。不如從我來，啗以粗糲；家有短榻可臥。待明朝歸，詢知姓氏，再來探訪，不晚也。」生方腹餒思啗，又從此漸近麗人，大喜。

說：「你是從哪兒來的小夥子？聽說從早上八九點鐘就來了，一直待到現在。你打算幹甚麼？難道不餓嗎？」王子服連忙起來給她作揖行禮，回答說：「我是來探望親戚的。」老婦人耳聾聽不清。王子服又大聲說了一遍。老婦人就問他：「你的親戚姓甚麼？」王子服回答不出來。老婦人笑着說：「真是怪事啊！連姓名都不知道，還探望甚麼親戚？我看你這個年輕人，也是個書呆子罷了，不如跟我來，吃點粗米飯；我家裏有張小牀，可以給你睡覺。等到明天早上回去，問清姓名，再來探訪也不遲。」王子服正因肚子餓了想吃東西，又想到可以漸漸接近那美麗的女子，心裏高興極了。

從媪入，見門內白石砌路，夾道紅花，片片墮階上；曲折而西，又啟一關，豆棚花架滿庭中。肅客入舍，粉壁光明如鏡；窗外海棠枝朵，探入室中；裀籍几榻，罔不潔澤。甫坐，即有人自窗外隱約相窺。媪喚：「小榮！可速作黍。」外有婢子噭聲而應。坐次，具展宗閥。媪曰：「郎君外祖，莫姓吳否？」曰：「然。」媪驚曰：「是吾甥也！尊堂，我妹子。年來以家窶貧，又無三尺男，遂至音問梗塞。甥長成如許，尚不相識。」生曰：

他跟着老婦人進去，只見門裏白石鋪路，路兩邊都是紅花，花瓣片片散落在石階上；曲曲折折地向西走去，又打開一道門，滿院子都是豆棚花架。老婦人很禮貌地請他進屋。屋裏的牆壁粉刷得光潔明亮，好像鏡子一樣；窗外的海棠，連枝帶花伸進屋內；褥墊、桌椅、牀鋪，沒有一樣不潔淨光滑。王子服剛坐下，就發覺有人從窗外隱隱約約地往裏偷看。老婦人喊道：「小榮！要快點做飯。」外面有個丫頭「噢」地應了一聲。彼此坐定，王子服詳細地說了自己的家世、門第。老婦人說：「你的外祖家，莫不是姓吳嗎？」王子服說：「是的。」老婦人吃驚地說：「你原來是我的姨甥啊！你的母親，是我妹妹。近年來因為家境貧寒，又連個男孩子都沒有，竟至音訊不通。姨甥長得這麼大了，還不認識呢。」王子服

「此來即為姨也，匆遽遂忘姓氏。」媪曰：「老身秦姓，並無誕育；弱息僅存①，亦為庶產。渠母改醮，遺我鞠養。頗亦不鈍，但少教訓，嬉不知愁。少頃，使來拜識。」未幾，婢子具飯，雛尾盈握②。媪勸餐已，婢來斂具。媪曰：「喚寧姑來。」婢應去。良久，聞户外隱有笑聲。媪又喚曰：「嬰寧，汝姨兄在此。」户外嗤嗤笑不已。

❶ 弱息：對子女的謙稱，這裏指嬰寧。❷ 雛尾盈握：指菜餚中家禽的肥嫩。古人認為，雞鴨之類的幼禽，尾部抓着還不滿一手，是屬於不應該吃的東西（語出《禮記・內則》）。「雛尾盈握」，意味着已經豐肥可吃。

說：「我這次來就是專門探望姨媽的，只是匆匆忙忙的就把姓名忘記了。」老婦人說：「我的夫家姓秦，並沒有生兒育女；只有一個女兒，也是小老婆生的。她母親後來改嫁了，就把她留給我撫養。人倒也不很遲鈍，只是缺少教育，整日嬉笑，從不知憂愁。待會兒叫她來拜識你。」沒多久，丫頭準備好飯菜，只見雞鴨肥嫩，老婦人殷勤地勸他多吃一些，吃完了飯，丫頭來收拾餐具。老婦人說：「去叫寧姑來。」丫頭答應着走了。好一會兒，聽見門外隱隱約約傳來一陣笑聲。老婦人又喊道：「嬰寧，你的姨表兄在這裏。」門外仍然嗤嗤地笑個不停。

婢推之以入，猶掩其口，笑不可遏。媪瞋目曰：「有客在，咤咤叱叱，是何景象？」女忍笑而立，生揖之。媪曰：「此王郎，汝姨子。一家尚不相識，可笑人也。」生問：「妹子年幾何矣？」媪未能解。生又言之。女復笑不可仰視。媪謂生曰：「我言少教誨，此可見矣。年已十六，呆癡裁如嬰兒①。」生曰：「小於甥一歲。」曰：「阿甥已十七矣，得非庚午屬馬者耶？」生首應之。又問：「甥婦阿誰？」答云：「無之。」曰：「如甥才貌，

丫頭把她推進屋裏，她還用手遮着嘴巴，笑得無法抑制。老婦人瞪了她一眼說：「有客人在，這樣嘻嘻哈哈的，像個甚麼樣子？」嬰寧強忍着笑站在那裏，王子服向她作了個揖。老婦人說：「這是你阿姨的兒子，姓王。一家人還互相不認識，可真笑死人了。」王子服問：「表妹今年多大了？」老婦人沒有聽清楚，王子服又說了一遍。嬰寧又笑得好久抬不起頭來。老婦人對王子服說：「我說缺少教育，這就可以看到了。已經十六歲了，還傻乎乎的像個小孩子。」王子服說：「她比甥兒小一歲。」老婦人說：「姨甥已經十七歲了，莫不是庚午年出生，屬馬的嗎？」王子服點頭說是。老婦人又問：「姨甥媳婦是誰呢？」王子服回答說：「還沒有。」老婦人說：「像姨甥這樣的才貌，怎麼十七歲還沒有娶親呢？嬰寧

何十七歲猶未聘？嬰寧亦無姑家，極相匹敵；惜有內親之嫌。」生無語，目注嬰寧，不遑他瞬。婢向女小語云：「目灼灼，賊腔未改！」女又大笑，顧婢曰：「視碧桃開未？」遽起，以袖掩口，細碎連步而出。至門外，笑聲始縱。媪亦起，喚婢襆被，為生安置。曰：「阿甥來不易，宜留三五日，遲遲送汝歸。如嫌幽悶，舍後有小園，可供消遣；有書可讀。」

❶ 裁：通「才」。僅僅，只。

也還沒有婆家，你們倒是極好的一對；可惜是內親，有些嫌忌。」王子服沒有說話，只是目不轉睛地看着嬰寧，顧不得看別的。丫頭小聲地對嬰寧說：「你看他目光灼灼的，賊腔還沒改！」嬰寧又大笑起來，對丫頭說：「去看看碧桃花開了沒有。」就急忙站起來，用衣袖遮着嘴巴，邁着小步出去了。到了門外，才放聲大笑起來。老婦人也站起來，叫丫頭鋪好被褥，給王子服安置休息的地方。又說：「姨甥來一趟不容易，應該留下來多住三五天，遲些日子再送你回去。要是嫌屋裏寂寞沉悶，屋後有個小園，可以到那裏散散心；還有書可以讀。」

次日，至舍後，果有園半畝，細草鋪氈，楊花糝徑；有草舍三楹，花木四合其所。穿花小步，聞樹頭蘇蘇有聲，仰視，則嬰寧在上。見生來，狂笑欲墮。生曰：「勿爾，墮矣！」女且下且笑，不能自止。方將及地，失手而墮，笑乃止。生扶之，陰捘其腕。女笑又作，倚樹不能行，良久乃罷。生俟其笑歇，乃出袖中花示之。女接之曰：「枯矣。何留之？」曰：「此上元妹子所遺，故存之。」問：「存之何意？」曰：「以示相愛不忘也。自上元相遇，凝

第二天，王子服來到屋後，果然有個半畝地的小園，細嫩的綠草像鋪着的一層氈子，楊柳的花絮飄落在草地上；有三間草房，被花木環繞着。他穿過花叢慢慢地散步，忽然聽見樹上發出索索的聲音，抬頭一看，原來是嬰寧在上面。她看見王子服走過來，狂笑不止，差點兒要掉下來。王子服說：「不要這樣，要摔下來了！」嬰寧一邊下來，一邊笑着，笑得簡直無法抑制。剛要落地時，失手掉了下來，笑聲才停住。王子服連忙扶住她，又偷偷地捏了一下她的手腕。嬰寧又笑起來，倚着樹幹笑得走不動，過了很久才停下來。王子服等她笑聲停住了，就拿出衣袖裏的梅花給她看。嬰寧接過花說：「已經枯萎了。怎麼還留着？」王子服說：「這是元宵節時妹妹遺下的，所以我把它保存着。」嬰寧問：「保存它

思成疾，自分化為異物；不圖得見顏色，幸垂憐憫。」女曰：「此大細事。至戚何所靳惜？待郎行時，園中花，當喚老奴來，折一巨綑負送之。」生曰：「妹子癡耶？」「何便是癡？」曰：「我非愛花，愛撚花之人耳。」女曰：「葭莩之情①，愛何待言。」生曰：「我所謂愛，非瓜葛之愛，乃夫妻之愛。」女曰：「有以異乎？」曰：「夜共枕席耳。」女俯思良久，曰：「我不慣與生人睡。」

❶ 葭（jiā）莩（fú）：蘆葦中的薄膜，比喻親屬關係疏遠淡薄。後泛稱親戚。

有甚麼意思？」王子服回答說：「用它來表示永遠相愛啊。自從元宵節相遇以後，我苦苦相思，以致得了重病，自以為一定活不了啦！沒想到還能夠看到你的容貌，萬望你能夠憐憫我。」嬰寧說：「這是小事情。我們是姨表親戚，有甚麼捨不得的？等你要回去的時候，一定叫老僕人來，把園子裏的花折一大捆背着給你送去。」王子服說：「妹妹傻了嗎？」嬰寧反問道：「怎麼傻啦？」王子服說：「我不是愛花，而是愛那拿着花朵的人啊。」嬰寧說：「我們有親戚之情，你愛我那還用說嗎？」王子服說：「我所說的愛，不是親戚之間的愛，而是夫妻的愛。」嬰寧問：「這有甚麼不同呢？」王子服說：「夫妻的愛，是到了夜裏就同牀共枕啊。」嬰寧低着頭想了很久，說：「我不習慣和陌生人一起睡覺。」

語未已，婢潛至，生惶恐遁去。

少時，會母所。母問：「何往？」女答以園中共話。媪曰：「飯熟已久，有何長言，周遮乃爾①？」女曰：「大哥欲我共寢。」言未已，生大窘，急目瞪之，女微笑而止。幸媪不聞，猶絮絮究詰，生急以他詞掩之。因小語責女。女曰：「適此語不應說耶？」生曰：「此背人語。」女曰：「背他人，豈得背老母。且寢處亦常事，何諱之？」生恨其癡，無術可以悟之。

話還沒說完，丫頭已躡手躡腳來到跟前，王子服驚惶不安地溜走了。

過了一會兒，兩人在老婦人的房子裏會面了。老婦人問嬰寧：「你到哪去了？」嬰寧回答說，在園子裏和表哥說話。老婦人說：「飯熟已經很久了，怎麼有那麼多話，囉囉嗦嗦地說個沒完？」嬰寧說：「表哥想和我一塊兒睡覺。」話音未落，王子服已窘得滿臉通紅，急忙瞪了嬰寧一眼，嬰寧微微一笑，沒有再說下去。幸虧老婦人沒有聽見，還絮絮叨叨地追問着，王子服趕緊用其他話掩飾過去。然後，他又小聲地責備嬰寧。嬰寧問他：「剛才這句話不應該說嗎？」王子服說：「這是背着別人說的話。」嬰寧說：「背着別人可以，怎麼能夠背着老母親呢？況且睡覺也是

食方竟，家中人捉雙衛來尋生。先是，母待生久不歸，始疑；村中搜覓幾遍，竟無蹤兆。因往詢吳。吳憶曩言，因教於西南山村行覓。凡歷數村，始至於此。生出門，適相值，便入告媼，且請偕女同歸。媼喜曰：「我有志，匪伊朝夕②。但殘軀不能遠涉；得甥攜妹子去，識認阿姨，大好！」呼嬰寧。

❶周遮：言語煩瑣囉嗦。❷匪：同「非」。

常事，有甚麼好隱瞞的？」王子服惱恨她太傻，可又沒辦法讓她明白。

剛吃完飯，家裏的人牽着兩頭驢子來找王子服了。原來，母親在家等了王子服很久，也不見他回來，就開始懷疑了；村子裏都幾乎找遍了，還是毫無蹤跡。於是就去問吳生。吳生想起以前對他說過的話，就教他們到西南山的村子裏去尋找。家人一共找了好幾個村子，才來到這裏。王子服一出門，剛好遇上了他們，便進去告訴老婦人，並且請求帶嬰寧一塊兒回去。老婦人高興地說：「我有這個心願，已經不是一朝一夕了。只是我這把老骨頭，不能出遠門；現在幸得姨甥帶妹子去，讓她認識阿姨，實在太好了！」說完就呼喚嬰寧。

寧笑至。媪曰：「有何喜，笑輒不輟？若不笑，當為全人。」因怒之以目。乃曰：「大哥欲同汝去，可便裝束。」又餉家人酒食，始送之出曰：「姨家田產豐裕，能養冗人。到彼且勿歸，小學詩禮①，亦好事翁姑。即煩阿姨，為汝擇一良匹。」二人遂發。至山坳，回顧，猶依稀見媪倚門北望也。

抵家，母睹姝麗，驚問為誰。生以姨女對。母曰：「前吳郎與兒言者，詐也。我未有姊，何以得

嬰寧笑着來到跟前。老婦人說：「有甚麼高興的事，總是笑個不停？你要能不笑，就是一個完美的人了。」於是很生氣地瞪着她。然後又對她說：「大哥要你一起去，你可以去整理打扮一下。」又招待王家的人用了酒飯，才把他們送出門。臨別，她囑咐嬰寧說：「你阿姨家田地家產很豐裕，養得起吃閒飯的人。你到了那裏，暫時就不要回來了，學一點詩書禮儀，也好侍奉公婆。就麻煩阿姨替你找一個好女婿。」兩個人聽完以後就啟程了。走到山坳，回過頭來，還依稀看見老婦人倚着門向北眺望呢。

到了家裏，母親看到這美麗的女子，很驚奇地問她是誰。王子服回答說是姨媽的女兒。母親說：「前些日子吳生和你說的話，是騙你的。

甥？」問女，女曰：「我非母出。父為秦氏，沒時，兒在褓中，不能記憶。」母曰：「我一姊適秦氏，良確；然殂謝已久，那得復存？」因審詰面龐、誌贅，一一符合。又疑曰：「是矣。然亡已多年，何得復存？」

疑慮間，吳生至，女避入室。吳詢得故，惘然久之。忽曰：「此女名嬰寧耶？」生然之。吳亟稱怪事。

❶ 小學詩禮：小學，略學一點。詩禮，指封建家庭的教育內容，包括儒家經典的《詩經》、《禮記》等。

我沒有姐姐，怎麼會有姨甥呢？」於是轉過頭去問嬰寧，嬰寧說：「我不是這個媽媽生的。爸爸姓秦，他去世的時候，我還在繈褓裏，當時的事已經記不清楚了。」母親說：「我有一個姐姐嫁給姓秦的，倒千真萬確；可是她很早就死了，哪能又活着呢？」於是詳細地詢問那老婦人容貌如何，是否有痣等等，嬰寧所說的情況都跟其姊姊完全符合。母親就更加懷疑了：「沒錯啊。可是她已經死了多年，怎麼還會活着？」

正在疑慮的時候，吳生來了。嬰寧就躲進內屋去。吳生問清了緣故，也疑惑不解，過了很久，忽然問道：「這女子名叫嬰寧嗎？」王子服點頭說是。吳生連叫怪事。

問所自知，吳曰：「秦家姑去世後，姑丈鰥居，祟於狐，病瘠死。狐生女名嬰寧，綳臥牀上，家人皆見之。姑丈歿，狐猶時來；後求天師符黏壁間①，狐遂攜女去。將勿此耶？」彼此疑參。但聞室中吃吃皆嬰寧笑聲。母曰：「此女亦太憨生。」吳請面之。母入室，女猶濃笑不顧。母促令出，始極力忍笑，又面壁移時，方出。才一展拜，翻然遽入，放聲大笑。滿室婦女，為之粲然。

吳請往覘其異，就便執柯。

大家問他是怎麼知道的，吳生說：「秦家姑母去世以後，姑丈獨自生活，被狐狸迷住，得了癆瘵症死了。那狐狸生了個女兒，名叫嬰寧。當時包在繈褓裏睡在牀上，家人都看見過。姑丈去世後，狐狸還常常來；後來請求張天師畫了一道符貼在牆壁上，狐狸就帶着女兒走了。恐怕就是這個嬰寧吧！」大家都很疑惑，互相猜測。只聽見內屋傳來吃吃的聲音，全是嬰寧的笑聲。母親說：「這孩子也太憨了。」吳生請求當面見見她。母親走進內屋，嬰寧還在大笑不止，顧不得打招呼。母親催促她出去，她才極力忍住笑，又面向牆壁好一會才出來。剛行了一個禮，轉身就跑回內屋，放聲大笑。滿屋子的婦女，都被她惹得笑起來。

尋至村所，廬舍全無，山花零落而已。吳憶姑葬處，仿佛不遠；然墳壟湮沒，莫可辨識，詫歎而返。母疑其為鬼。入告吳言，女略無駭意；又弔其無家，亦殊無悲意，孜孜憨笑而已。眾莫之測。母令與少女同寢止。昧爽即來省問，操女紅精巧絕倫②。但善笑，禁之亦不可止；然笑處嫣然，狂而不損其媚，人皆樂之。鄰女少婦，爭承迎之。

❶天師：東漢張道陵傳播道教，其子孫門徒在江西龍虎山從事煉丹畫符、捉鬼拿妖的迷信活動。元朝時，張道陵的後裔被封為天師。後代便沿用這一稱號。❷女紅：指縫紉、刺繡等婦女做的針線活。紅，同「工」。

吳生建議讓他到山裏去探查一下這怪異的事，順便作媒提親。他找到那個村莊的所在地，房屋全都不見了，只有零零落落的山花。吳生回憶姑母埋葬的地方，好像就在不遠處；但墳已湮沒，無法辨認，只好驚歎着轉回去。母親懷疑嬰寧是鬼，就進去把吳生的話告訴她，嬰寧卻沒有一點害怕的樣子；母親又可憐她無家可歸，安慰她，她也毫不感到悲哀，只是一味憨笑罷了。大家都無法猜透這件事。母親就叫她和小女兒一塊兒住。天剛蒙蒙亮，她就過來問候。做起針線活非常精巧，沒有人能比得上。只是很愛笑，怎麼禁也禁不住；不過她笑的時候很好看，就算是狂笑也不會損害她那嬌媚的姿容。人們都很喜歡她。鄰居的少女和少婦，爭着來討好她，和她交朋友。

母擇吉將為合巹，而終恐為鬼物。竊於日中窺之，形影殊無少異。至日，使華妝行新婦禮；女笑極不能俯仰，遂罷。生以其憨癡，恐漏泄房中隱事；而女殊密秘，不肯道一語。每值母憂怒，女至，一笑即解。奴婢小過，恐遭鞭楚，輒求詣母共話；罪婢投見，恆得免。

而愛花成癖，物色遍戚黨；竊典金釵，購佳種，數月，階砌藩溷①，無非花者。庭後有木香一架，故鄰西家。女每攀登其上，

母親選擇了吉日良辰準備為他們舉辦婚禮，但始終害怕嬰寧是個鬼物。暗中在太陽光裏窺看她，她的身影和普通人的毫無不同。到了結婚那天，讓她穿上盛裝行新婚媳婦的禮節；嬰寧卻笑得直不起身來，無法行禮，只好作罷。王子服覺得她太癡傻，怕她洩漏了夫妻間的房中秘事；可是嬰寧守口如瓶，一句也沒有向別人透露過。每逢母親愁悶生氣的時候，嬰寧來到跟前，笑一笑，母親就馬上解除煩惱了。丫頭出了小的過錯，害怕挨打，就求嬰寧到母親那裏幫她說話，然後犯了過錯的丫頭再去自首認錯，常常可以免去責罰。

嬰寧愛花成癖，向所有的親戚朋友物色好花；又偷偷典當了金釵，購買良種。幾個月的工夫，台階前、籬笆旁、廁所邊，沒有一處不種滿

摘供簪玩。母時遇見，輒呵之。女卒不改。一日，西人子見之，凝注傾倒。女不避而笑。西人子謂女意己屬，心益蕩。女指牆底笑而下，西人子謂示約處，大悅。及昏而往，女果在焉。就而淫之，則陰如錐刺，痛徹於心，大號而踣。細視，非女，則一枯木臥牆邊，所接乃水淋竅也。鄰父聞聲，急奔研問，呻而不言。

❶ 藩溷（hùn）：藩，籬笆。溷，廁所。

了花卉。庭院後面有一棵木香，原就緊靠着西邊鄰居的家。嬰寧時常爬上去攀摘，用來插戴、玩賞。母親每次遇見，總是責備她。她卻始終改不了。一天，西鄰家的兒子看見嬰寧，就兩眼直盯着她，神魂顛倒。嬰寧不但沒有回避，反而笑了起來。西鄰的兒子以為嬰寧對他有意，心裏越發淫蕩。嬰寧指指牆腳，笑着爬下樹來。西鄰的兒子以為是向他指示約會的地方，高興極了。等天一黑，就來到那牆腳下，嬰寧果然在那裏。他跑上去姦淫她，不料下體像是受到錐刺，一直痛到心裏，不由得大叫一聲，倒在地上。仔細一看，並不是嬰寧，而是一根躺倒在牆邊的枯木，所交接的原來是枯木上被雨水淋出來的爛窟窿。他父親聽到號叫聲，急忙跑出來查問，他只是呻吟着不肯說。

妻來，始以實告。爇火燭竅，見中有巨蠍，如小蟹然。翁碎木捉殺之。負子至家，半夜尋卒。鄰人訟生，訐發嬰寧妖異。邑宰素仰生才，稔知其篤行士，謂鄰翁訟誣，將杖責之。生為乞免，逐釋而出。母謂女曰：「憨狂爾爾，早知過喜而伏憂也。邑令神明，幸不牽累；設鶻突官宰，必逮婦女質公堂，我兒何顏見戚里？」女正色，矢不復笑。母曰：「人罔不笑，但須有時。」而女由是竟不復笑，雖故逗，亦終不笑；然竟日未嘗有戚容。

等到妻子來了，才把實情告訴她。點着燈火照照那個窟窿，只見裏面有一隻大蠍子，像小螃蟹那麼大。他父親劈碎了木頭，把蠍子捉出來殺死了。把兒子背回家裏，半夜兒子就死了。這家鄰居就跟王子服打官司，告發嬰寧妖邪怪異。縣官一向敬慕王子服的才學，早就知道他是個忠厚老實的書生，認為西鄰的老頭兒是誣告，就要加以責打。王子服為他請求赦免，縣官就把鄰居趕出衙門，算是無罪釋放了。母親對嬰寧說：「你瘋瘋癲癲到這種程度，我早就知道過分的高興隱伏着憂愁啊。多虧縣官神明，才沒有受到牽累；要是遇到一個糊塗縣官，一定把你抓到公堂上對質，那時我兒子還有甚麼面目去見親戚鄉鄰呢？」嬰寧聽了，神情嚴肅起來，發誓不再笑了。母親說：「人沒有不笑的，只是要看時候。」可是嬰

一夕，對生零涕。異之。女哽咽曰：「曩以相從日淺，言之恐致駭怪。今日察姑及郎，皆過愛無有異心，直告或無妨乎？妾本狐產。母臨去，以妾託鬼母，相依十餘年，始有今日。妾又無兄弟，所恃者惟君。老母岑寂山阿，無人憐而合厝之，九泉輒為悼恨。君倘不惜煩費，使地下人消此怨恫，庶養女者不忍溺棄①。」

❶ 庶養女者不忍溺棄：封建時代重男輕女，甚至有生了女兒就把她淹死或丟棄的惡習，故有此說。

寧從此竟不再笑了，即使故意逗她，她也始終不笑；不過她一天到晚也未曾流露過憂愁。

一天晚上，嬰寧忽然對着王子服流下了眼淚。王子服覺得很奇怪。嬰寧哽咽着說：「以前因為和你相處的日子短，說出來恐怕讓你驚怪。現在看到婆婆和你都很疼愛我，沒有絲毫見外之心，我想，照直告訴你們，也許沒有妨礙吧？我本來是狐母生的。母親臨走時，把我托交給鬼母，相依為命十多年，才有今天。我又沒有兄弟，所能依靠的只有你一個人。老母親孤寂地長眠在山邊，沒有人可憐她，把她的屍骨與父親合葬，九泉之下老是悲傷怨恨。你要是不怕麻煩和花錢，讓地下的人消除這個怨恨哀痛，也許能使養了女兒的人感到女兒也有用，不再忍心把她淹死或丟棄。」

生諾之，然慮墳冢迷於荒草。女但言無慮。刻日，夫妻輿櫬而往。女於荒煙錯楚中，指示墓處，果得媪尸，膚革猶存。女撫哭哀痛。舁歸，尋秦氏墓合葬焉。是夜，生夢媪來稱謝，寤而述之。女曰：「妾夜見之，囑勿驚郎君耳。」生恨不邀留。女曰：「彼鬼也，生人多，陽氣勝，何能久居？」生問小榮，曰：「是亦狐，最黠。狐母留以視妾，每攝餌相哺①，故德之常不去心。昨問母，云已嫁之。」由是歲值寒食②，夫妻登秦墓，拜掃無缺。

王子服答應了，可是擔心墳墓已被荒草淹沒，尋找不到。嬰寧只是說不必擔心。夫妻倆選定個日子，用車子裝着棺材前往。嬰寧在荒野的煙霧下、雜亂的灌木叢中，指出了墳墓的所在，果然掘到了老婦人的屍體，只見皮膚仍然完好。嬰寧撫着屍體悲哀地痛哭了一場。然後把屍體抬進棺材裏運回去，找到秦氏的墳墓，合葬在一起。這天夜裏，王子服夢見老婦人來道謝，醒來後就向嬰寧說了。嬰寧說：「我夜裏見到了她，她囑咐我不要驚動你呢。」王子服埋怨嬰寧不挽留老婦人。嬰寧說：「她是鬼，生人多的地方，陽氣旺盛，怎麼能久住呢？」王子服問起小榮的情況，嬰寧說：「她也是狐狸，最聰明狡黠。狐母把她留下來照顧我，她經常弄一些食物來喂我，所以很感激她的恩德，心裏一直掛念着她。昨晚問

女逾年生一子。在懷抱中，不畏生人，見人輒笑，亦大有母風云。

❶ 攝：迷信說法，以法術取得別人的東西，稱為「攝」。❷ 寒食：寒食節，在清明節的前二日。據說春秋時晉文公為悼念介子推被燒死，禁止在這天生火做飯。只准吃冷食，故稱「寒食」。這裏指清明節掃墓的習俗。

了鬼母，說是已經出嫁了。」從此以後，每年到了寒食節，夫妻倆就一同到秦氏墓地上，掃墓拜祭，年年不缺。嬰寧在第二年生了個兒子。這孩子在懷抱裏就不怕陌生人，見人就笑，也很有他母親的風度。

異史氏曰：「觀其孜孜憨笑，似全無心肝者①；而牆下惡作劇，其黠孰甚焉；至悽戀鬼母，反笑為哭：我嬰寧殆隱於笑者矣②。竊聞山中有草，名『笑矣乎』③。嗅之，則笑不可止。房中植此一種，則合歡、忘憂④，並無顏色矣；若解語花⑤，正嫌其作態耳。」

❶ 無心肝：通常指不明事理，無同情、羞惡等心，不知感恩等。 ❷ 隱於笑：把自己隱藏在笑中，也即用笑來掩蓋自己的思想感情。 ❸ 笑矣乎：一種吃了會使人無故發笑的菌類。見陶穀《清異錄》。 ❹ 合歡、忘憂：合歡，也叫「合昏」，即夜合花；忘憂，萱草的別名。相傳這兩種花可使人歡樂而忘記憂愁，故名。 ❺ 解語花：傳說唐玄宗稱楊貴妃為解語花，後來一般用以比喻聰敏的美人。

異史氏說：「看她沒完沒了地憨笑，好像是完全沒有心肝的人。可是牆腳下的惡作劇，其聰明機智誰能比得上啊。至於表述對鬼母的悽切懷念，更反笑為哭。我的嬰寧恐怕是用笑來隱藏自己。我聽人說山裏有一種草，名叫『笑矣乎』，聞一下就會笑得無法抑制。在房子裏種上它，那麼合歡和忘憂這兩種花草就都不美了；至於解語花，就更嫌它矯揉造作、故弄姿態了。」

義鼠

小鼠被蛇吞食，另一小鼠見後不是逃命，而是「瞪目如椒，似甚恨怒」。小鼠當然不是大蛇的對手，但是眼見大蛇殘害同類而不奮起抗爭，怒氣難消。於是趁大蛇進洞之時，從背後狠狠地咬牠一口。蛇出即去，蛇入復來，終於逼使大蛇不得不吐出死鼠，拖着被咬爛的尾巴，怏怏爬回。小鼠的復仇意志和以弱勝強的經驗，對讀者不無啟發。

二鼠出，其一為蛇所吞；其一瞪目如椒，似甚恨怒，然遙望不敢前。蛇果腹，蜿蜒入穴。方將過半，鼠奔來，力嚼其尾。蛇怒，退身出。鼠故便捷，欻然遁去①。蛇追不及而返。及入穴，鼠又來，嚼如前狀。蛇入則來，蛇出則往，如是者久。蛇出，吐死鼠於地上。鼠來嗅之，啾啾如悼息，啣之而去。

❶ 欻（xū）然：忽然。這裏形容老鼠逃得極快。

有兩隻小老鼠，剛從洞裏鑽出（就遇到了大蛇）。一隻被蛇一口吞了下去，另一隻瞪着一對又黑又圓的小眼睛，好像充滿着仇恨和憤怒，但牠只是遠遠地望着蛇，不敢衝上前去。大蛇吃飽肚子，身體一彎一曲地遊進洞穴。蛇身剛進去一半，那只小老鼠突然衝過來，狠命地咬住蛇的尾巴。蛇發了怒，立即往後退了出來。老鼠本來就跑得快，（見蛇回過頭），嗖地跑得不見蹤影。蛇追不上牠，又轉過身往洞裏遊。等牠進入洞穴，小老鼠又跑過來，跟前次一樣，使勁地咬蛇的尾巴。就這樣，蛇入就來，蛇出就跑，反覆了好多次。最後一次，蛇出洞時將那只死老鼠吐在地上。咬蛇的小老鼠跑過來，用鼻子聞聞死去的同伴，「啾啾啾」地鳴叫，好像在悼念、歎息，然後把死老鼠啣着離開了。

這是一篇《桃花源記》式的小說。但它不是幻想寧靜的小康社會，而是虛構能夠醫治精神創傷的仙境。羅子浮被社會上邪惡之徒「誘去作狹邪遊」而陷於絕境，仙女們並沒有因為他渾身腥臭而厭惡他，相反，向他伸出熱誠的手，把他接到仙洞，用溪水治好他的滿身毒瘡，並使他得到了一個溫暖的家。這則故事的創作意圖何在？看透世間黑暗的蒲松齡似乎已在思考：人與人之間應有一種相助相親的合理關係。

羅子浮，邠人。父母俱早世。八九歲，依叔大業。業為國子左廂①，富有金繒而無子②，愛子浮若己出。十四歲，為匪人誘去作狹邪遊。會有金陵娼，僑寓郡中，生悅而惑之。娼返金陵，生竊從遁去。居娼家半年，牀頭金盡，大為姊妹行齒冷。然猶未遽絕之。無何，廣創潰臭，沾染牀席，逐而出。丐於市。市人見輒遙避。自恐死異域，乞食西行；日三四十里，漸至邠界。又念敗絮膿穢，無顏入里門，尚趑趄近邑間③。

羅子浮，山西邠州人。父母都早已去世。八九歲就跟着叔父羅大業過日子。羅大業在國子監當教官，財產很多，卻沒有兒子。他愛子浮如同親生兒子一般。羅子浮十四歲那年，被壞人引誘去逛妓院。恰巧有個金陵來的妓女，僑居在邠州城裏，羅子浮愛上了她，被她迷惑得神魂顛倒。這個妓女返回金陵，他也瞞着家裏偷偷跟着去。在妓院裏住了半年，身邊的錢花得精光，遭到妓女們的恥笑，不過暫時也還沒有攆他走。時隔不久，他生的楊梅瘡潰爛發臭，膿血把牀鋪都弄髒了，終於被趕了出來。在街頭要飯，路人見到他都遠遠地躲開。羅子浮怕死在異鄉，便一邊討飯一邊往西走；每天走三四十里，慢慢來到邠州地界。又想到破衣敗絮，膿血污穢，實在沒臉回家，所以就在縣城附近徘徊。

日既暮，欲趨山寺宿。遇一女子，容貌若仙。近問：「何適？」生以實告。女曰：「我出家人，居有山洞，可以下榻，頗不畏虎狼。」生喜，從去。入深山中，見一洞府，入則門橫溪水，石樑駕之。又數武，有石室二，光明徹照，無須燈燭。命生解懸鶉④，浴於溪流。曰：「濯之，創當愈。」又開幛拂褥促寢，曰：「請即眠，當為郎作袴。」

❶ 國子左廂：指國子監的教官。國子監，封建時代的最高學府。
❷ 金繒：泛指財產。繒，絲織品的總稱。❸ 趑趄（zī jū）：進退不決，猶豫不前。❹ 懸鶉：鶉鳥尾禿，衣服上的補丁與鶉鳥尾部有點近似，故稱破舊襤褸的衣服為「鶉衣」、「懸鶉」。

太陽下山了，羅子浮想去山間的寺廟投宿，遇到一個女郎，容貌漂亮得像仙女，走近跟前問他說：「你要到甚麼地方呀？」羅子浮如實告訴了她。女郎說：「我是出家人，住在山洞裏，那裏可以安睡，不用怕虎豹豺狼。」羅子浮喜出望外，就跟着她去了。來到深山中，看見有個洞府，進去以後，門邊橫着一條小溪，溪上架着石橋。再往前走幾步，有兩間石屋，屋內到處光明，夜晚也不用點燈照明。女郎叫他脫下破破爛爛的衣裳，到小溪裏洗澡，說：「好好洗一洗，你身上的瘡就會痊癒。」他洗完澡，女郎又為他撩起牀帳，撣拂被褥，催促他睡覺，說：「請快點睡吧！我要給你做褲子。」

乃取大葉類芭蕉，剪綴作衣。生臥視之。製無幾時，摺疊牀頭，曰：「曉取著之。」乃與對榻寢。

生浴後，覺創瘍無苦。既醒，摸之，則痂厚結矣。詰旦，將興，心疑蕉葉不可著。取而審視，則綠錦滑絕。少間，具餐。女取山葉呼作餅，食之，果餅；又剪作雞、魚，烹之皆如真者。室隅一罌，貯佳醞，輒復取飲；少減，則以溪水灌益之。數日，創痂盡脫，就女求宿。女曰：「輕薄兒！甫能安身，

說着就摘了一片像芭蕉似的大葉子，剪剪裁裁，縫製衣服。他躺在牀上看着，不一會兒，女郎就做成疊好，放在牀頭，說：「明天早晨起來穿上吧！」然後就躺在對面牀上睡下。

羅子浮洗澡後，感到身上的爛瘡不痛了。醒來一摸，結了一層厚痂。第二天早晨，正想起牀，心裏懷疑芭蕉葉衣能不能穿。拿起來仔細一看，想不到都是綠色錦緞，非常光滑。過了一會兒，早飯做好了。女郎拿了些山上的樹葉來，說這是餅，羅子浮一吃，果真是餅；又把樹葉剪成雞和魚，經過煎煮，味道竟與真的雞和魚沒有不同。牆角有一個甕，貯存着美酒，常常倒出來喝；甕裏的酒減少一些了，就把溪水灌進去，使它增加。幾天後，羅子浮的瘡痂全脫落了，就到女郎

便生妄想！」生云：「聊以報德。」遂同臥處，大相歡愛。一日，有少婦笑入，曰：「翩翩小鬼頭快活死！（薛）〔蘇〕姑子好夢幾時做得①？」女迎笑曰：「花城娘子，貴趾久弗涉，今日西南風緊，吹送來也！小哥子抱得未？」曰：「又一小婢子。」

❶「薛姑子」句：「薛」當作「蘇」，因字形相近而誤。此句出於唐代蔣防所寫《霍小玉傳》。該篇寫到鮑十一娘為李益找到一個理想的伴侶時，她對李益所說的第一句話就是：「蘇姑子作好夢也未？」聯繫其上下文來看，「好夢」是找到理想對象的預兆；至於「蘇姑子」的意義，現已無從查考。在本篇中，即以「做得好夢」隱喻找到理想對象；所以，這句其實是問翩翩：你甚麼時候找到這位理想對象的？

那裏去，要求和她同睡。女郎說：「你這個輕薄傢伙，剛有一個安身之處，就癡心妄想！」羅子浮說：「這不過是略微報答你的恩德！」於是就睡在一起，彼此都很喜歡，相互恩愛。一天，有個少婦笑盈盈地走了進來，說：「翩翩，你這個小鬼頭快活死啦，（薛）〔蘇〕姑子是甚麼時候做成好夢的呀！」女郎迎出來笑着說：「花城娘子，你尊貴的腳很久沒踏進來了，今天西南風緊，把你吹來啦！小哥子抱得了沒有？」花城說：「又是一個小丫頭。」

女笑曰：「花娘子瓦窰哉①！那弗將來？」曰：「方嗚之，睡卻矣。」於是坐以款飲。又顧生曰：「小郎君焚好香也。」生視之，年廿有三四，綽有餘妍②。心好之。剝果誤落案下，俯假拾果，陰捻翹鳳；花城他顧而笑，若不知者。生方怳然神奪，頓覺袍袴無溫；自顧所服，悉成秋葉。幾駭絕。危坐移時，漸變如故。竊幸二女之弗見也。

少頃，酬酢間，又以指搔纖掌。花城坦然笑謔，殊不覺知。

女郎笑着說：「你花娘子成了瓦窰啦！為何不把小丫頭抱來呀？」花城說：「剛哄着拍着讓她睡着了。」於是坐了下來，款待花城飲酒。花城看着羅子浮說：「你這小郎君，算是燒了好香啦！」羅子浮細看花城，年紀約有二十三四，還非常漂亮，心裏頓生愛慕之意。他剝果子時，失手掉落桌下，就假裝蹲下去拾果子，偷偷地捏了一下花城的小腳。花城看着別處在笑，好像不知道這回事。羅子浮正神魂顛倒，剎那間只覺得袍褲失去了溫暖，一身冰涼，低頭一看，身上所穿的，全都變成了枯黃的樹葉。他幾乎驚呆了，端端正正地坐了一會兒，才又逐漸復原。他心裏暗自慶幸兩個女子沒有看見剛才的變異。

過了一會，羅子浮在相互敬酒時，又用手指

突突怔忡間，衣已化葉，移時始復變。由是慚顏息慮，不敢妄想。花城笑曰：「而家小郎子，大不端好！若弗是醋葫蘆娘子，恐跳跡入雲霄去。」女亦哂曰：「薄倖兒，便直得寒凍殺！」相與鼓掌。花城離席曰：「小婢醒，恐啼腸斷矣。」女亦起曰：「貪引他家男兒，不憶得小江城啼絕矣。」

❶瓦窰：《詩經・斯干》中有「乃生女子……載弄之瓦」之句，後來就稱生女兒為「弄瓦」，又進而稱多生女兒的婦人為「瓦窰」。其實，《斯干》中的「瓦」是指紡錘，那兩句詩的意思是：生下女孩子來，讓她玩弄紡錘。❷餘妍：殘存的美麗。古人認為女子到了二十三四歲，已經不是她最美麗的時候了；她在這時所有的，已經是一種殘存的美。

在花城細嫩的手掌上搔了一下。花城仍坦然自若地談笑，好像一點也沒有覺察。羅子浮心怦怦地亂跳。正在此時，衣裳又化為枯葉，過了好久才復原。這兩次變幻，使羅子浮滿面羞愧，打消了原來的念頭，再也不敢妄想了。花城笑道：「你家小郎君，大大不老實呀！若不是有個醋葫蘆娘子，恐怕要蹦到天上去了！」女郎也笑道：「這樣沒良心的浪蕩兒，只配讓他活活凍死！」說完兩人鼓掌大笑。後來，花城起身告辭說：「我的小丫頭大概睡醒啦，恐怕哭斷腸子了。」女郎也站起來，說：「貪圖勾引別人家的男子，哪裏還想得起小江城醒來要哭死呢！」

花城既去，懼貽誚責；女卒晤對如平時。居無何，秋老風寒，霜零木脫，女乃收落葉，蓄旨禦冬。顧生肅縮，乃持襆掇拾洞口白雲，為絮複衣；著之，溫暖如襦，且輕鬆常如新綿。逾年，生一子，極惠美①。日在洞中弄兒為樂。然每念故里，乞與同歸。女曰：「妾不能從；不然，君自去。」因循二三年，兒漸長，遂與花城訂為姻好。生每以叔老為念。女曰：「阿叔臘故大高，幸復強健，無勞懸耿。待保兒婚後，去住由君。」女在洞中，輒

花城走了以後，羅子浮深怕受到譏誚和譴責，可女郎毫不在意，對待他和往常一樣。轉眼到了深秋，風冷霜寒，木葉凋零。女郎就收拾些落葉，儲藏食物，準備過冬。她看見羅子浮瑟瑟縮縮的樣子，就拿了一幅包袱布，到洞口拾掇白雲，作為棉絮做棉衣。羅子浮穿上覺得溫暖柔軟，而且總像新棉那樣輕軟蓬鬆。第二年，翩翩生了個兒子，很聰明也很秀美。羅子浮終日在洞裏逗弄兒子取樂。可是他仍然常常思念故鄉，請求女郎一塊兒回去。女郎說：「我不能跟你回去；不然的話，你就自己回去。」拖延了兩三年，兒子漸漸長大了，就和花城的女兒訂了婚。羅子浮總是掛念家裏年邁的叔叔，女郎說：「叔公雖然年事已高，好在身體還很硬朗，用不着牽腸掛肚。等保兒完婚以後，是去是留隨你的便。」女

取葉寫書教兒讀，兒過目即了。女曰：「此兒福相，放教入塵寰，無憂至台閣②。」未幾，兒年十四。花城親詣送女。女華妝至，容光照人。夫妻大悅，舉家宴集。翩翩扣釵而歌曰：「我有佳兒，不羨貴官。我有佳婦，不羨綺紈。今夕聚首，皆當喜歡。為君行酒，勸君加餐。」

既而花城去，與兒夫婦對室居。新婦孝，依依膝下，宛如所生。生又言歸。

❶ 惠：通「慧」，聰明。❷ 台閣：尚書的別稱。這裏泛指高官。

郎在洞中，總是把書默寫在樹葉上教兒子讀，兒子看一遍就懂得了。女郎說：「這孩子有福相，如把他放回人世間，不愁做不到尚書。」過了些年，兒子十四歲了，花城親自把女兒送過來。江城姑娘穿上華麗的衣服，容貌美麗，光彩照人。羅子浮夫婦非常高興，全家舉行宴會。翩翩敲着金釵唱道：「我有好兒男，不羨做大官。我有好兒媳，不羨穿綢緞。今晚聚一堂，闔家都喜歡。為君敬喜酒，勸君多加餐。」

宴罷，花城走了。他們與兒子夫婦住在房門相對的兩間屋子裏。新娘子很孝順，依戀膝下，如同親生女兒。羅子浮又重提回家的事。

女曰：「子有俗骨，終非仙品；兒亦富貴中人，可攜去，我不誤兒生平。」新婦思別其母，花城已至。兒女戀戀，涕各滿眶。兩母慰之曰：「暫去，可復來。」翩翩乃剪葉為驢，令三人跨之以歸。大業已老歸林下，意姪已死，忽攜佳孫美婦歸，喜如獲寶。入門，各視所衣，悉蕉葉；破之，絮蒸蒸騰去。乃並易之。後生思翩翩，偕兒往探之，則黃葉滿徑，洞口雲迷，零涕而返。

翩翩說：「你生着一身凡夫俗子的骨頭，終究做不成仙人；兒子也是富貴鄉中的人物，你帶走吧！我不耽誤兒子的前程。」臨走，新娘子想要和母親告別，而花城也已來了。小兒女都戀戀不捨，熱淚盈眶。兩位母親安慰他們道：「你們暫且回去，以後還可以再來。」翩翩就用樹葉剪成驢子，讓三人騎着回家。這時羅大業已告老還鄉，以為姪子早已死了，現在忽然看到姪子帶着英俊的孫子和漂亮的孫媳婦回來，高興得如獲至寶。三人進了家門，看看自己的衣服，全是芭蕉葉子；一拆開，棉絮像朵朵白雲向天空飄去。他們都換了人間的衣服。後來羅子浮想念翩翩，帶着兒子去探望，只見黃葉滿地，雲霧彌漫，洞口再也找不到了，只得傷心落淚而歸。

異史氏曰：「翩翩、花城，殆仙者耶？餐葉衣雲，何其怪也！然幃幄誹謔①，狎寢生雛，亦復何殊於人世？山中十五載，雖無『人民城郭』之異②；而雲迷洞口，無跡可尋，睹其景況，真劉、阮返棹時矣③。」

❶ 幃幄誹謔：在牀帳裏開玩笑。指上文所記羅子浮「就女求宿」時兩人的對話。 ❷「雖無」句：相傳漢代丁令威出家學道，後來化為仙鶴，返歸故鄉，作歌道：「有鳥有鳥丁令威，去家千年今始歸。城郭如故人民非，何不學仙冢纍纍。」「人民城郭」即出自此歌。這句是說，雖然沒有「城郭如故人民非」的變異。 ❸ 劉、阮返棹：據《神仙傳》記載，東漢劉晨、阮肇入天台山采藥，遇仙女留住，半年後回鄉，已相隔十世了。後來他們再尋入山之境，卻已迷不可往。

異史氏說：「翩翩、花城，大概是神仙吧？吃樹葉，穿白雲，何等奇怪！但在帳子裏開玩笑，男女交合，生兒育女，又和人間有甚麼不同呢？在山裏住了十五年，雖然不像丁令威似的產生『城郭如故人民非』的感慨，可是再找翩翩的住處時，卻已雲迷洞口，無跡可尋，看到那種景況，真像是劉晨、阮肇返歸天台的時候呀！」

羅刹國

這篇是蒲松齡「憤世疾俗」的代表作品。他對「花面逢迎，世情如鬼」的醜惡現實沒有具體描寫，而是將自己觀察現實所得到的深刻感受化為羅刹國的幻境。所謂羅刹國，即鬼蜮世界。在那個國度裏，用人取士只重形貌，不重文筆。而且美醜顛倒，醜者顯貴，美者卑賤。因此，面目越猙獰醜惡，地位越高，權力越大。佔據統治地位的宰相長得特別古怪：雙耳背生，睫毛覆目如簾，鼻子比常人多了一孔。暗示掌握國家統治權的人是個耳不聽、目不明、不辨香臭的傢伙。馬駿長得俊美，竟被視為怪物，見之者莫不恐懼逃走。當然，若要取得高官厚祿，也並非毫無辦法，不過必須以煤塗面，醜化自己。馬駿因之感慨説：「嘻！遊戲猶可，何能易面目圖榮顯？」這些描寫似乎是海外奇談，其實全是作者的罵世之言。本篇原題為《羅刹海市》，故事後半所寫的「海市」，因篇幅所限，本書予以刪節。故易其題為《羅刹國》。後半截所寫的「海市」，顯然是作者心目中的「理想國」。拿它和「羅刹國」作一對比：「海市」的龍君住在「玳瑁為梁，魴鱗作瓦」的宮殿裏，把人才看成國寶，禮賢下士，馬駿獻賦一篇，即受重用，還被招為駙馬。他的得寵，正是有才學而又熱衷功名的封建文人所追求的目標。「海市」云云，意即可望而不可即，是作者懷才不遇、抒發感慨的牢騷話。

馬駿，字龍媒，賈人子。美丰姿。少倜儻，喜歌舞。輒從梨園子弟[1]，以錦帕纏頭，美如好女，因復有「俊人」之號。十四歲，入郡庠，即知名。父衰老，罷賈而居。謂生曰：「數卷書，饑不可煮，寒不可衣。吾兒可仍繼父賈。」馬由是稍稍權子母[2]。

從人浮海，為颶風引去，數晝夜，至一都會。其人皆奇醜；見馬至，以為妖，羣譁而走。馬初見其狀，大懼；迨知國人之駭己也，遂反

馬駿，字龍媒，是商人的兒子。他生得姿容俊美。從少年時起，就豪邁灑脫，喜歡唱歌跳舞，經常跟着戲曲藝人用錦帕纏頭，漂亮得像個美女，因此又有「俊人」的外號。他十四歲考中了府學裏的秀才，就頗有名氣。他父親因為年老體衰，歇了買賣，閒居在家。對馬駿說：「那幾本書，餓了不能當米煮，冷了不能當衣穿。我看你不如繼承我的事業，出去做買賣。」馬駿聽從父親的勸告，從此也就漸漸做起生意來了。

有一回，他跟別人一起漂洋過海去經商，船被大颱風颳走了，漂了幾天幾夜，到了一座大都城。那裏的人都長得奇醜無比。看到馬駿來，竟以為是個妖怪，大家嚇得連喊帶叫逃散了。馬駿初次看到他們那副醜模樣非常害怕；等到知道這

以此欺國人。遇飲食者，則奔而往；人驚遁，則啜其餘。久之，入山村。其間形貌亦有似人者，然襤褸如丐。馬息樹下，村人不敢前，但遙望之。久之，覺馬非噬人者，始稍稍近就之。馬笑與語。其言雖異，亦半可解。馬遂自陳所自。村人喜，遍告鄰里：「客非能搏噬者。」然奇醜者望望即去，終不敢前。其來者，口鼻位置，尚皆與中國同。共羅漿酒奉馬。馬問其相駭之故。

❶ 梨園子弟：指戲曲藝人。梨園，原是唐玄宗訓練歌舞伎人的地方，後來作為戲場或戲班的代稱。❷ 權子母：權衡子母，意即將本求利，做買賣。子，指利潤；母，指本錢。

裏的人害怕自己，便反而以此去嚇唬他們。遇見吃飯飲酒的，他就跑過去，把那些人嚇跑了，便吃他們剩下的食物。過了很久以後，他走進一個山村。村裏人的形狀相貌，也有生得像個人樣的，但是穿得破破爛爛，如同乞丐。馬駿坐在樹下休息，村裏人不敢靠近他，只是躲得遠遠地張望。時間長了，他們覺得馬駿不像是吃人的怪物，才漸漸地接近他。馬駿滿臉笑容，親切地和他們交談。語言雖然不同，大約可以聽懂一半。馬駿就把自己的來歷告訴他們。村裏人很高興，立即告訴鄰近所有的人，說這個生客不是抓人吃人的。但是那些長得特別醜陋的村民，只在遠處望一眼就趕緊跑掉，始終不敢走到跟前。那些敢於走近的人，其五官位置都還長得和中國人一樣。他們共同擺酒招待馬駿。馬駿問他們為甚麼害怕自己。

答曰：「嘗聞祖父言：西去二萬六千里，有中國，其人民形象率詭異。但耳食之，今始信。」問其何貧。曰：「我國所重，不在文章，而在形貌。其美之極者，為上卿①；次任民社②；下焉者，亦邀貴人寵，故得鼎烹以養妻子。若我輩初生時，父母皆以為不祥，往往置棄之；其不忍遽棄者，皆為宗嗣耳。」問：「此名何國？」曰：「大羅刹國。都城在北去三十里。」馬請導往一觀。於是雞鳴而興，引與俱去。

那些人說：「曾經聽老爺爺說過，由這裏往西去二萬六千里，有個中國，那裏人的形象大都是奇形怪狀的。但這些都是聽來的，今天看到了你，才相信了。」問他們為甚麼這樣窮，他們說：「我國所注重的，不在於文章好壞，而在於容貌美醜。相貌最美的，可以做朝廷大官；次一等的，作地方官；再差些的也可博得貴人的寵愛，因而也能得到美食來養活妻子兒女。像我們這樣的人，剛一生下來，就被父母看成不吉利，往往被扔掉；其中有些人之所以不被父母忍心遺棄，也只是為了傳宗接代罷了。」馬駿又問他們：「這個國家叫甚麼名字？」回答說：「叫做大羅刹國，都城就在北邊三十里的地方。」馬駿就請他們領自己去參觀一下。於是，第二天雞一叫就起牀，村人就引着馬駿一起前去。

天明，始達都。都以黑石為牆，色如墨。樓閣近百尺。然少瓦，覆以紅石；拾其殘塊磨甲上，無異丹砂。時值朝退，朝中有冠蓋出③，村人指曰：「此相國也④。」視之，雙耳皆背生，鼻三孔，睫毛覆目如簾。又數騎出，曰：「此大夫也。」以次各指其官職，率猙獰怪異；然位漸卑，醜亦漸殺。

❶上卿：古代官位有卿、大夫、士的分別，卿又分上、中、下三等，上卿職位最高。後文「下大夫」，就是大夫裏最低的一級。❷民社：原是「人民」和「社稷」的合稱，這裏的「任民社」指為地方官。❸冠蓋：冠，禮帽；蓋，車蓋。「冠蓋」本指官員的服飾和車輛，後也借指官員。❹相國：原為秦漢時官名，位在丞相之上，後來泛指宰相。

直到天亮，才到達都城。都城是用黑色石頭砌的城牆，顏色如墨一樣。城內的樓閣高約百尺，可是很少用瓦，都是用紅石覆蓋樓頂。馬駿撿起一點碎片在指甲上磨一磨，和朱砂沒有甚麼兩樣。這時正趕上百官退朝，從朝廷中出來一個坐車的官員，村人指着說：「這是當朝的宰相。」一看，兩個耳朵都是倒過來生的，鼻子有三個孔，睫毛遮住雙眼，像簾子一樣。接着又有幾個官騎馬出來，村人說：「這些都是大夫。」然後逐個介紹他們的官職，相貌大都長得猙獰怪異；可是隨着官職的降低，醜陋的程度也隨着減弱。

無何，馬歸，街衢人望見之，噪奔跌蹶，如逢怪物。村人百口解説，市人始敢遙立。

既歸，國中無大小，咸知村有異人，於是搢紳大夫①，爭欲一廣見聞，遂令村人要馬②。然每至一家，閽人輒闔户，丈夫女子竊竊自門隙中窺語；終一日，無敢延見者。村人曰：「此間一執戟郎③，曾為先王出使異國，所閱人多，或不以子為懼。」造郎門。郎果喜，揖為上賓。視其貌，如八九十歲

不久，馬駿往回走，街上行人望見他，都驚叫奔跑，邊跌邊逃，好像碰見了妖怪似的。村人向他們百般解釋，市裏的人才敢站立在老遠的地方。

馬駿回到山村以後，全國無論大小，都知道這村子裏來了異人，於是滿朝的官員都爭着要開開眼界，就吩咐村人邀約馬駿。可是馬駿每到一家，守門人一見總是關上大門，男男女女只敢從門縫裏偷偷張望和小聲議論；整整一天，沒有哪一家敢開門請他進去。村人說：「這裏有一位執戟郎，曾經為老國王多次出使外國，他見過各色各樣的人物，也許不怕你。」於是就去拜訪那位執戟郎，執戟郎果然很高興，很禮貌地把他待為上賓。看執戟郎的相貌，像是八九十歲的老人，眼球突出，鬍鬚像刺蝟毛似的往上卷着。他說：

人。目睛突出，鬢卷如蝟。曰：「僕少奉王命，出使最多；獨未嘗至中華。今一百二十餘歲，又得睹上國人物，此不可不上聞於天子。然臣臥林下，十餘年不踐朝階，早旦，為君一行。」乃具飲饌，修主客禮。酒數行，出女樂十餘人，更番歌舞。貌類如夜叉，皆以白錦纏頭，拖朱衣及地。扮唱不知何詞，腔拍恢詭。主人顧而樂之。問：「中國亦有此樂乎？」曰：「有。」

❶ 搢紳：古代官員朝見皇帝時，把象笏插在大帶裏。因此「搢紳」就成為官的代名詞。後來也指紳士。搢，插；紳，大帶。❷ 要：同「邀」。❸ 執戟郎：古代負責警衛宮門的官。

「我年輕時，奉國王的命令，出使外國，次數最多，但唯獨沒有到過中華。現在我已經一百二十多歲了，又能親眼看到你這位上國的人物，這件事不可不奏明國王。但是我已退居林下，十幾年沒有踏上朝廷的台階了。明天早晨，我要為你走一趟。」於是就安排酒宴，主人和賓客按照應有的禮節相互行禮入席。敬過幾遍酒，出來十幾名歌女，輪番唱歌跳舞。她們的面貌大都像夜叉，全用白綢纏頭，朱紅的長衣直拖到地面。不知扮演的甚麼人物，也不明唱的甚麼歌詞，只覺得腔調節拍都非常奇怪。主人看着她們，感到很高興，就問馬駿：「你們中國也有這種以歌女演唱的音樂嗎？」馬駿說：「有的。」

主人請擬其聲，遂擊桌為度一曲。主人喜曰：「異哉！聲如鳳鳴龍嘯，得未曾聞。」

翼日，趨朝，薦諸國王。王忻然下詔。有二三大臣，言其怪狀，恐驚聖體。王乃止。即出告馬，深為扼腕。居久之，與主人飲而醉，把劍起舞，以煤塗面作張飛。主人以為美，曰：「請客以張飛見宰相，宰相必樂用之，厚祿不難致。」馬曰：「嘻！遊戲猶可，何能易面目圖榮顯！」主人固強之，馬乃

執戟郎請他模仿一段聽聽，他就敲着桌子唱了一曲。主人很高興地說：「真新奇呀！歌聲如同鳳鳴龍嘯，我從來沒有聽到過。」

第二天，他上朝去，把馬駿推薦給國王。國王欣然下令，要召見馬駿。有兩三個大臣，說馬駿長得古怪難看，恐怕嚇壞聖體。國王終於打消了接見的念頭。執戟郎就出來，把經過告訴了馬駿，深表惋惜和不平。馬駿在執戟郎那兒住了好多天。有一次，和主人一起喝酒，喝醉了，就用煤灰塗臉，扮成張飛的模樣，握劍起舞。主人認為這模樣很漂亮，就說：「請你扮成張飛的模樣去見宰相，宰相一定樂意重用你，要高官要厚祿都不難辦到。」馬駿「嘻」地笑了一聲，說：「隨便玩玩還可以，怎能改換面目去謀求榮華富貴

諾。主人設筵，邀當路者飲，令馬繪面以待。未幾，客至，呼馬出見客。客訝曰：「異哉！何前媸而今妍也！」遂與共飲，甚歡。馬婆娑歌「弋陽曲①」，一座無不傾倒。

明日，交章薦馬。王喜，召以旌節。既見，問中國治安之道，馬委曲上陳，大蒙嘉歎，賜宴離宮。酒酣，王曰：「聞卿善雅樂，可使寡人得而聞之乎？」

❶ 弋（yì）陽曲：是明、清兩代民間流行的弋陽腔，起源於江西弋陽一帶，其音高亢激越。自明末直至清代，文人一般以昆腔為雅樂，弋陽腔為俗曲。

呢？」主人一定要馬駿這樣做，他只好答應了。於是主人擺酒設宴，邀請一些當權的大官來喝酒，要他塗黑臉面等着。沒多久，客人來了，主人招呼馬駿出來見客。客人們驚訝地說：「真是怪事，怎麼前些天那麼醜陋，今天卻這樣美呢？」就跟馬駿一起喝酒，十分高興。馬駿婆娑起舞，用弋陽腔唱了一段曲子，滿座客人無不讚美欽佩。

第二天，那些客人紛紛上奏章，向國王推薦馬駿。國王很高興，用隆重的禮節召見他。一見面，就仔細詢問中國治國安邦的辦法，馬駿深入淺出地向國王做了介紹，大受國王的賞識和誇獎，立即在行宮裏擺酒賜宴。喝到半醉，國王說：「聽說愛卿精通雅樂，能唱一段讓寡人聽聽嗎？」

馬即起舞，亦效白錦纏頭，作靡靡之音。王大悅，即日拜下大夫。時與私宴，恩寵殊異。久而官僚百執事①，頗覺其面目之假；所至，輒見人耳語，不甚與款洽。馬至是孤立，憪然不自安。遂上疏乞休致，不許；又告休沐，乃給三月假。於是乘傳載金寶，復歸山村。村人膝行以迎。馬以金貲分給舊所與交好者，歡聲雷動。

❶ 百執事：負責各種職務的官員。

馬駿馬上離座跳起舞來，也學他們那樣用白綢纏頭，吟唱靡靡之音。國王快活極了，當時就封他做下大夫。以後，時常參加國王的私人宴會，國王對他的恩賜、寵愛遠遠超過別人。但是，時間長了，文武百官逐漸感到馬駿的面目是假的。他不論走到哪裏，總是見到人們在交頭接耳議論他，對他相當冷淡。這時，馬駿感到孤立，心裏很不安。於是上書要求辭職，國王不允許；他又請求短期休假，國王同意給他三個月假期。他就乘坐驛站的馬車，載着金銀珠寶，又回到了山村。村裏人跪在地下，用膝蓋向前挪移來迎接他，他把金銀財寶分給早先結交的好友，村裏歡聲雷動。

公孫九娘

本篇寫人鬼通婚的愛情故事，但並不沉湎於纏綿的情愛之中，而是以于七一案為背景，從側面控訴封建統治階級的野蠻兇殘。才貌出眾的公孫九娘，由於無辜的株連而慘遭殺戮。即使在九泉之下，這屈死的冤魂仍然執着地追求人間的生活，但內心深處的悲憤又難以忘卻。新婚之夜她吟詩向丈夫追述往事，把她複雜而深沉的感情強烈地表現出來。她憧憬和嚮往着幸福生活，卻連骸骨之託也未能如願。這深深的怨懟，曲折地傳達出千百個被害者含冤莫白、棄骨異鄉的滿腔悲憤。整篇小說籠罩着濃重的悲劇情緒和悽愴氣氛，蘊含着射向戕害人民的統治者的鋒芒。

于七一案[1]，連坐被誅者，棲霞、萊陽兩縣最多。一日俘數百人，盡戮於演武場中。碧血滿地[2]，白骨撐天。上官慈悲，捐給棺木，濟城工肆，材木一空。以故伏刑東鬼，多葬南郊。

甲寅間[3]，有萊陽生至稷下[4]，有親友二三人，亦在誅數，因市楮帛[5]，酹奠榛墟[6]。就稅舍於下院之僧。明日，入城營幹，日暮未歸。忽一少年，造室來訪。見生不在，脫帽登牀，著履仰臥。僕人問其誰

于七造反那一起案件，受牽連而被殺害的人，棲霞、萊陽兩個縣最多。一天之中就抓了幾百人，都押到濟南的演武場殺了。真是碧血滿地，白骨撐天。上級官府大發慈悲，給死者捐助棺材，以致濟南城裏棺材舖的材木都被搶購一空。所以處在東部的棲霞、萊陽這兩縣被害者的屍骨，大多數埋葬在濟南的南郊。

甲寅年間，萊陽縣有個書生來到稷下這個地方，他有兩三個親友，也在被株連殺害者之列，因此他就買了一些紙錢，在雜樹叢生的荒野裏祭奠一番。又就近向小寺院裏的和尚租了間房子住下來。第二天，他進城辦事，傍晚還未回來。忽然有個年輕人來登門拜訪。見萊陽生不在，年輕人就摘下帽子上了牀，鞋子也不脫就仰面躺着。

何，合眸不對。既而生歸，則暮色朦朧，不甚可辨。自詣牀下問之。瞠目曰：「我候汝主人，絮絮逼問，我豈暴客耶！」生笑曰：「主人在此。」少年急起著冠，揖而坐，極道寒暄。聽其音，似曾相識。急呼燈至，則同邑朱生，亦死於于七之難者。大駭卻走。

❶于七一案：1648年（清順治五年），山東棲霞縣人于七，領導農民起義，曾以鋸齒山為根據地，佔據了好幾縣。1662年，起義軍主力被困，于七突圍而出，不知所終。當時因此案牽連被殺的人很多。❷碧血：傳説周朝萇弘冤枉被殺，死後三年，血化為碧玉。見《莊子・外物篇》。後人因稱含冤而死者的血為碧血。❸甲寅：康熙十三年，即1674年。❹稷（jì）下：戰國時地名，在齊國都城臨淄（今屬山東淄博）城西。後人也稱濟南為稷下。下文的稷門，也指稷下。❺楮（chǔ）帛：燒給鬼神的金銀紙箔之類。楮，紙。❻酹（lèi）奠：以酒澆地祭祀。榛（zhēn）墟：荊棘叢生的廢墟。

僕人問他是誰，他閉着眼睛不理睬。不久，萊陽生回來了，卻已暮色朦朧，看不太清楚。於是親自走到牀前問那年輕人。年輕人瞪着眼睛説：「我在等候你的主人。你絮絮叨叨的不斷追問，難道我是強盜嗎！」萊陽生笑着説：「你找的主人就在你面前。」年輕人急忙爬起來，戴上帽子，作了個揖就坐下來，然後很熱情地問寒問暖。萊陽生聽到他的口音，覺得似曾相識。急忙叫僕人拿燈來，一看，原來是同縣的朱生，也是在于七慘案中被害的。萊陽生大吃一驚，轉身就跑。

朱曳之云：「僕與君文字交，何寡於情？我雖鬼，故人之念，耿耿不去心。今有所瀆，願無以異物遂猜薄之。」生乃坐，請所命。曰：「令女甥寡居無偶，僕欲得主中饋。屢通媒妁，輒以無尊長之命為辭。幸無惜齒牙餘惠①。」先是，生有甥女，早失恃②，遺生鞠養，十五始歸其家。俘至濟南，聞父被刑，驚慟而絕。生曰：「渠自有父，何我之求？」朱曰：「其父為猶子啟櫬去，今不在此。」問：「女甥向依阿誰？」曰：「與鄰媼同居。」生

朱生拉着他說：「我和你是文字之交，你怎麼這樣寡情薄義？我雖然是鬼，可是對老朋友的思念之情，卻一直沒有忘懷。現在我有事要麻煩你，希望不要因為我成了鬼物就猜疑我、鄙視我。」萊陽生這才坐下來，問他有甚麼吩咐。朱生說：「你的外甥女一直獨自生活，還沒有丈夫，我想娶她過來主持家務。多次請媒人去說親，她總是以沒有長輩做主為推辭的理由。希望你替我說說好話，不要連這點忙都捨不得幫。」原來在這之前，萊陽生有個外甥女，很早就死了母親，只好送到萊陽生家裏撫養，十五歲時才回到自己家裏去。受那次案件株連，她也被抓到濟南，聽到父親被處極刑，驚恐悲痛過度而死。萊陽生說：「她自己有父親，怎麼要來求我？」朱生說：「她父親的屍骨被姪子遷走了，如今不在這裏。」萊陽生

慮生人不能作鬼媒。朱曰：「如蒙金諾，還屈玉趾。」遂起握生手。生固辭，問：「何之？」曰：「第行。」勉從與去。

北行里許，有大村落，約數十百家。至一第宅，朱叩扉，即有媪出。豁開二扉，問朱何為。曰：「煩達娘子：阿舅至。」

❶ 齒牙餘惠：指順便幫人説幾句好話。 ❷ 失恃：死了母親。語出《詩經》。

又問：「我外甥女一向依靠誰照應？」朱生説：「和鄰居的老婦人住在一起。」萊陽生擔心活着的人不能給鬼作媒，朱生説：「如果承蒙你同意，還得勞駕你走一趟。」説完就站起來，拉着萊陽生的手準備出去。萊陽生一邊再三推辭，一邊問：「你拉我到哪兒去？」朱生説：「只管跟我走吧。」萊陽生勉強跟着他去了。

向北走了一里多路，看見有個大村子，約有近百戶人家。來到一座房屋前，朱生上前敲門，就有一個老婦人走出來。她拉開兩扇門，問朱生來幹甚麼。朱生説：「麻煩你告訴娘子，説她舅舅來了。」

媪旋反，須臾復出，邀生入。顧朱曰：「兩椽茅舍子大隘，勞公子門外少坐候。」生從之入。見半畝荒庭，列小室二。甥女迎門啜泣，生亦泣。室中燈火熒然。女貌秀潔如生時。凝眸含涕，遍問妗姑。生曰：「具各無恙，但荊人物故矣。」女又嗚咽曰：「兒少受舅妗撫育，尚無寸報，不圖先葬溝瀆，殊為恨恨。舊年伯伯家大哥遷父去，置兒不一念；數百里外，伶仃如秋燕。舅不以沉魂可棄，又蒙賜金帛，兒已得之矣。」生乃以朱言告，

老婦人馬上轉身向裏走，一會兒又出來，請萊陽生進去。又對朱生說：「我家這小茅屋太狹窄了，麻煩你在門外稍坐片刻。」萊陽生就跟着老婦人進了門，只見一個半畝地大小的荒涼院子，蓋着兩間小房。外甥女在房門口迎接，還抽抽噎噎地哭泣着。萊陽生見了，也不禁流淚。房間裏閃着微弱的燈光。外甥女的容貌像生前一樣清秀潔淨。她兩眼含淚，凝視着舅舅，一一打聽舅母和姑姑的情況。萊陽生說：「她們大都平安無事，只是你舅母已經去世了。」外甥女一聽，又嗚嗚咽咽地哭起來，說：「我從小受到舅舅、舅母的撫養，這恩情還絲毫沒有報答，沒想到我卻先葬身在荒郊野地，實在令人抱恨。去年，伯伯家的大哥把父親的骸骨遷走了，卻一點兒也不想到我，把我撇在這裏。幾百里外，孤苦伶仃，好

女俯首無語。媼曰：「公子曩託楊姥三五返。老身謂是大好；小娘子不肯自草草，得舅為政，方此意慊得。」

言次，一十七八女郎，從一青衣，遽掩入；瞥見生，轉身欲遁。女牽其裾曰：「勿須爾！是阿舅，非他人。」生揖之。女郎亦斂衽。

像一隻秋天的燕子。舅舅卻沒有嫌棄我這個沉埋的冤魂，又蒙你賞贈給我金錢，我已經收到了。」萊陽生就把朱生的話告訴她，她低下頭沒有說話。老婦人插話說：「朱公子以前託楊姥姥來說親，來回跑了三五趟。我說這門親事非常好；但她不肯自己草草決定，現在得到舅舅做主，她心裏才會滿意。」

說話間，一個十七八歲的女子，後面跟着一個丫頭，突然推門進來；她一眼瞥見萊陽生，轉身就要逃避。外甥女拉着她的衣襟說：「不必躲！這是我舅舅，不是外人。」萊陽生向她作了個揖，那女子也還了禮。

甥曰：「九娘，棲霞公孫氏。阿爹故家子，今亦『窮波斯』①，落落不稱意。旦晚與兒還往。」生睨之，笑彎秋月，羞暈朝霞，實天人也。曰：「可知是大家，蝸廬人那如此娟好。」甥笑曰：「且是女學士，詩詞俱大高。昨兒稍得指教。」九娘微哂曰：「小婢無端敗壞人，教阿舅齒冷也。」甥又笑曰：「舅斷弦未續②，若個小娘子，頗能快意否？」九娘笑奔出，曰：「婢子顛瘋作也！」遂去。言雖近戲，而生殊愛好之。甥似微察，乃曰：「九娘

外甥女向舅舅介紹說：「她叫九娘，是棲霞縣人，複姓公孫。她父親原是有錢人家的後代，現在也貧窮潦倒了。九娘孤孤單單的很不如意，經常和我來往。」萊陽生偷偷瞅了一下九娘，只見她笑起來眉毛恰似一彎秋月，羞答答的臉頰如同一抹朝霞，簡直像天仙一樣美麗。於是說：「可見是大家閨秀，小戶人家的女兒哪有這麼秀美。」外甥女笑着說：「她還是個女學士呢，詩詞都作得很好。昨天我還稍微得到了她的一點指教。」九娘微微一笑，說：「小丫頭無緣無故戲弄人，教舅舅笑話了。」外甥女又笑着說：「舅舅你失去了妻子還沒有再娶，像這樣的小娘子，是否很能使你滿意？」九娘笑着跑出去，嘴裏說：「這丫頭可真發瘋了！」於是就走了。外甥女的話雖然近似開玩笑，可是萊陽生卻真的很喜愛她。外甥

才貌無雙，舅倘不以糞壤致猜，兒當請諸其母。」生大悅。然慮人鬼難匹。女曰：「無傷，彼與舅有夙分。」生乃出。女送之，曰：「五日後，月明人靜，當遣人往相迓。」

生至戶外，不見朱。翹首西望，月啣半規，昏黃中猶認舊徑。見南向一第，朱坐門石上，起逆曰：「相待已久。寒舍即勞垂顧。」

❶ 窮波斯：波斯，即現在的伊朗。古代波斯商人來中國出售珍珠、瑪瑙、珊瑚等珍寶，波斯就成了富人的代稱。「窮波斯」是指從前富有而現在已經破落了。❷ 斷弦未續：喪妻，還未再娶。古人以琴瑟象徵夫妻，故稱喪妻為「斷弦」，再娶為「續弦」。

女似乎有些覺察到了，就說：「九娘才貌雙全，沒人能比得上，舅舅要是不因為她是陰間的人而有所猜忌，我就替你向她母親求婚。」萊陽生十分高興。可是又擔心人和鬼難成為夫妻。外甥女說：「沒關係，她和舅舅早就注定有這段緣分。」萊陽生這才告別出來。外甥女送他到門口，說：「五天以後，月明人靜時，我會派人來接你。」

萊陽生走到大門外，不見了朱生。抬頭向西一望，只見半圓的月亮掛在天邊，昏黃的月色下還能認出舊路。又看見一座朝南而開的房子，朱生正坐在門口的石頭上。朱生見萊陽生走過來，忙站起身迎上去說：「等你已經很久了。這是我的家，請到裏面坐坐吧。」

遂攜手入，般般展謝。出金爵一、晉珠百枚①，曰：「他無長物，聊代禽儀。」既而曰：「家有濁醪，但幽室之物，不足款嘉賓，奈何！」生撝謝而退②。朱送至中途，始別。

生歸，僧僕集問。生隱之曰：「言鬼者妄也，適赴友人飲耳。」

後五日，果見朱來，整履搖箑，意甚忻適。至户庭，望塵即拜。少間，笑曰：「君嘉禮既成，慶在今夕，便煩枉步。」生曰：「以無

於是拉着萊陽生的手進屋裏，非常誠懇地行禮拜謝。又拿出一個金酒杯、一百顆晉珠，說：「我沒有別的東西，姑且用它作為聘禮吧。」接着又說：「家裏還有點薄酒，只是陰間的東西，不足以用來款待貴賓，怎麼辦？」萊陽生很謙遜地表示感謝，然後告辭而去。朱生把他送到半路才分別。

萊陽生回到寺院，和尚和僕人都圍上來問他。萊陽生把剛才發生的事隱瞞起來，說：「朱生講他是鬼，那是瞎說。我剛才是到這位朋友那裏喝酒去了。」

過了五天，果然看見朱生來了，鞋帽穿戴得很整齊，手裏搖着一把扇子，神態顯得十分愉快。剛走進院子，他就跪在地上給萊陽生磕頭。一

回音，尚未致聘，何遽成禮？」朱曰：「僕已代致之矣。」生深感荷，從與俱去。直達臥所，則甥女華妝迎笑。生問：「何時于歸③？」朱云：「三日矣。」生乃出所贈珠，為甥助妝④。女三辭乃受，謂生曰：「兒以舅意白公孫老夫人，夫人作大歡喜。但言：老耄無他骨肉，不欲九娘遠嫁，期今夜舅往贅諸其家。伊家無男子，便可同郎往也。」

❶ 晉珠：古代晉地（山西）有霍山，盛產珠玉。❷ 撝（huī）：謙遜。❸ 于歸：指出嫁。語出《詩經・東山》等篇。❹ 助妝：女子出嫁，親友們要贈送首飾衣物之類的禮品，叫做「助妝」，也叫「添箱」。

會兒，他笑着對萊陽生說：「你的婚事已經籌辦好了，良辰吉日就定在今晚，現在就請你前去完婚。」萊陽生說：「因為沒有得到回音，所以還沒有送去聘禮，怎麼突然就要舉行婚禮？」朱生告訴他：「我已經替你把聘禮送過去了。」萊陽生心裏非常感激，就跟着他一起去。一直來到朱生的住處，只見外甥女已經穿着華麗的衣服，笑容滿面地迎上前來。萊陽生問：「你是甚麼時候成親的？」朱生代她回答說：「已經三天了。」萊陽生便拿出朱生所贈的珠子，替外甥女添妝。外甥女再三推辭才收下來。她對萊陽生說：「我把舅舅的意思告訴了公孫老夫人，老夫人聽了很高興，只是說她年紀大了，又沒有兒女，不想讓九娘嫁到遠處去，希望今天晚上舅舅入贅到她家裏做女婿。她家沒有男子，你就和朱郎一起去吧！」

朱乃導去。村將盡，一第門開，二人登其堂。俄白：「老夫人至。」有二青衣扶嫗升階。生欲展拜，夫人云：「老朽龍鍾，不能為禮，當即脫邊幅①。」乃指畫青衣，置酒高會。朱乃喚家人，另出餚俎，列置生前；亦別設一壺，為客行觴。筵中進饌，無異人世，然主人自舉，殊不勸進。既而席罷，朱歸。青衣導生去。入室，則九娘華燭凝待。邂逅含情，極盡歡昵。初，九娘母子，原解赴都。至郡，母不堪困苦死，九娘亦自剄。枕上追述往

朱生於是領着萊陽生走了。快要走到村子盡頭，有一座房子的門敞開着，兩人就一直走上了廳堂。一會兒，有人來說：「老夫人來了。」接着有兩個丫頭攙扶着老夫人走上台階。萊陽生正要跪下磕頭，老夫人說：「我老態龍鍾，行動不便，不能還禮，就不要拘甚麼禮節了吧。」於是吩咐丫頭擺上酒菜歡慶一番。朱生也叫家人另外端幾道菜餚，擺在萊陽生面前；又另外預備了一把酒壺，給客人斟酒。酒席間捧上來的菜餚，和人間的沒有甚麼不同。但主人總是自己舉杯飲酒，一點兒也不勸客人多喝幾杯。酒席散了以後，朱生便告辭回去。丫頭引着萊陽生離開廳堂。進了洞房，只見九娘已經坐在花燭旁邊靜靜等待。這對情侶在不期而遇時，已彼此含情，這時更盡情地快樂親昵。當初，九娘母女本來是要押送往京都

事，哽咽不成眠。乃口占兩絕云：「昔日羅裳化作塵，空將業果恨前身②。十年露冷楓林月，此夜初逢畫閣春③。」「白楊風雨繞孤墳，誰想陽台更作雲④？忽啟縷金箱裏看，血腥猶染舊羅裙⑤。」天將明，即促曰：「君宜且去，勿驚廝僕。」自此晝來宵往，嬖惑殊甚⑥。

❶ 脱邊幅：邊幅，本指布帛的整齊，後用以比喻人的舉止、儀表。這裏指禮節。脱邊幅，意即不拘禮節。❷ 業果：佛教名詞，善業和惡業的報應。❸ 畫閣春：比喻新婚之喜。❹ 陽台：據宋玉《高唐賦序》説，楚王遊高唐，夢見和巫山神女歡會。神女自稱「朝為行雲，暮為行雨，朝朝暮暮，陽台之下」。故後人用「雲雨」、「陽台」等借指男女合歡之事。更：卻。「誰想陽台更作雲」，是説不料還能和男子歡會。❺「血腥猶染舊羅裙」：指九娘在十年前被迫自殺，所以她的舊羅裙上還染有血腥。❻ 嬖（bì）惑：寵倖，愛戀。

的。到了濟南府，母親就受不住折磨，含恨死去，九娘也自刎而死。在枕蓆上，九娘追述起這些慘痛的往事，不由得抽抽噎噎地哭起來，怎麼也睡不着。於是隨口吟出兩首七言絕句：「昔日羅裳化作塵，空將業果恨前身。十年露冷楓林月，此夜初逢畫閣春。」「白楊風雨繞孤墳，誰想陽台更作雲？忽啟縷金箱裏看，血腥猶染舊羅裙。」天快亮的時候，九娘就催促萊陽生説：「你應該暫且回去，不要使你僕人因你不歸家而吃驚。」從此，萊陽生晝來夜往，對九娘十分寵愛迷戀。

一夕，問九娘：「此村何名？」曰：「萊霞里。里中多兩處新鬼，因以為名。」生聞之欷歔。女悲曰：「千里柔魂，蓬遊無底，母子零孤，言之愴惻。幸念一夕恩義，收兒骨歸葬墓側，使百世得所依棲，死且不朽。」生諾之。女曰：「人鬼路殊，君亦不宜久滯。」乃以羅襪贈生，揮淚促別。生悽然而出，忉怛若喪。心悵悵不忍歸，因過叩朱氏之門。朱白足出逆；甥亦起，雲鬢蓬鬆，驚來省問。生怊悵移時，始述九娘語。女曰：「妗氏

一天晚上，萊陽生問九娘：「這村子叫甚麼名字？」九娘回答說：「叫萊霞里。因為村子裏大多是萊陽、棲霞兩縣的新鬼，所以用它作為村名。」萊陽生聽了，也為之悲歎。九娘傷心地說：「我這個遠離家鄉的柔弱鬼魂，像飛蓬一樣隨風飄蕩，沒有歸宿；母女倆孤苦伶仃。說起來實在令人心酸。希望你思念夫妻恩愛的情義，把我的骸骨收拾好，運回家鄉葬在祖墳旁邊，讓我長久有個依託安身的地方，死了也不至於磨滅。」萊陽生答應了她的要求。九娘又說：「人和鬼到底不是一條路上的，你也不宜在這裏滯留太久。」於是拿出一雙羅襪送給萊陽生作為紀念，揮淚催他離開。萊陽生悽戚地走出來，哀傷得如同喪失了親人，心裏感到很悵惘，不忍心馬上回去。因此就去敲朱生家的大門。朱生光着腳出來迎接；

不言，兒亦夙夜圖之。此非人世，久居誠非所宜。」於是相對汍瀾。生亦含涕而別。叩寓歸寢，展轉申旦。欲覓九娘之墓，則忘問誌表。及夜復往，則千墳纍纍，竟迷村路，歎恨而返。展視羅襪，着風寸斷，腐如灰燼，遂治裝東旋。半載不能自釋，復如稷門，冀有所遇。

外甥女也起了牀，頭髮蓬鬆，她很驚訝地過來探問。萊陽生難過了好一會兒，才把九娘的話述說了一番。外甥女說：「就是舅母不說，我也日夜在為你考慮這件事。這裏不是人間，長久居住確實是不合適的。」於是相對垂淚。萊陽生也就含淚離開了。回去敲開寺院的大門，進屋躺下，卻翻來覆去睡不着，一直折騰到天亮。他想去尋找九娘的墳墓，卻又忘了問明墳墓的標誌。到了晚上又去找九娘，只見到處是墳墓，一個挨一個，終於迷失了去萊霞里的道路，他只好又歎息又懊恨地返回住處。拿出羅襪來看，羅襪卻隨風而化，成了寸寸碎片，朽爛得像灰燼一樣。萬般無奈，只好整頓行裝，東行回家。整整過了半年，他心裏總丟不開這件事，於是又來到稷門，希望能再遇見九娘。

及抵南郊，日勢已晚，息駕庭樹，趨詣叢葬所。但見墳兆萬接，迷目榛荒，鬼火狐鳴，駭人心目。驚悼歸舍。失意遨遊，返轡遂東。行里許，遙見女郎，獨行丘墓間，神情意致，怪似九娘。揮鞭就視，果九娘。下騎欲語，女竟走，若不相識。再逼近之，色作怒，舉袖自障。頓呼「九娘」，則湮然滅矣。

異史氏曰：「香草沉羅①，血滿胸臆；東山佩玦②，淚漬泥沙：古有孝子忠臣，至死不諒於君父

等他到達南郊的時候，天色已晚，就把馬拴在院子的一棵樹下，快步走到亂葬崗，只見上萬的墳墓一個接一個，灌木叢生，滿目荒涼，鬼火閃爍，狐聲哀鳴，令人膽戰心驚。萊陽生又恐懼又悲傷地回到了住處。他無心到處遊玩，勒轉馬頭就向東而去。大約走了一里路，遠遠看見有一個女子，孤零零地在亂墳之間行走着，看那神態風韻都很像九娘。他催馬趕上去一看，果然是九娘。萊陽生連忙跳下馬，想跟她說話，那女子竟然走開了，好像根本不認識他。再往前逼近幾步，她臉上現出了發怒的神色，舉起衣袖把臉遮住了。萊陽生立刻喊了一聲「九娘」，而她卻一下子無影無蹤了。

異史氏說：「香草一樣高潔的屈原自投汨羅江，熱血充滿了胸膛；佩着金玦的申生出征皋落

者。公孫九娘豈以負骸骨之託，而怨懟不釋於中耶？脾鬲間物，不能掬以相示，冤乎哉！」

❶ 香草沉羅：指戰國時楚國詩人屈原被楚懷王放逐，自投汨羅江而死的事。屈原的《離騷》常以香草比喻忠貞的人，這裏就用以比喻屈原。羅，指汨羅江，在湖南省。❷ 東山佩玦：春秋時，晉獻公因寵倖驪姬，憎厭太子申生，命他討伐東山皋落氏。臨行時給他金玦佩帶，表示不要他回來了。玦，一種有缺口的玉環，古代用以象徵決絕。

氏，淚水浸透了泥沙：古代有些忠臣孝子，到死也不能被君王、父親諒解。公孫九娘難道是因為萊陽生辜負了遷葬骸骨的委託，所以不能消除其內心的怨恨嗎？胸膛裏的這顆心，不能捧出來給人看看，真是冤枉啊！」

明代宣宗皇帝喜愛觀鬥促織，確有其事。況鍾當時任蘇州知府，撰有進貢促織的表文，明末著名詩人吳偉業也寫過《宣宗御用戧金蟋蟀盆歌》。可見這篇小說是有歷史根據的，但不是實錄。圍繞一頭促織，作者寫了一篇奇文。各級封建官府奉天子進貢促織之命，乘機敲詐勒索，是必有之事，不奇；老實的成名交不出促織，屁股被打得膿血流離，是必有之事，也不奇。說它是奇文，主要在當成名陷於絕境之時，竟然意外地得到一隻矯健善鬥的促織，由此而產生一系列驚心動魄的情節。最後被獻進皇宮，不僅戰勝了全天下所貢的全部「名將」，鬥贏了威風凜凜的大公雞，而且「每聞琴瑟之聲，則應節而舞」，終於博得了皇宮中一片歡笑聲。然而，當皇帝貴妃、達官貴人圍盆喧笑，欣賞促織振翅搏擊之時，又有誰知道這善鬥善舞的小促織乃是成子所幻化，是被他們逼得精神失常而扮演了這慘絕人寰的悲劇呢！當作者最後點明博得皇帝開懷大笑的小促織原來是病危在牀的成子幻化而成時，讀者不難得出這樣的結論：封建統治者的歡樂完全是建立在廣大人民的苦難之上的。從而激發起人們對封建專制制度的憤恨之情。

宣德間①，宮中尚促織之戲，歲徵民間。此物故非西產；有華陰令欲媚上官，以一頭進，試使鬥而才，因責常供。令以責之里正②。市中游俠兒，得佳者籠養之，昂其直，居為奇貨。里胥猾黠③，假此科斂丁口，每責一頭，輒傾數家之產。

邑有成名者，操童子業④，久不售。為人迂訥，遂為猾胥報充里正役，百計營謀不能脱。不終歲，薄產累盡。會征促織，成不敢斂戶口，而又無所賠償，憂悶欲死。

明朝宣德年間，皇宮裏時興鬥蟋蟀，每年都向民間徵收蟋蟀。這種小蟲本來不是陜西的特產，可是有一個華陰縣官想要巴結上司，特意進貢一頭蟋蟀，讓牠試鬥一下，還相當厲害。因此，朝廷就責令華陰縣每年都必須進貢。縣官責成里正徵收。於是市鎮上那些遊手好閒之徒，得到好的蟋蟀就用籠子養起來，抬高牠的價格，當成牟利的奇貨，鄉里的差役狡猾奸詐，便借着這個名目按人口攤派費用，每要求進貢一隻蟋蟀，總要有好幾戶人傾家蕩產。

華陰縣有個叫成名的人，讀書想考秀才，老是沒考上。他為人迂腐，口齒遲鈍，所以被狡猾的差役上報充當里正這個差使，他想盡辦法也擺脱不了。不到一年，微薄的家產因接連賠償而賠

妻曰：「死何裨益？不如自行搜覓，冀有萬一之得。」成然之。早出暮歸，提竹筒銅絲籠，於敗堵叢草處，探石發穴，靡計不施，迄無濟；即捕得三兩頭，又劣弱不中於款。宰嚴限追比⑤；旬餘，杖至百，兩股間膿血流離，並蟲亦不能行捉矣。轉側牀頭，惟思自盡。

❶ 宣德：明宣宗朱瞻基的年號（1426-1435）。❷ 里正：古時以若干戶為一里，設里正（明朝稱里長）一人，負責替官府徵收捐稅、攤派徭役等事。約相當於後來的保長。❸ 里胥：古時的鄉吏，也泛指衙役。❹ 操童子業：明清時，凡是未考中秀才的讀書人，不論年齡大小，均稱童生。童子業，指童生為應考而讀四書五經、學做八股文之類的課業。❺ 嚴限：嚴格規定限期。追比：規定限期後，到期查驗，如果不能完成，就打板子以示警戒。查驗是有限期性的，每超過一個限期，就傳去打一頓，叫「追比」。

得精光。偏偏又碰上徵收蟋蟀，成名不敢按人口攤派費用，自己又無錢可墊，憂愁煩悶，急得幾乎要上吊。妻子說：「尋死有甚麼用？倒不如自己去捉捉看，也許碰巧能有點收穫。」成名覺得這話說得在理。從此就起早貪黑，提着竹筒和銅絲籠子，在破牆和叢草中，見石縫就掏，見土洞就挖，甚麼辦法都用上了，終究一無所獲。即使逮到兩三頭，又低劣瘦弱，不合進貢規格。縣官限時限刻，嚴緊追逼。十幾天工夫，他就挨了上百下板子。兩條大腿被打得膿血淋漓，連蟋蟀也不能去捉了。躺在牀上翻來覆去，只想自殺。

時村中來一駝背巫，能以神卜。成妻具貲詣問。見紅女白婆，填塞門户。入其舍，則密室垂簾，簾外設香几。問者爇香於鼎，再拜。巫從傍望空代祝，唇吻翕闢，不知何詞。各各竦立以聽。少間，簾內擲一紙出，即道人意中事，無毫髮爽。成妻納錢案上，焚拜如前人。食頃，簾動，片紙拋落。拾視之，非字而畫：中繪殿閣，類蘭若；後小山下，怪石亂臥，針針叢棘，青麻頭伏焉①；旁一蟆，若將跳舞。展玩不可曉。然睹促織，隱

這時候，村裏來了一個駝背的巫婆，說是能夠請神算命。成名的妻子就拿了錢去求她占卦。到那裏一看，只見巫婆門口擠滿了人，既有滿頭白髮的老太婆，也有穿紅衫的小姑娘。她擠進屋內，看見密室的門上掛着簾子，簾外擺着燒香的小桌。求卦的人燒上一炷香，插在香爐裏，跪在地上磕頭。巫婆坐在一旁向着天空替他們祈禱，嘴唇一張一合，不知念叨些甚麼。大家都恭恭敬敬地站在那裏聽着。一會兒，從簾子裏扔出一張紙，上面寫的都是問卦的人心裏想問的事情，沒有絲毫差錯。成名的妻子把錢放在香桌上，也像前面的人一樣燒香跪拜。約一頓飯工夫，簾子一動，也扔出來一張紙。撿起來一看，紙上沒有字，只是一幅畫：當中畫着一座大殿，好像是寺廟，後面小山下亂堆着許多奇形怪狀的石頭，還長着

中胸懷。摺藏之，歸以示成。成反覆自念：「得無教我獵蟲所耶？」細瞻景狀，與村東大佛閣真逼似。乃強起扶杖，執圖詣寺後。有古陵蔚起；循陵而走，見蹲石鱗鱗，儼然類畫。遂於蒿萊中，側聽徐行，似尋針芥；而心目耳力俱窮，絕無蹤響。冥搜未已，一癩頭蟆猝然躍去。成益愕，急逐趁之。

❶ 青麻頭：和下文的「蟹殼青」、「蝴蝶」、「螳螂」、「油利撻」、「青絲額」等，都是根據蟋蟀的不同形體而起的名稱，牠們都被認為是上品蟋蟀。

一叢叢荊棘，一隻青麻頭蟋蟀就躲藏在那裏，旁邊有一隻癩蛤蟆，像要跳起來的樣子。她仔細察看研究，也看不明白。但是看到蟋蟀，暗合自己的心意，就把紙摺起藏好，回家給成名看。成名翻來覆去看了半天，心想：這莫非是指點我捉蟋蟀的地方不成？又仔細看了看景物的形狀，和村東的大佛寺十分相似。於是，他忍痛起牀，拄了拐杖，拿着圖紙，來到大佛寺後面。那裏有一座隆起的古墳，順着古墳走，見蹲在地上的石頭，一塊挨一塊，像魚鱗似的，簡直和圖畫中的景物一模一樣。於是在雜草叢中側耳細聽，慢慢地往前搜索，像在尋找小針那樣。可是尋得心竭力衰，眼花耳鳴，根本沒有蟋蟀的影子和聲音。他還是不停地向幽深處搜尋。忽然一隻癩蛤蟆跳出來逃走了。成名越發感到驚訝，急忙追趕。

蟆入草間。躡跡披求，見有蟲伏棘根；遽撲之，入石穴中。掭以尖草，不出；以筒水灌之，始出。狀極俊健。逐而得之。審視，巨身修尾，青項金翅。大喜，籠歸。舉家慶賀，雖連城拱壁不啻也①。上於盆而養之，蟹白栗黃，備極護愛，留待限期，以塞官責。

成有子九歲，窺父不在，竊發盆。蟲躍擲徑出，迅不可捉。及撲入手，已股落腹裂，斯須就斃。兒懼，啼告母。母聞之，面色灰死，

蛤蟆鑽進草叢裏。他撥開草叢，追隨蛤蟆的蹤跡往前尋找，只見一頭蟋蟀趴在荊棘根底處。他急忙伸手去撲，蟋蟀鑽進石洞裏。他用細草去撥，撥不出來。把竹筒裏的水灌進去，蟋蟀才跳了出來。姿態極為雄健俊美。他追上去把牠抓住了。仔細一看，個頭大，尾巴長，頸背脊青，羽翅金黃，成名高興萬分，忙把蟋蟀裝進籠裏帶回家中。全家歡慶祝賀，即使得了價值連城的大美玉也沒這麼高興。成名把牠養在盆子裏，用蟹肉和栗子仁作飼料，愛護到了極點，只等限期一到，就送官府交差。

成名有個九歲的兒子，看父親不在家，就偷偷地揭開盆子蓋看蟋蟀。不料那蟋蟀一下子蹦了出來，跳得很快，小孩怎麼也捉不着。等到撲到

大罵曰：「業根！死期至矣！而翁歸，自與汝覆算耳！」兒涕而出。未幾，成歸，聞妻言，如被冰雪。怒索兒，兒渺然不知所往；既得其尸於井。因而化怒為悲，搶呼欲絕。夫妻向隅，茅舍無煙，相對默然，不復聊賴。日將暮，取兒槁葬。近撫之，氣息惙然。喜置榻上，半夜復甦。夫妻心稍慰。但兒神氣癡木，奄奄思睡。

❶ 連城拱璧：據《史記》載，趙惠文王時，得和氏璧，秦昭王聽到了，派人送信給趙王，願以十五座城換此璧，故稱「連城璧」。拱璧，雙手合抱的大璧。

手，蟋蟀已經腿斷肚子破，掙扎幾下就死了。孩子嚇壞了，哭着去告訴母親。母親一聽，嚇得臉色灰白，大罵道：「你這個禍種！死到臨頭啦！你爹回來，看他跟你怎樣算賬！」孩子哭着跑出去了。不久，成名回來了，聽妻子一說，好像冰雪從頭頂上澆下來。他怒氣沖沖地去找兒子，到處都不見蹤影，不知跑到甚麼地方去了。一會兒在井裏撈到孩子的屍體。因而變憤怒為悲痛，呼天搶地，哭得死去活來。夫妻倆對牆發呆，草屋裏不見炊煙，相對無言，再也沒有生活的依託。天快黑了，成名拿草蓆包裹兒子去埋葬。到屍體跟前一摸，還有一絲微弱的氣息。他一陣驚喜，忙把孩子抱到牀上，等到半夜，孩子重又甦醒過來。夫妻二人心裏稍微有些安慰。但是孩子的眼神癡呆，迷迷糊糊地只想睡覺。

成顧蟋蟀籠虛，則氣斷聲吞，亦不復以兒為念。自昏達曙，目不交睫。東曦既駕①，僵臥長愁。忽聞門外蟲鳴，驚起覘視，蟲宛然尚在。喜而捕之。一鳴輒躍去，行且速。覆之以掌，虛若無物；手裁舉②，則又超忽而躍。急趁之。折過牆隅，迷其所往。徘徊四顧，見蟲伏壁上。審諦之，短小，黑赤色，頓非前物。成以其小，劣之。惟傍徨瞻顧，尋所逐者。壁上小蟲，忽躍落衿袖間。視之，形若土狗，梅花翅，方首長脛，意似良。喜而收

成名回頭看到蟋蟀籠子空了，又感到非常絕望，氣得說不出話，也就無心再顧孩子的死活了。從黃昏到天亮，愁得一夜沒合上眼。太陽已經高照，成名還直挺挺地躺在牀上發愁。忽然聽到門外傳來蟋蟀的叫聲，他吃驚地爬起來窺探，那頭蟋蟀仿佛還活着。他很高興，連忙去捕捉，那蟋蟀一叫就跳走了，跳得非常快。用巴掌蓋住牠，覺得手心空無一物。但是手剛剛抬起來，牠又一下子跳得老遠。他急忙追上去，拐過牆角，卻不知去向了。他走來走去，四處探望，看見蟋蟀趴在牆壁上。仔細一看，個兒短小，全身黑裏透紅，轉眼已不是剛才看見的那一頭了。成名因為牠個頭小，覺得不中用，依舊四處徘徊，東找西看，尋找剛才追逐的那一頭。不料牆上的小蟋蟀忽然一跳，落在他的衣襟袖子間。仔細一看，樣子像

之。將獻公堂，惴惴恐不當意，思試之鬥以覘之。村中少年好事者，馴養一蟲，自名「蟹殼青」，日與子弟角，無不勝。欲居之以為利；而高其直，亦無售者。徑造廬訪成。視成所蓄，掩口胡盧而笑③。因出己蟲，納比籠中，成視之，龐然修偉，自增慚怍，不敢與較。少年固強之。顧念蓄劣物終無所用，不如拚博一笑。因合納鬥盆。

❶ 東曦（xī）既駕：神話傳説，太陽神每天早上乘着六條龍駕馭的車子從東方出來。❷ 裁：通「才」，剛剛。❸ 胡盧：掩口而笑的樣子。

個螻蛄，梅花翅膀，方頭長腿，神態好像不錯，便高興地把牠收進籠子。即將奉獻縣衙，又提心吊膽，惟恐不中上司的心意，就想讓牠鬥一鬥，試試看到底行不行。村裏有個喜歡多事的青年養了一頭蟋蟀，給牠起名叫「蟹殼青」，天天和一些年輕人蓄養的蟋蟀相鬥，每戰必勝。他以為奇貨可居，想依牠牟取暴利。因為要價很高，賣不出去。他聽説成名捉了一隻蟋蟀，便直接上門來找成名。看到成名所養的蟋蟀，便捂着嘴直笑，就把自己的「蟹殼青」放進籠子裏，成名見他的蟋蟀身長體壯，更增加了幾分慚愧，不敢跟他較量。這青年堅持要比一比。成名轉念一想，養這種低劣的孬種，終究沒甚麼用處，不如讓牠鬥一鬥，博得一笑算了。因而把兩隻蟋蟀一起放進鬥盆裏。

小蟲伏不動，蠢若木雞①。少年又大笑。試以豬鬣毛，撩撥蟲鬚，仍不動。少年又笑。屢撩之，蟲暴怒，直奔，遂相騰擊，振奮作聲。俄見小蟲躍起，張尾伸鬚，直齕敵領。少年大駭，解令休止。蟲翹然矜鳴，似報主知。成大喜。

方共瞻玩，一雞瞥來，徑進以啄。成駭立愕呼。幸啄不中，蟲躍去尺有咫；雞健進，逐逼之，蟲已在爪下矣。成倉猝莫知所救，頓足失色。旋見雞伸頸擺撲；臨視，則

小蟋蟀蹲在一旁一動也不動，呆若木雞，年輕人又大笑。試着用豬鬃毛撩撥牠的觸鬚，依然不動，年輕人又一陣大笑。幾經撩撥，小蟋蟀勃然大怒，直向大蟋蟀撲去，於是兩頭蟋蟀相互跳躍搏擊，精神抖擻地鳴叫着。一會兒，只見小蟋蟀突然躍起，張開尾巴，豎起觸鬚，一口咬住大蟋蟀的脖子不放，年輕人大吃一驚，急忙使兩隻蟋蟀停止了搏鬥。這時小蟋蟀翹起翅膀，得意地鳴叫，好像在向主人報捷似的。成名看了高興萬分。

正當一起玩賞時，突然闖來一隻大公雞，徑直把嘴伸進鬥盆裏啄蟋蟀。成名嚇得呆立一邊大聲驚叫，幸好沒啄中，蟋蟀跳出一尺多遠。公雞兇猛地趕過去，追逼蟋蟀，蟋蟀已落在公雞的爪下了。成名驚慌失措，不知怎樣救出蟋蟀，急

蟲集冠上，力叮不釋。成益驚喜，掇置籠中。翼日進宰，宰見其小，怒呵成。成述其異。宰不信。試與他蟲鬥，蟲盡靡；又試之雞，果如成言。乃賞成，獻諸撫軍。撫軍大悅，以金籠進上，細疏其能。既入宮中，舉天下所貢蝴蝶、螳螂、油利撻、青絲額，一切異狀，遍試之，無出其右者。每聞琴瑟之聲，則應節而舞。益奇之。

❶ 木雞：形容外形的呆蠢。《莊子・達生》篇載，養鬥雞的人，必須把雞訓練得具有呆蠢的形象，彷彿是木雕的一樣，這樣才能夠不動聲色，不恃意氣，戰勝別的鬥雞。

得直跺腳，臉色發白，眨眼間見公雞伸着脖子，搖動着頭，翅膀直撲打。低頭一看，原來蟋蟀叮在雞冠上，死命地咬住不放。成名心裏更是又驚又喜，雙手捧起蟋蟀放進籠子裏。第二天呈獻給縣官。縣官看牠太小，氣呼呼地把成名大聲訓斥了一頓。成名陳述了小蟋蟀的奇異本領，縣官不信。就試着和別的蟋蟀鬥，果然所向無敵；又試着去鬥大公雞，果真和成名說的一樣。於是才獎賞了成名，把小蟋蟀獻給巡撫。巡撫非常高興，就用金籠子裝着，進貢給皇上。並在奏章中詳述牠的本領。進到皇宮以後，將天下進貢的蝴蝶、螳螂、油利撻、青絲額等一切奇形怪狀的蟋蟀，全都拿來和小蟋蟀比鬥，沒有一只能佔牠的上風。每當小蟋蟀聽到琴瑟的樂聲，就應着節拍翩翩起舞。人們更感到牠的神奇。

上大嘉悅，詔賜撫臣名馬衣緞。撫軍不忘所自，無何，宰以「卓異」聞①。宰悅，免成役。又囑學使，俾入邑庠。

後歲餘，成子精神復舊。自言身化促織，輕捷善鬥，今始甦耳。撫軍亦厚賚成。不數歲，田百頃，樓閣萬椽，牛羊蹄躈各千計。一出門，裘馬過世家焉。

異史氏曰：「天子偶用一物，未必不過此已忘；而奉行者即為

皇帝格外高興，大加讚賞，頒發詔書，賜給巡撫大臣名馬和錦緞。巡撫沒有忘記好運氣的來由，過了不久，那個縣官就以政績「卓異」得到升官的推薦。縣官興高采烈，免除了成名的里正職務，又囑咐學使，讓他當了秀才。

一年多以後，成名的兒子精神復原了。對人說自己曾經變成一隻蟋蟀，輕巧敏捷，善於搏鬥，現在才甦醒過來。巡撫也給成名以重賞。沒過幾年，他家裏的田地就上了百頃，樓閣亭台數不清，牛羊成羣，少說也有幾百頭。一出門，身穿名貴皮衣，騎着豪華駿馬，派頭勝過官僚世家。

異史氏說：「皇帝偶然需要一種東西，也許過後就忘了；但是那些奉命操辦的官吏，卻立即

定例。加以官貪吏虐，民日貼婦賣兒，更無休止。故天子一跬步，皆關民命，不可忽也。獨是成氏子以蠹貧，以促織富，裘馬揚揚。當其為里正、受扑責時，豈意其至此哉！天將以酬長厚者，遂使撫臣、令尹，並受促織恩蔭②。聞之：一人飛昇，仙及雞犬③。信夫！」

❶ 卓異：是明清時考核地方官吏政績的評語。好的評語如「卓異」、「稱職」，不好的評語如「浮躁」、「才力不及」等。朝廷據此進行獎懲。❷ 恩蔭：原指子孫憑藉父祖的地位和功勞而得到恩賜的功名、官爵。這裏説撫臣、縣官都受了促織的恩蔭，是一種諷刺和嘲笑。❸「一人飛昇」兩句：神話傳説，漢淮南王劉安煉就丹藥，得道昇天，家裏的雞狗吃了剩餘的藥，也都成仙飛上天。

制訂必須按時供給的定例。加上官吏的貪婪暴虐，逼得百姓典妻賣兒，即使這樣，也難以應付官吏無休無止的徵斂。所以皇帝每邁出半步，都關係到老百姓的命運，萬萬不可疏忽。唯獨成名這個人，因受官吏的催逼勒索而窮困，卻由於獻了蟋蟀而致富，皮衣駿馬，得意揚揚。當他做里正遭受斥責和挨打時，哪會想到自己有這一天呢！老天爺對老實厚道的人總是給予好報，於是使巡撫、縣官一併受到蟋蟀的恩澤。曾聽人説過：『一人得道昇天，家裏的雞狗也都跟着成仙。』果真是這樣啊！」

雨錢

狐仙傾慕濱州秀才高雅，主動上門交友。想不到這位秀才原來是個利慾薰心之徒，竟然向狐仙開口請求以非法手段弄錢。正直的狐仙本可以斷然拒絕，但為了教育這位秀才，他仍然滿口答應。於是略施小技，演出了一場「雨錢」的幻劇。秀才狂喜不已，自以為從此成了暴發户，迫不及待地入室取用，誰知「滿室阿堵物，皆為烏有，惟母錢十餘枚，寥寥尚在」。秀才見此，不但沒有覺醒，反而怨恨狐仙騙他。這才激起狐仙的嘲笑：「與君文字交，不謀與君作賊。」這則小故事不僅深刻暴露了秀才的靈魂，而且讚美了狐仙的交友原則，至今仍有現實意義。

濱州一秀才，讀書齋中。有款門者，啟視，則皤然一翁，形貌甚古。延之入，請問姓氏。翁自言：「養真，姓胡，實乃狐仙。慕君高雅，願共晨夕。」秀才故曠達，亦不為怪。遂與評駁今古。翁殊博洽，鏤花雕繢①，粲於牙齒；時抽經義，則名理湛深，尤覺非意所及。秀才驚服，留之甚久。

① 鏤花雕繢（huì）：形容語言富有文采。

濱州有一個秀才，坐在書房裏讀書。忽聽有人敲門，開門一看，原來是個鬚髮雪白的老頭。形體相貌很有古人的風度。秀才請他進屋，請教他的姓名。老頭自稱：「我姓胡，名叫養真，實際是個狐仙。因為愛慕你品行高雅，願意與你交朋友，共度晨夕。」秀才一向是個開通達觀的人，也不感到奇怪，就與他評古論今談起學問來。老頭的學識很淵博，想像力很豐富，談論起來滔滔不絕，很有文采，而且充滿幽默感；有時引經據典，道理說得精闢而深刻，更是秀才所意想不到的。秀才又驚訝又佩服，留他住了很長時間。

一日，密祈翁曰：「君愛我良厚。顧我貧若此，君但一舉手，金錢宜可立致。何不小周給？」翁嘿然，似不以為可。少間，笑曰：「此大易事。但須得十數錢作母。」秀才如其請。翁乃與共入密室中，禹步作咒①。俄頃，錢有數十百萬，從梁間鏘鏘而下，勢如驟雨。轉瞬沒膝；拔足而立，又沒踝。廣丈之舍，約深三四尺已來。乃顧語秀才：「頗厭君意否？」曰：「足矣。」翁一揮，錢即畫然而止。乃相與扃户出。

一天，秀才暗自向老頭請求說：「你愛我的感情很深厚，只是我這樣窮，你只要一舉手，變點小法術，金錢理當可以馬上弄到手。為甚麼不稍稍周濟我一下呢？」老頭沉默了半晌，好像不想答應秀才的話。過了一會兒，才笑着說：「這是很容易的事情。但是必須有十幾個銅錢作母錢。」秀才遵照他的要求，拿出十幾個銅錢。老頭就同他一起走進密室，邁着歪歪顛顛的步子，唸着咒語。霎時間，有幾千萬銅錢，從屋樑上嘩啦嘩啦地落了下來，那勢頭像是下暴雨，一轉眼堆積的銅錢就沒過膝蓋；拔出腳來站在錢堆上，又沒過了腳踝。幾丈見方的房屋，大約積了三四尺厚的銅錢。於是老頭回頭對秀才說：「滿意了嗎？」秀才說：「夠了。」老頭一揮手，錢雨就一下子停住了。於是一起鎖好門出來。

秀才竊喜，自謂暴富。頃之，入室取用，則滿室阿堵物②，皆為烏有，惟母錢十餘枚，寥寥尚在。秀才失望，盛氣向翁，頗懟其誑。翁怒曰：「我本與君文字交，不謀與君作賊！便如秀才意，只合尋梁上君交好得③，老夫不能承命！」遂拂衣去。

❶ 禹步：相傳大禹治水，跋山涉水，得了足病，走路顛顛簸簸，故名。後來巫師道士作法時多效之。這裏就指作法時的步態。❷ 阿堵物：《世說新語》載，王衍口不言「錢」字。他妻子想試試他，在他臥牀周圍放滿了錢。王衍起牀後出不來，就叫婢女把錢搬開，說：「舉卻阿堵物。」後人便叫錢為「阿堵物」。阿堵，意即「這個」。❸ 梁上君：據《後漢書》載，有個小偷夜入陳寔家，躲在屋樑上。陳寔裝作沒看見，只是把子孫叫來，教訓他們要自勉，不要學樑上君子。後人便稱小偷為「樑上君子」。

秀才暗自高興，自以為成了大富翁。過了一會，他進屋取錢用。可是，滿屋的銅錢，全都化為烏有。只有做本錢的十幾個銅錢，還稀稀拉拉地留在那裏。秀才大失所望，怒氣沖沖地瞪着老頭，對老頭的欺騙非常怒恨。老頭生氣地說：「我原來跟你做交談學問的朋友，沒打算和你去做賊！如要稱你的心，你只該尋找盜賊交朋友，老夫可不能遵照你的意思去做！」說完便甩袖子走了。

小獵犬

此篇奇在以大化小，以小見妙。衛中堂苦於蚊蚤臭蟲的騷擾，徹夜難眠，遂發生小鷹小犬撲殺蚊蟲的奇事。小武士的指揮，王者的受獻，使撲殺蚊蟲之舉，成了一次有組織的圍剿害人蟲的行動。這種寫法很容易使人聯想到懲辦貪官的《王者》篇。不同的是，這裏的王者不僅警告貪官，而且對各種害人蟲來一次無情的掃蕩。最後遺下小獵犬，繼續追捕殘敵，必令蚊蟲無噍類而後已。似幻似真，讀之令人興味無窮。

山右衛中堂為諸生時①，厭冗擾，徙齋僧院。苦室中蟨蟲蚊蚤甚多，竟夜不成寢。食後，偃息在牀。忽一小武士，首插雉尾，身高兩寸許；騎馬大如蠟②；臂上青鞲，有鷹如蠅；自外而入，盤旋室中，行且駛。公方凝注，忽又一人入，裝亦如前。腰束小弓矢，牽獵犬如巨蟻。

❶衛中堂：唐代在中書省設政事堂，以宰相領其事，後來就稱宰相為「中堂」。明清時，內閣大學士實際上是宰相，故也稱「中堂」。這裏指衛周祚，他是山西曲沃人，清初曾任保和殿大學士等職。 ❷蠟（zhà）：山東稱蝗蟲為「螞蠟」，蠟，即「螞蠟」的略稱。

山西曲沃衛中堂作秀才時，嫌家裏事多擾亂，就搬到寺廟裏去住。可是那裏的蚊子、臭蟲和跳蚤特別多，咬得他整夜睡不着覺。有一天，他吃完飯，躺在牀上休息，忽然看見一個小武士，頭上插着野雞翎，身高只有兩寸左右；騎着一匹和蚱蜢一樣大小的戰馬；胳膊上戴有青色臂套，駕着一隻像蒼蠅那麼大的獵鷹；從門外進來，在屋子裏繞圈兒走，走了一會又跑了一陣。他正在聚精會神地看着，忽然又進來一個人，裝束和前一個人一樣。腰裏挎着小弓箭，牽着一隻小獵犬，看上去像只大螞蟻。

又俄頃，步者、騎者，紛紛來以數百輩，鷹亦數百臂，犬亦數百頭。有蚊蠅飛起，縱鷹騰擊，盡撲殺之。獵犬登牀緣壁，搜噬蝨蚤，凡罅隙之所伏藏，嗅之無不出者，頃刻之間，決殺殆盡。

公偽睡睨之。鷹集犬竄於其身。既而一黃衣人，着平天冠①，如王者，登別榻，縶駟葦篾間。從騎皆下，獻飛獻走，紛集盈側，亦不知作何語。無何，王者登小輦，衛士倉皇，各命鞍馬；萬蹄攢奔，

又過了一會兒，步行的，騎馬的，紛紛攘攘，來了好幾百人，小獵鷹也有幾百隻，小獵犬同樣有幾百頭。只要蚊子蒼蠅飛動，小武士們就放出獵鷹，騰空搏擊，全都把牠們捕殺掉。獵犬也跳到牀上、爬上牆壁，搜索痛咬蚤子和跳蝨。凡是潛藏在縫隙裏邊的，只要聞一聞，沒有不爬出來的。一眨眼，那些害蟲幾乎全被趕盡殺絕了。

衛公假裝睡着了，斜眼靜觀這場有趣的圍獵。戰鬥剛結束，小獵鷹紛紛落在他身上，小獵犬也在他身上跑來跑去。一會兒有個身穿黃袍的人，頭上戴着平天冠，好像是個國王，走進來登上另一張臥牀，把馬拴在葦蓆中間。隨從的騎兵也都跳下馬，於是武士們把捕獲的蚊蠅蝨蚤都獻了上來，紛紛聚集在國王身邊，圍得水泄不通，

紛如撒菽，煙飛霧騰，斯須散盡。

公歷歷在目，駭詫不知所由。躡履外窺，渺無跡響。返身周視，都無所見；惟壁磚上遺一細犬。公急捉之，且馴。置硯匣中，反覆瞻玩。毛極細茸，項上有小環。

❶平天冠：泛指帝王戴的帽子。

也不知說了些甚麼話。過了一會兒，國王登上一輛小車，衞士們急忙各自備鞍駕馬；只見萬蹄奔馳，馬蹄聲響似撒豆一樣，馬隊過處煙飛霧騰，轉眼間已全部撤離了。

這一切，衞公看得清清楚楚，感到非常驚訝，不知這些小人小馬是從哪裏來的。於是穿上鞋，悄悄地跑到門外去偷看，卻早已無影無蹤，毫無動靜。再返身入屋，四處察看，也沒有發現甚麼特別的東西。只有牆壁的磚頭上留下一隻小獵犬。衞公急忙捉住牠，這小獵犬比較溫順。把牠放在硯台盒裏，一遍又一遍地觀賞着。牠身上的茸毛纖細柔軟，脖子上有一個小環。

飼以飯顆，一嗅輒棄去。躍登牀榻，尋衣縫，齧殺蟣蝨。旋復來伏臥。逾宿，公疑其已往；視之，則盤伏如故。公臥，則登牀簀，遇蟲輒啖斃，蚊蠅無敢落者。公愛之，甚於拱璧。一日，晝寢，犬潛伏身畔。公醒轉側，壓於腰底。公覺有物，固疑是犬，急起視之，已匾而死，如紙剪成者然。然自是壁蟲無噍類矣①。

❶ 無噍（jiào）類：連一個活着的也沒有。噍，嚼吃；噍類，本指活人，意謂活着而能吃東西的人，後也用於其他動物。

喂牠飯粒，牠聞一聞就走開了，縱身跳到牀上，在衣縫裏搜尋，咬殺蝨子和蝨子所下的卵，一會兒，重又跑回來趴在硯盒裏休息。過了一夜，衛公疑心牠已經跑掉了，起牀一看，還和原先一樣蜷曲着身子趴在那裏。此後，每當衛公睡覺的時候，牠就跳上牀蓆，遇到害蟲就咬殺，蚊子、蒼蠅嚇得都不敢在上面停留。衛公對牠的愛惜，勝過價值連城的璧玉。一天，衛公睡午覺，小獵犬暗自伏在他的身旁。他醒來一翻身，把小獵犬壓在腰下。他忽然覺得身下有甚麼東西，本來就疑心是小獵犬。急忙坐起來一看，小獵犬已被壓扁死掉了。樣子好像用紙剪成的一樣。可是從此以後，再沒有害蟲來騷擾他了。

狼的樣子像狗，但狼性與狗不同，兇殘而狡詐。這則故事側重表現狼狡詐的一面。前狼裝睡，後狼鑽洞，前狼企圖麻痹屠夫來掩護後狼的突然襲擊。由於屠夫沒有放鬆警惕，冷靜思考，沉着應付，終於戰勝了兇殘而狡詐的狼。

一屠晚歸，擔中肉盡，止有剩骨。途中兩狼，綴行甚遠。屠懼，投以骨。一狼得骨止，一狼仍從；復投之，後狼止而前狼又至；骨已盡，而兩狼之並驅如故。屠大窘，恐前後受其敵。顧野有麥場，場主積薪其中，苫蔽成丘。屠乃奔倚其下，弛擔持刀。狼不敢前，眈眈相向。少時，一狼徑去；其一犬坐於前，久之，目似瞑，意暇甚。屠暴起，以刀劈狼首，又數刀斃之。方欲行，轉視積薪後，一狼洞其中，意將隧入以攻其後也。身已半入，

有一個賣肉佬晚上回家，擔子裏的肉已經賣光了，只剩下幾塊骨頭。路上遇見兩隻狼，尾隨着他走了很遠。賣肉佬害怕了，就丟了一塊骨頭給狼。一隻狼得了骨頭就停下了；另一隻狼仍然緊跟不舍。他再扔一根骨頭，後面的狼停下啃骨頭，前面的狼卻又追上來。擔子裏的骨頭丟光了，而兩隻狼又像原來那樣並排緊跟着不放。賣肉佬十分緊張，害怕被這兩隻狼前後夾攻。向田野張望，發現有個打麥場，場主人在場裏堆着柴垛，上面蓋着草簾，像小山丘。賣肉佬快步走過去，靠着這堆柴草，放下擔子，手握肉刀防衛。兩隻狼不敢逼近，瞪眼對視。一會兒，一隻狼頭也不回地走了；另一隻狼卻像狗那樣在前面蹲坐下來，又過了好一陣，這只狼好像閉上了眼睛，神情很悠閒。賣肉佬猛地跳起來，用刀直

止露尻尾。屠自後斷其股，亦斃之。乃悟前狼假寐，蓋以誘敵。狼亦黠矣！而頃刻兩斃，禽獸之變詐幾何哉，止增笑耳！

劈狼頭，又砍了幾刀，把狼殺死了。剛想走，轉身看到柴草堆後，先前走開的那只狼正往柴草堆裏鑽，想要打一條通道鑽過去，從身後攻擊他。牠已經鑽進了半截身子，只露着屁股和尾巴。賣肉佬從後面砍斷牠的後腿，也殺死了牠。賣肉佬這才恍然大悟：前面那只狼假裝睡覺，原來是借此誘惑對手。狼也夠狡猾的！可是轉眼之間，兩隻狼都送了命，說明禽獸的機變狡詐畢竟有限得很，只不過給人增添笑料罷了！

蒲松齡善於寫夢，他往往藉助夢境的描寫來表現對客觀世界的認識、對現實人生的思考。本篇寫的就是一個可怕的噩夢，但誰能説它僅僅是一個夢境！人們在這裏看到的分明是一個虎吼狼嗥的黑暗社會。「黜陟之權，在上台不在百姓。上台喜，便是好官；愛百姓，何術能令上台喜也？」白甲這個做官的秘訣，道出了封建官吏制度的腐敗。要升官，就要善於巴結逢迎、賄買上司；就要恣肆貪贓枉法、壓榨百姓。上司喜諂、縱容，下屬必然如狼似虎，百姓就唯有充當「庖廚」的原料而已。這種血淋淋的刀俎與魚肉的關係，怎能不逼使百姓鋌而走險！蓄怨已久的「諸寇」對殃民媚上的白甲嚴加懲處，無疑是對當權者敲響的警鐘。

白翁，直隸人。長子甲，筮仕南服①，三年無耗。適有瓜葛丁姓造謁，翁款之。丁素走無常。談次，翁輒問以冥事，丁對語涉幻；翁不深信，但微哂之。

別後數日，翁方臥，見丁又來，邀與同遊。從之去，入一城闕。移時，丁指一門曰：「此間君家甥也。」時翁有姊子為晉令，訝曰：「烏在此？」丁曰：「倘不信，入便知之。」翁入，果見甥，蟬冠豸繡坐堂上②，戟幢行列，無人可

白翁是河北人。他的大兒子白甲初次出仕，在南方做官，一去三年，杳無音信。這時，恰好有個姓丁的遠親來登門拜訪，白翁便設宴款待他。據說，這位丁某常常到陰間地府當差。閒談間，白翁問起陰間地府的事，丁某的答話近乎荒誕虛幻；白翁不大相信，只報以微笑。

分別幾天以後，白翁剛上牀躺下，看見丁某又來了，他邀請白翁一塊兒去遊玩。白翁跟着他去，進了一座城樓。再走一會兒，丁某指着一個大門說：「你家的外甥住在這裏。」當時白翁有個姐姐的兒子在山西當縣令，一聽這話，白翁便吃驚地問：「我外甥怎麼會在這裏？」丁某說：「你要是不信，進去一看就明白了。」白翁進了門，果然看見自己的外甥端坐在大堂上，頭戴有蟬紋

通。丁曳之出，曰：「公子衙署，去此不遠，亦願見之否？」翁諾。少間，至一第，丁曰：「入之。」窺其門，見一巨狼當道，大懼不敢進。丁又曰：「入之。」又入一門，見堂上、堂下，坐者、臥者，皆狼也。又視墀中，白骨如山，益懼。丁乃以身翼翁而進。公子甲方自內出，見父及丁良喜。少坐，喚侍者治肴蔌。忽一巨狼，啣死人入。翁戰惕而起曰：「此胡為者？」

❶ 筮（shì）仕：古人做官前先占吉凶，後來便稱初做官為「筮仕」。❷ 蟬冠：漢代侍從官員所戴的冠，以貂尾蟬紋為飾，稱為「蟬冠」，後世也用來泛稱高官的帽子。豸繡：御史的官服。

的帽子，身穿繡着獬豸的官服。門戟和旌旗排列在兩旁。但沒有人可以替他們上去通報。丁某就拉着白翁走出門外，說：「你兒子的衙門，離這裏不遠，你是否也願意去見見他？」白翁答應了。走了不大一會兒，來到一座府第門前，丁某說：「進去吧。」白翁探頭往門裏一看，有一隻大狼擋在通道上，他非常害怕，不敢往裏走。丁某又說：「進去吧。」又進了一道門，看見堂上、堂下，坐着的、躺着的，都是狼。再看殿堂前的空地上，白骨堆積如山，白翁更加害怕了。丁某就用身體遮護着他繼續往裏走。這時，白翁的兒子白甲正好從裏面出來，看見父親和丁某，非常高興。略坐了一會兒，白甲就呼喚僕從去準備酒菜。忽然有一隻大狼，叼着一個死人進來。白翁不禁打了個寒顫，恐慌地站起來問：「這是幹甚麼？」

甲曰：「聊充庖廚。」翁急止之。心怔忡不寧，辭欲出，而羣狼阻道。進退方無所主，忽見諸狼紛然嗥避，或竄牀下，或伏几底。錯愕不解其故。俄有兩金甲猛士努目入，出黑索索甲。甲撲地化為虎，牙齒巉巉。一人出利劍，欲梟其首。一人曰：「且勿，且勿，此明年四月間事，不如姑敲齒去。」乃出巨錘錘齒，齒零落墮地。虎大吼，聲震山嶽。翁大懼，忽醒，乃知其夢。

白甲說：「姑且用來做幾個菜吧。」白翁急忙制止。他心頭發悸，惶恐不安，正想告辭而去，一羣狼卻擋住了去路。正在進退兩難、六神無主的時候，忽然看見羣狼亂紛紛嗥叫着四散躲避，有的逃竄到牀底，有的匿伏在桌下。白翁很驚異，不明白這是甚麼緣故。一會兒，有兩個身穿黃金鎧甲的猛士橫眉怒目地闖進來，拿出鐵索往白甲頸上套去。白甲撲倒在地上，變成一隻老虎，尖尖的牙齒顯得很鋒利。其中一個猛士拔出利劍，想砍下老虎的腦袋。另一個猛士說：「先別砍，先別砍，這是明年四月間的事，不如暫時把牠的牙齒敲掉。」於是拿出一把大錘敲鑿牠的牙齒，牙齒就零零落落地掉在地上。老虎痛得大聲咆哮，聲音震動山谷。白翁非常害怕，猛然驚醒了，才知道是做了一場惡夢。

心異之。遣人招丁，丁辭不至。翁誌其夢，使次子詣甲，函戒哀切。既至，見兄門齒盡脱；駭而問之，則醉中墜馬所折。考其時，則父夢之日也。益駭。出父書。甲讀之變色，為間曰：「此幻夢之適符耳，何足怪。」時方賂當路者，得首薦①，故不以妖夢為意。弟居數日，見其蠹役滿堂，納賄關説者，中夜不絕，流涕諫止之。

❶ 首薦：明清的官吏，經一定年限，由地方高級官員保舉，調到京裏升任京官。首薦，就是保舉的第一名。

白翁心裏感到很詫異，就派人去請丁某，丁某卻推託有事，沒有來。白翁掛慮着這個夢，就把它記下來，派二兒子帶着信到白甲那裏去，信上對他多方勸戒，寫得既悽惻又懇切。弟弟來到白甲的衙門，看見哥哥的門牙全掉了；他很吃驚地問是怎麼回事，白甲說是醉酒以後跌下馬來摔掉的。查對一下出事的時間，正是父親做夢的那一天。弟弟更加吃驚，就把父親的信拿出來。白甲讀完信，臉色大變，沉吟了一會兒卻說：「這不過是幻夢的巧合罷了，有甚麼值得奇怪的。」那時，白甲賄賂當權的長官，作為被舉薦官員中的第一名，報送上去了，所以不把這個怪夢放在心上。弟弟住了幾天，看見滿堂都是貪得無厭的衙役，行賄賂的、通關節的，到了深夜還絡繹不絕，就流着眼淚勸告他。

甲曰：「弟日居衡茅，故不知仕途之關竅耳。黜陟之權，在上台不在百姓。上台喜，便是好官；愛百姓，何術能令上台喜也？」弟知不可勸止，遂歸。告父。翁聞之大哭。無可如何，惟捐家濟貧，日禱於神，但求逆子之報，不累妻孥。

次年，報甲以薦舉作吏部，賀者盈門；翁惟欷歔，伏枕託疾不出。未幾，聞子歸途遇寇，主僕殞命。翁乃起，謂人曰：「鬼神之怒，止及其身，祐我家者不可謂

白甲說：「弟弟你天天住在鄉間簡陋的茅屋裏，不知道官場上的訣竅。罷官和升官的大權，掌握在上司，不在老百姓。上司喜歡的，就是好官；愛護百姓，怎麼能博得上司的歡心呢？」弟弟知道無法勸止，只好回家。到了家裏，把這一切告訴了父親。白翁聽了以後大哭一場。沒有別的辦法，只好把家裏的財物捐獻出來周濟窮人，每天向神靈祈禱，只求逆子的報應不要牽累他的妻子兒女。

第二年，喜報傳來，說白甲被舉薦到吏部當官，來賀喜的人擠滿了門庭；白翁卻只是暗自歎息，假託有病臥牀，不出來會客。過了不久，就聽說兒子在歸來的路上遇到了強盜，主僕都喪了命。白翁這才起牀，對人說：「鬼神的譴責，僅僅降及大兒子本人，對我家的保祐不能說不寬厚

不厚也。」因焚香而報謝之。慰藉翁者，咸以為道路訛傳，惟翁則深信不疑，刻日為之營兆——而甲固未死。先是，四月間，甲解任，甫離境，即遭寇，甲傾裝以獻之。諸寇曰：「我等來，為一邑之民泄冤憤耳，寧耑為此哉！」遂決其首。又問家人：「有司大成者誰是？」——司故甲之腹心，助桀為虐者——家人共指之。賊亦殺之。更有蠹役四人——甲聚斂臣也，將攜入都——并搜決訖，始分貲入囊，騖馳而去。

啊。」於是燒香來答謝鬼神。那些來安慰白翁的人，都認為這只是道聽塗說，未必可靠，只有白翁深信不疑，定下時日，為白甲營造墳墓——但實際上白甲卻沒有死。原來在這之前的四月間，白甲離任上調，剛離開縣境，就遇到了強盜，白甲忙把隨身攜帶的所有財物都獻出來以求活命。那些強盜說：「我們這次來，是為全縣的百姓申冤雪恨，哪裏是專為你的錢財來的！」於是砍掉了他的腦袋。然後又問白甲的家人：「有個名叫司大成的，哪一個是他？」——原來司大成是白甲的心腹，是助紂為虐的幫兇——家人一齊把他指出來。強盜也一刀殺了他。還有四個貪婪的衙役——為白甲搜刮百姓錢財的狗腿子，白甲要帶他們一同入京——也一齊搜出來處決了，然後才分了財物，裝入布袋，上馬飛馳而去。

甲魂伏道旁，見一宰官過，問：「殺者何人？」前驅者曰：「某縣白知縣也。」宰官曰：「此白某之子，不宜使老後見此兇慘，宜續其頭。」即有一人掇頭置腔上，曰：「邪人不宜使正，以肩承領可也。」遂去。移時復甦。妻子往收其尸，見有餘息，載之以行；從容灌之，亦受飲。但寄旅邸，貧不能歸。半年許，翁始得確耗，遣次子致之而歸。甲雖復生，而目能自顧其背，不復齒人數矣。翁姊子有政聲，是年行取為御史①，悉符所夢。

白甲的魂魄伏在路旁，只見有一個官員路過，問：「被殺的是甚麼人？」走在前面的隨從回答說：「是某縣的白知縣。」那位官員說：「這是白某的兒子，不要讓他這麼大年紀還看見如此慘的景象，應該把死者的頭重新安上去。」隨即有一個人撿起白甲的腦袋替他安上去，一邊擺弄一邊說：「對待邪惡的人，不應該給他接正，讓他用肩膀托着下巴就行了。」然後他們就走了。過了不久，白甲甦醒了。他的妻子和兒子去收拾他的屍體，見他還有一絲氣息，就用車把他載走；慢慢地給他灌點湯水，他也能喝下去。可是他們只能寄居在旅店裏，因為窮得連回家的路費也沒有了。大約過了半年，白翁才得到確切的消息，就打發二兒子去把他接回家。白甲雖然死而復生，可是腦袋歪在一邊，眼睛能夠看見自己的脊背，

異史氏曰：「竊歎天下之官虎而吏狼者，比比也——即官不為虎，而吏且將為狼，況有猛於虎者耶②！夫人患不能自顧其後耳；甦而使之自顧，鬼神之教微耳哉！」

人們都不再把他當人看待了。白翁姐姐的兒子為官清正，聲譽很好，這一年調到京都，通過考選後被授為御史，這些都和白翁所夢見的情況相符。

異史氏說：「我私下哀歎，天下當官的兇如虎、為吏的惡似狼，這種情況到處都是——即使當官的不是虎，為吏的也常常是狼，何況還有比老虎更兇猛的呢！人們的禍患往往在於不能自顧其後；而白甲復活以後卻讓他能夠自顧，鬼神的勸戒是多麼精深奧妙啊！」

❶ 行取：由中央行文調取外任的州縣官到京考選後補授科道（御史、給事中一類的諫官）或部屬一類官職，稱為「行取」。❷ 猛於虎：比老虎更兇惡。語出《禮記・檀弓》。

鄒平李進士匡九，居官頗廉明。常有富民為人羅織，門役嚇之曰：「官索汝二百金，宜速辦；不然，敗矣！」富民懼，諾備半數。役搖手不可。富民苦哀之。役曰：「我無不極力，但恐不允。且待聽鞫時，汝目睹我為若白之，其允與否，亦可明我意之無他也。」少間，公按是事。役知李戒煙，近問：「飲煙否？」李搖其首。役即趨下曰：「適言其數，官搖首不許，汝見之耶？」富民信之，懼，許如數。役知李嗜茶，近問：「飲茶否？」

鄒平有個進士名叫李匡九，做官頗廉潔賢明。曾經有個富人，被人羅織一些罪名而送官究治。開堂之前，門役嚇唬他說：「當官的向你索取二百兩銀子，你要趕快回去措辦；不然的話，官司就要打輸了！」富人害怕了，答應給一半。門役搖搖手，表示不行。富人苦苦哀求他。門役說：「我沒有不盡力幫忙的，只怕當官的不允許罷了。等到聽審時，你可以親眼看着我為你說情，看看當官的是不是允許，也可以讓你明白我沒有別的意思。」過了一會兒，李匡九升堂審理這個案子。門役知道李匡九早已戒煙，卻走到他跟前低聲問：「你要吸煙嗎？」李匡九搖搖頭。門役馬上跑下來對富人說：「我剛才把你說的那個數目告訴他，他搖頭不答應，你看見了吧？」富人相信了，心裏很害怕，答應如數送二百兩。

李領之。役托烹茶，趨下曰：「諧矣！適首肯，汝見之耶？」既而審結，富民某獲免，役即收其苞苴①，且索謝金。嗚呼！官自以為廉，而罵其貪者載道焉，此又縱狼而不自知者矣。世之如此類者更多，可為居官者備一鑒也。

門役知道李匡九很喜歡喝茶，又走到他跟前小聲地問：「你要喝茶嗎？」李匡九點點頭。門役假託去泡茶，快步走下來對富人說：「給你說妥了！剛才他點頭，你看見了吧？」接着就審理結案，富人獲得了無罪釋放，門役就收下了他用作賄賂的錢，還向他索取謝金。唉！當官的自以為廉潔，但是罵他貪贓的人卻很多，這又是縱狼行兇而自己卻不知道的了。世上這類事情更多，可以為當官的人備下一面鏡子。

❶ 苞苴（jū）：本指包裹。這裏指賄賂的財物。

這篇小説假託漂泊的遊魂，虛構嗅文以鼻的盲僧，辛辣地嘲諷了那些眼鼻皆盲的主考官。「黜佳士而進凡庸」，已成了科舉制度的流弊。昏聵低能的主考官，其錄取標準當然是以他們自己為尺度的，這又怎能談得上真正為國家選拔棟樑之才！説不定他們因為嫉妒人才，而故意錄用那些比他們還卑陋無能的人呢。那些眼鼻並盲的「簾中人」之所以能身居要職，分明是執掌科場大權的貴官們的「傑作」。「暫令聾僮署篆」，正透露了個中消息。不過，作者把一切都歸之於命數、罪孽，並把扭轉文運的希望寄託於德行的修養，寄託於德才之士「拔充清要」，反映了他無可奈何的心理，在一定程度上削弱了作品主題的積極意義。

平陽王平子，赴試北闈，賃居報國寺。寺中有餘杭生先在，王以比屋居①，投刺焉。生不之答。朝夕遇之，多無狀。王怒其狂悖，交往遂絕。

一日，有少年游寺中，白服裙帽，望之傀然。近與接談，言語諧妙。心愛敬之。展問邦族，云：「登州宋姓。」因命蒼頭設座，相對噱談。餘杭生適過，共起遜坐。生居然上座，更不撝挹。卒然問宋：「爾亦入闈者耶？」答曰：「非也。

山西平陽府的王平子，到京城參加鄉試，在報國寺租了間房子住下來。在他之前，寺裏已住着浙江餘杭縣的一個書生。王平子因為他住在隔壁，就把自己的名帖送過去。餘杭生竟沒有答禮。早晚相遇時，也常常沒有禮貌。王平子懊惱他狂傲乖戾，就不再和他交往。

一天，有個少年來寺裏遊玩，穿着白衣裙，戴着白帽子，看上去器宇軒昂。王平子走過去和他交談，見他言辭詼諧奇妙，心裏很敬愛他。問他的姓氏和家鄉，回答説：「家住山東登州府，姓宋。」於是王平子就叫僕人擺上座位，兩人面對面地談笑起來。恰好餘杭生經過這裏，兩人就一齊站起來讓座。餘杭生竟不謙讓，大模大樣地坐在上首。他又突然詢問宋生：「你也是來參

駑駘之才，無志騰驤久矣②。」又問：「何省？」宋告之。生曰：「竟不進取，足知高明。山左、右並無一字通者。」宋曰：「北人固少通者，而不通者未必是小生；南人固多通者，然通者亦未必是足下。」言已，鼓掌；王和之，因而哄堂。生慚忿，軒眉攘腕而大言曰：「敢當前命題，一校文藝乎？」宋他顧而哂曰：「有何不敢！」

❶ 比屋居：房子緊挨着的鄰居。 ❷ 騰驤（xiāng）：原指馬奔馳跳躍，這裏比喻人飛黃騰達。

加鄉試的嗎？」宋生回答說：「不是。我這個才學平庸的人，早已無心求取功名了。」餘杭生又問：「你是哪個省的？」宋生告訴了他。餘杭生說：「你不打算進取，足見你很高明。山東、山西人寫文章，沒有一個字是通的。」宋生說：「北方人文章通的固然很少，但不通的未必是我；南方人文章通的固然很多，可是通的也未必是你。」說完，就拍起手來；王平子也跟着拍掌應和，於是哄堂大笑。餘杭生又羞又怒，豎起眉毛，捋起衣袖，大聲嚷着說：「你敢當場出題，較量一下文章嗎？」宋生眼睛看着別處，微微發笑，說：「有甚麼不敢的！」

便趨寓所，出經授王。王隨手一翻，指曰：「『闕黨童子將命①。』」生起，求筆札。宋曳之曰：「口占可也。我破已成②：『於賓客往來之地，而見一無所知之人焉。』」王捧腹大笑。生怒曰：「全不能文，徒事嫚罵，何以為人！」王力為排難，請另命佳題。又翻曰：「『殷有三仁焉③。』」宋立應曰：「三子者不同道，其趨一也。夫一者何也？曰：仁也。君子亦仁而已矣，何必同？」生遂不作，起曰：「其為人也小有才。」遂去。

就快步走到屋裏，拿出一本《論語》遞給王平子。王平子隨手一翻，指着書上說：「『闕黨童子將命。』」餘杭生站起來，要尋找紙硯筆墨。宋生拉住他說：「口唸就可以了。我的破題已經做好：『在賓客來來往往的地方，見到一個毫無知識、不懂禮節的人。』」王平子聽了，捧腹大笑。餘杭生怒氣沖沖地說：「你根本不會作文章，只會謾罵，算得甚麼人呢！」王平子極力為他們調解，請求讓他另選一個好題目。於是又翻開書本說：「『殷有三仁焉。』」宋生立即應聲而說：「三個人的做法雖然不同，但他們的目標卻是一致的。所謂『一致』是甚麼呢？回答說：是一個『仁』字。君子只要做到『仁』就行了，做法又何必相同？」餘杭生於是不再作文，站起來說：「這個人稍微有點才學。」說完就走了。

王以此益重宋。邀入寓室，款言移晷④，盡出所作質宋。宋流覽絕疾，逾刻已盡百首。曰：「君亦沉深於此道者；然命筆時，無求必得之念，而尚有冀倖得之心，即此，已落下乘。」遂取閱過者一一詮說。王大悅，師事之。使庖人以蔗糖作水角。

❶ 闕黨童子將命：語出《論語・憲問》。闕黨，即闕里，孔子的住處。將命，奉命奔走傳達。據朱熹《論語集注》：「將命，謂傳賓主之言。」這句話是說，闕里的一個童子在賓主之間傳達信息。所以下文的破題一語雙關，既解釋本題，又藉以譏諷餘杭生。❷ 破：破題，是八股文的固定程式，在文章的起首二句點破題意，故謂之「破題」。❸ 殷有三仁焉：語出《論語・微子》。說的是商朝將覆亡時，大臣微子跑掉了，箕子披髮裝瘋為奴，比干力諫紂王被剖心而死。所以下文說「三子者不同道」。❹ 款言移晷（guǐ）：款言，親切地交談；移晷，日影移動，表示過了很長時間。

王平子因此更加敬重宋生。就邀請他到自己的臥室，又暢談了很久，還把自己的文章全部拿出來請宋生指教。宋生看得很快，才過了一會兒就已經看完了一百篇。然後說：「看來你對作文章還是深有研究的；但在下筆時，不僅沒有務求必中的念頭，而且還存有僥倖而得的心理，光是這一點，就已經落入下乘了。」於是拿起已經看過的文章，一篇一篇加以解說。王平子很高興，把他當做自己的老師來看待。叫廚師做蔗糖水餃招待他。

宋啗而甘之，曰：「生平未解此味，煩異日更一作也。」由此相得甚歡。宋三五日輒一至，王必為之設水角焉。餘杭生時一遇之，雖不甚傾談，而傲睨之氣頓減。

一日，以窗藝示宋①。宋見諸友圈贊已濃，目一過，推置案頭，不作一語。生疑其未閱，復請之。答已覽竟。生又疑其不解。宋曰：「有何難解？但不佳耳！」生曰：「一覽丹黃，何知不佳？」宋便誦其文，如夙讀者，且誦且訾。生跼

宋生吃了水餃，覺得很好吃，說：「我有生以來從未嚐過這種美味，請改天再給我做一次。」從此兩人相處得很快樂。宋生每隔三五天就來一次，王平子每次都為他煮水餃。餘杭生有時也遇到他們，雖然不怎麼交談，但那種傲視一切的神氣已大大減少了。

一天，餘杭生也把自己的習作拿給宋生看。宋生看見文章已被許多朋友的圈點、讚語塗抹得密密麻麻，用眼睛掃了一遍，就放在桌子上，一句話也沒說。餘杭生懷疑他沒有看，又請他看看。宋生回答說已經看完了。餘杭生又懷疑他看不懂。宋生說：「這有甚麼難懂的？只是寫得不好罷了！」餘杭生說：「才看了一下別人的批點，怎麼就知道不好呢？」宋生就背誦他的文章，好

躋汗流，不言而去。移時，宋去，生入，堅請王作。王拒之。生強搜得，見文多圈點，笑曰：「此大似水角子！」王故樸訥，靦然而已。次日，宋至，王具以告。宋怒曰：「我謂『南人不復反矣②』，傖楚何敢乃爾！必當有以報之！」王力陳輕薄之戒以規之，宋深感佩。

❶ 窗藝：指平時習作的八股文。❷ 南人不復反矣：諸葛亮征南夷，捉住其首領孟獲，七擒七縱。最後一次，孟獲說了這句話，表示心悅誠服。

像以前讀過一樣，還一邊背誦一邊指摘。餘杭生聽得坐立不安，汗流浹背，一聲不吱，悄悄地離開了。過了一會兒，宋生也走了，這時餘杭生又走進屋來，執意要看王平子的文章。王平子拒絕了他。他就硬把文章搜出來，看見文章上有很多圈點，就譏笑說：「這很像是水餃呢！」王平子本來就很樸實，口齒也較笨拙，受到譏笑，就只有面紅耳赤。第二天，宋生來了，王平子把昨天的事詳細地告訴他。宋生很生氣地說：「我以為南方人已經心悅誠服了。沒想到這個卑賤的楚人，竟敢這樣無禮！一定要想辦法懲治他！」王平子極力勸阻他，說不應該用輕薄的行為去對待人，宋生聽了，深為欽佩。

既而場後，以文示宋，宋頗相許。偶與涉歷殿閣，見一瞽僧坐廊下，設藥賣醫。宋訝曰：「此奇人也！最能知文，不可不一請教。」因命歸寓取文。遇餘杭生，遂與俱來。王呼師而參之。僧疑其問醫者，便詰症候。王具白請教之意。僧笑曰：「是誰多口？無目何以論文？」王請以耳代目。僧曰：「三作兩千餘言，誰耐久聽！不如焚之，我視以鼻可也。」王從之。每焚一作，僧嗅而頷之曰：「君初法大家，雖未逼真，亦近似矣。我適

鄉試結束以後，王平子把自己應試的文章拿給宋生看，宋生很讚許。一天，兩人偶然去遊覽寺院，看見一個瞎和尚坐在廊簷下，擺着藥攤子賣藥行醫。宋生驚訝地說：「這是一個奇人！他最懂得文章的好壞，不可不向他請教一下。」於是叫王平子回住處把文章拿來。路上正巧碰見了餘杭生，就和他一起來了。王平子稱瞎和尚為老師，向他行了禮。和尚誤以為他是求醫的，就詢問他的症候。王平子詳細地向他說明了請教文章的意思。和尚笑着說：「是誰多嘴？我眼睛瞎了，怎能評論文章？」王平子請他用耳朵來代替眼睛。和尚說：「三篇文章有兩千多字，誰有耐性聽這麼長時間！不如燒了它，我用鼻子來『看』就行了。」王平子就照他的話來辦。每燒一篇，和尚聞一聞就點點頭說：「你剛學習這些卓有成

受之以脾。」問：「可中否？」曰：「亦中得。」餘杭生未深信，先以古大家文燒試之。僧再嗅曰：「妙哉！此文我心受之矣，非歸、胡何解辦此①！」生大駭，始焚己作。僧曰：「適領一藝，未窺全豹，何忽另易一人來也？」生託言：「朋友之作，止彼一首；此乃小生作也。」僧嗅其餘灰，咳逆數聲，曰：「勿再投矣！格格而不能下，強受之以鬲；再焚，則作惡矣。」生慚而退。

❶ 歸、胡：指明代的歸有光、胡友信，他們所寫的八股文在當時都很受推崇。

就的名家的文章，雖然沒有達到十分逼真的程度，但也近似了。我剛才是用脾領受的。」王平子問道：「可以考中嗎？」回答說：「也可以中。」餘杭生不大相信，就先燒一篇古代大名家的文章來試一試他。和尚又聞一聞說：「妙啊！這篇文章我是以心領受的，除了歸有光、胡友信這樣的大名家，誰能夠寫得這樣精妙！」餘杭生十分驚奇，這才燒自己的文章。和尚說：「剛才領受了一篇文章，還沒有了解全貌，怎麼忽然換了另一個人的？」餘杭生找個託詞說：「剛才是朋友的作品，只有那麼一篇；這一次才是我寫的。」和尚聞了聞那篇文章的餘灰，嗆得連聲咳嗽，氣往上逆，說：「不要再燒了！格格不入，聞不下去，我是勉強用橫膈膜領受的；如果再燒，我就要嘔心了。」餘杭生滿面羞愧地退了出去。

數日榜放，生竟領薦；王下第。宋與王走告僧。僧歎曰：「僕雖盲於目，而不盲於鼻；簾中人並鼻盲矣①。」俄餘杭生至，意氣發舒，曰：「盲和尚，汝亦啖人水角耶？今竟何如？」僧曰：「我所論者文耳，不謀與君論命。君試尋諸試官之文，各取一首焚之，我便知孰為爾師。」生與王並搜之，止得八九人。生曰：「如有舛錯，以何為罰？」僧憤曰：「剜我盲瞳去！」生焚之，每一首，都言非是；至第六篇，忽向壁大嘔，下氣如雷。眾

幾天以後，鄉試放榜，餘杭生竟然考中了；王平子卻名落孫山。宋生和王平子一塊兒去告訴和尚。和尚歎了一口氣說：「我雖然眼睛瞎了，但鼻子還沒有瞎；主考官卻連鼻子都瞎了。」一會兒，餘杭生來了，他洋洋得意地說：「瞎和尚，你也吃了人家的水餃嗎？現在到底怎麼樣？」和尚說：「我所論的是文章罷了，沒有打算和你論命運。你去試試，把那些考官的文章找來，每個考官的燒它一篇，我就知道誰是你的老師。」餘杭生和王平子一齊去搜尋，只找到八九個考官的文章。餘杭生說：「你要是猜錯了，用甚麼作懲罰？」和尚氣憤地說：「把我的瞎眼珠挖去！」餘杭生就開始燒文章，每燒一篇，都說不是。燒到第六篇，和尚忽然對着牆壁大嘔大吐，同時放了一連串雷鳴般的響屁。大家都哈哈大笑。和尚擦

皆粲然。僧拭目向生曰：「此真汝師也！初不知而驟嗅之，刺於鼻，棘於腹，膀胱所不能容，直自下部出矣！」生大怒，去，曰：「明日自見，勿悔！勿悔！」越二三日，竟不至；視之，已移去矣——乃知即某門生也。

宋慰王曰：「凡吾輩讀書人，不當尤人，但當克己：不尤人則德益弘，能克己則學益進。」

❶ 簾中人：指考官。科舉考試，為防舞弊，考官必須住在闈內，不許到堂簾以外去，所以叫「簾中人」。

着眼睛對餘杭生說：「這位肯定是你的老師了！開始我不知道而猛然聞了一下，那股氣味先嗆鼻子，後刺肚子，連膀胱也不能容受，一直從肛門出去了！」餘杭生勃然大怒，轉身就走，還威嚇說：「明天再來見你，別後悔！別後悔！」過了兩三天，餘杭生竟然沒有來；到他的住處一看，人已經搬走了——這才知道他就是那位考官的門生。

宋生於是安慰王平子說：「大凡我們這些讀書人，不應該怨恨別人，只應該約束自己：不怨恨別人，品德就會更加光大；能約束自己，學問就會更加長進。」

當前踧落，固是數之不偶；平心而論，文亦未便登峯，其由此砥礪，天下自有不盲之人。」王肅然起敬。又聞次年再行鄉試，遂不歸，止而受教。宋曰：「都中薪桂米珠①，勿憂資斧。舍後有窖鏹，可以發用。」即示之處。王謝曰：「昔竇、范貧而能廉②，今某幸能自給，敢自污乎？」王一日醉眠，僕及庖人竊發之。王忽覺，聞舍後有聲；竊出，則金堆地上。情見事露，並相懾伏。方呵責間，見有金爵，類多鐫款，審視，皆大父字

眼前不得意，固然是命運不好；但平心而論，你的文章也不算盡善盡美，如果因此而磨礪自己，天下總還會有不瞎眼的人。」王平子聽了，肅然起敬。又聽說第二年還要舉行鄉試，就決定不回家，留在京城，接受宋生的指教。宋生說：「京城裏薪桂米珠，物價昂貴，但你不用憂慮盤纏。你住的房子後面埋着一窖金銀，可以挖出來用。」就把埋銀子的地方指給王平子看。王平子辭謝說：「從前竇儀和范仲淹都很貧窮，但能夠廉潔自守，不貪不義之財；現在我幸而還能維持生計，怎敢貪財玷污自己呢？」一天，王平子喝醉以後正在睡覺，僕人和廚師偷偷地挖開銀窖。王平子忽然驚醒過來，聽見房後有聲音；悄悄地走出去，一看，地上已堆滿了銀子。僕人和廚師見事情敗露，嚇得一齊跪在地上。王平子正在責罵

諱——蓋王祖曾為南部郎③，入都寓此，暴病而卒，金其所遺也。王乃喜，秤得金八百餘兩。明日告宋，且示之爵，欲與瓜分，固辭乃已。以百金往贈瞽僧，僧已去。

積數月，敦習益苦。及試，宋曰：「此戰不捷，始真是命矣！」俄以犯規被黜。

❶ 薪桂米珠：柴像桂枝，米如珍珠，比喻物價昂貴。❷ 竇、范貧而能廉：竇儀，北宋初曾任工部尚書，傳説他貧苦時，有金精戲誘他，他不為所動。范仲淹，北宋時曾任參知政事，據説他少時讀書於僧寺，發現地窖裏藏有白銀，他雖貧，但認為這是非分之財，仍把它掩埋起來。❸ 南部郎：明成祖遷都北京後，南京還保留着原來的一套政府官職。南部郎，指在南京部裏的郎中、員外郎一類的官。

他們的時候，忽然看見有些金酒杯，上面大都刻着字，拿起來仔細一看，全是祖父的名諱——原來王平子的祖父曾經在南京六部當過官，進北京時借住在這個寺院裏，後來突然得急病去世了，這些銀子都是他遺留下來的。王平子這才高興起來，稱了一下，銀子足有八百多兩。第二天，王平子把這件事告訴了宋生，並且把金酒杯給他看，要和他平分這八百多兩銀子，宋生堅決不要，王平子這才作罷。又拿出一百兩銀子去送給瞎和尚，但和尚已經離開了。

此後幾個月，王平子學習更加刻苦。到了應試之際，宋生對他説：「這一仗要是打不贏，那就真是命了！」但王平子很快就因不慎犯規而被取消了考試的資格。

王尚無言；宋大哭，不能止。王反慰解之。宋曰：「僕為造物所忌，困頓至於終身，今又累及良友。其命也夫！其命也夫！」王曰：「萬事固有數在。如先生乃無志進取，非命也。」宋拭淚曰：「久欲有言，恐相驚怪：某非生人，乃飄泊之游魂也。少負才名，不得志於場屋。佯狂至都，冀得知我者，傳諸著作。甲申之年①，竟罹於難，歲歲飄蓬。幸相知愛，故極力為『他山』之攻②，生平未酬之願，實欲借良朋一快之耳。今文字之厄

王平子還沒說甚麼；宋生卻放聲大哭，哭個不住。王平子反倒來安慰他。宋生說：「我被老天爺所嫉恨，在考場上屢遭挫折以致潦倒一生，現在又連累到好朋友。真是命中注定啊！真是命中注定啊！」王平子說：「一切事物固然都有它預定的命數存在，不過像先生你卻是無意於功名，並不是命中注定的。」宋生擦着眼淚說：「有句話，很早以前就想告訴你，怕你聽了害怕、詫異，一直沒敢說：我並不是活着的人，而是漂泊遊蕩的鬼魂。年少時就有才名，但在考場上卻一直不能得志。遂由於憤世嫉俗而裝出一副狂態，來到了京城希望能遇到一個理解我的人，以便把我的著作傳授給他。不料甲申那一年，竟然遇難而死，我的遊魂年年像蓬草一樣四處飄零。幸而與你相知相愛，所以極力幫助你；我的願望終身

若此③，誰復能漠然哉！」王亦感泣，問：「何淹滯？」曰：「去年上帝有命，委宣聖及閻羅王核查劫鬼④，上者備諸曹任用，餘者即俾轉輪⑤。賤名已錄，所未投到者，欲一見飛黃之快耳，今請別矣。」王問：「所考何職？」

❶甲申之年：明崇禎十七年，即1644，是年李自成攻進北京，明亡。❷「他山」之攻：語出《詩經・鶴鳴》：「他山之石，可以攻玉。」攻玉，就是使玉成器。這裏宋生把自己比做他山之石，把王平子比做被攻的玉，意謂自己要幫助王平子，使他成功。❸文字：指文章。厄：災難。因為文章好的人都不得志，文章壞的人卻高高在上，這對文章本身來說也是一場災難，所以說「文字之厄」。❹宣聖：指孔子。宣聖是封建帝王給孔子的封號。❺轉輪：佛家迷信說法，認為眾生都可輪回轉世。

未能實現，實在想借你的中舉為自己吐一口氣。但現在文章的厄難竟然到這程度，誰又能夠無動於衷呢！」王平子聽了，也感動得落淚。他問宋生：「你為甚麼一直滯留在這裏？」宋生說：「去年上帝下令，委派文宣王孔子和閻羅王一起考查遭受劫難而死的鬼魂，品學優秀的準備派到各部門任用，剩下的就讓他們轉生陽世。我的姓名已報上去了，之所以還沒有去報到應考，是想分享一下你飛黃騰達時的快樂罷了。現在事已至此，請讓我告辭吧。」王平子問：「你所考的是甚麼官職？」

曰：「梓潼府中缺一司文郎[1]，暫令聾僮署篆[2]，文運所以顛倒[3]。萬一倖得此秩，當使聖教昌明[4]。」

明日，忻忻而至，曰：「願遂矣！宣聖命作『性道論』，視之色喜，謂可司文。閻羅稽簿，欲以『口孽』見棄。宣聖爭之，乃得就。某伏謝已。又呼近案下，囑云：『今以憐才，拔充清要；宜洗心供職，勿蹈前愆。』此可知冥中重德行更甚於文學也。君必修行未至，但積善勿懈可耳。」王曰：「果爾，餘杭

宋生說：「梓潼府裏缺一名司文郎，暫時叫聾童代理職務，所以文章的運數也就顛倒錯亂至此。萬一我有幸得到這個官職，一定要扭轉這種局面，使聖教發揚光大。」

第二天，宋生很高興地來了，說：「我的願望實現了！孔子叫我作一篇《性道論》，看完之後露出很高興的神色，說我可以掌管文章的事。閻羅王查看了功過簿，說我犯有說話尖刻、輕薄的過錯，想要撤換我。孔子為我力爭，這才獲得成功。我叩頭拜謝之後，孔子又叫我走到桌子前，囑咐我說：『現在因為愛惜你的才學，才提拔你擔任清高顯要的官職；你應該悔過自新，好好任職，不要再犯以前的錯誤。』由此可以知道，陰間重視品德操行更勝過重視文章學問。你一定是

其德行何在？」曰：「不知。要冥司賞罰，皆無少爽。即前日瞽僧，亦一鬼也，是前朝名家。以生前拋棄字紙過多，罰作瞽。彼自欲醫人疾苦，以贖前愆，故託遊廛肆耳。」王命置酒。宋曰：「無須；終歲之擾，盡此一刻，再為我設水角足矣。」王悲愴不食。坐令自啖，

❶ 梓潼府中缺一司文郎：梓潼府，道教傳說，梓潼帝君張亞子，主持文昌府及人間的功名祿位。司文郎，掌握文教的官。❷ 聾僮：指天聾神。傳說梓潼帝君屬下有天聾、地啞兩神。署篆：掌官印，即代理其職務。❸ 運：命運、運數。當時一般認為，一切都在於運數；「文運顛倒」，也就是文章的運數顛倒錯亂。❹ 聖教：指孔子的教導，即孔子的學說。按照當時觀念，既然「文字之厄若此」，文章好的人都不得志，那麼，真正能理解和維護孔子學說的人自然都埋沒在下，孔子的學說也就不能發揚光大，「聖教」也不能「昌明」。

德行的修養還未夠，只要堅持不懈地積善就可以了。」王平子說：「如果真是這樣，那麼餘杭生的德行在哪裏？」宋生說：「這我不知道。總之，陰間的獎賞和懲罰，都沒有一點兒差錯。就是前些日子遇到的那個瞎和尚，也是一個鬼魂，是前朝的一個名家。因為生前扔棄字紙太多，就罰他作為瞎子。他自己想給人家醫治疾苦，以贖回前世的罪過，所以寄身街市，來往於舖戶之間。」王平子叫人擺酒，要為宋生餞行。宋生說：「不必了；成年打擾你，此時就要結束，再給我準備一頓水餃就夠了。」水餃做好後，王平子悲傷得吃不下去，坐在一旁叫他自己吃，

頃刻，已過三盛。捧腹曰：「此餐可飽三日，吾以志君德耳。向所食，都在舍後，已成菌矣。藏作藥餌，可益兒慧。」王問後會，曰：「既有官責，當引嫌也。」又問：「梓潼祠中，一相酹祝，可能達否？」曰：「此都無益。九天甚遠，但潔身力行，自有地司牒報，則某必與知之。」言已，作別而沒。王視舍後，果生紫菌，采而藏之。旁有新土墳起，則水角宛然在焉。王歸，彌自刻厲。一夜，夢宋輿蓋而至，曰：「君向以小忿，誤殺一

片刻之間，宋生已經吃了三大碗。他捧着肚子說：「這一頓可以飽三天，我不過是要借此記住你的恩德罷了。以前所吃的水餃，都在房後，已經成為菌了。把它藏起來當做藥物，讓小孩子吃了可以增長智慧。」王平子問他以後相會的日期，宋生說：「既有官員的職責在身，就應當避免嫌疑。」王平子又問：「在梓潼廟裏，用酒向你祭奠祝禱，你是否能夠得到？」宋生說：「這都沒有益處。九重天離這裏很遠，只要潔身自好，身體力行，自然會有地府的主管官員呈報上來，那麼我就一定會知道的。」說完，就向王平子告別，迅即不見了。王平子到房後一看，果然長出了紫色的菌，就把它摘下來收藏好。旁邊有一個新壘的土堆，宋生剛吃的水餃還樣子很逼真地埋在裏面。王平子回去以後，更加自我勉勵，刻苦用功。

婢，削去祿籍；今篤行已折除矣。」是年，捷然命薄不足任仕進也。」是年，捷於鄉；明年，春闈又捷①。遂不復仕。生二子，其一絕鈍，啖以菌，遂大慧。後以故詣金陵，遇餘杭生於旅次，極道契闊，深自降抑，然鬢毛斑矣。

❶ 春闈：指會試。明清時會試規定在春天舉行，故稱。當時的科舉考試，鄉試（省一級的考試）錄取的為舉人，會試（全國性的考試，只有舉人才能應考）錄取的為進士。

一天晚上，他夢見宋生乘着帶有傘蓋的車子來見他，對他說：「你以前因為一點小的忿恨，誤殺了一個丫頭，所以被取消了功名簿上的名字；現在你忠誠厚道的行為，已經把你的過錯抵消了。但是你的命薄，還是不能夠做官。」這一年，王平子在鄉試中告捷，考中了舉人；第二年春天會試，又中了進士。聽了宋生的話，就沒有去做官。他生了兩個兒子，其中一個非常蠢笨，吃了紫菌以後，就變得十分聰明。後來王平子有事到南京，在旅館遇到了餘杭生。餘杭生熱情地向他訴說久別的情懷，顯得非常謙遜，但兩鬢已經斑白了。

異史氏曰：「餘杭生公然自詡，意其為文，未必盡無可觀；而驕詐之意態顏色，遂使人頃刻不可復忍。天下之厭棄已久，故鬼神皆玩弄之。脫能增修厥德，則簾內之『刺鼻棘心』者，遇之正易，何所遭之僅也？」

異史氏說：「餘杭生公然自我炫耀，料想他的文章，未必完全沒有可觀的地方；但那副驕傲欺人的神態和臉色，終究叫人一刻也不能忍受。老天爺和人們對他的厭棄已經很久了，所以鬼神都戲弄他。如果能夠增強他那品德的修養，那麼考場裏令人『嗆鼻刺心』的主考官，是很容易遇到的，怎麼他所遇到的就只有一次呢？」

穆生並不愛醜狐，他愛的只是錢財。一旦「賂遺漸少」，他就要驅趕甚至加害醜狐。這樣一個貪婪而負心的人，遭到醜狐的懲罰真是咎由自取。後來他們相遇於途，醜狐仍「以素巾裹五六金，遙擲生，反身徑去」，多麼富有人情味啊。相比之下，醜狐並不醜，真正醜惡的是穆生。「利之所在，喪身辱行而不惜者」，應以穆生為戒！

穆生，長沙人。家清貧，冬無絮衣。一夕枯坐，有女子入，衣服炫麗而顏色黑醜，笑曰：「得毋寒乎？」生驚問之。曰：「我狐仙也。憐君枯寂，聊與共溫冷榻耳。」生懼其狐，而厭其醜，大號。女以元寶置几上，曰：「若相諧好，以此相贈。」生悅而從之。牀無裀褥，女代以袍。將曉，起而囑曰：「所贈，可急市軟帛作臥具；餘者絮衣作饌，足矣。倘得永好，勿憂貧也。」遂去。生告妻，妻亦喜，即市帛為之縫紉。女夜至，見臥具一

穆生是長沙人，家境十分貧寒，冬天連棉衣也穿不上。一天晚上，他正無聊地悶坐在家裏，忽然有個女子走進來，只見她衣着十分華麗，容貌卻又黑又醜。她笑着問：「你冷嗎？」穆生吃驚地問她是誰。她回答說：「我是個狐仙。可憐你一個人太寂寞，暫且和你一起把冷牀暖一下吧。」穆生既害怕她是狐狸，又厭惡她長得醜陋，就大叫起來。狐女掏出一個元寶放在桌上，說：「你要是跟我相好，就把元寶送給你。」穆生一見元寶，眉開眼笑地答應了。牀上沒有被褥，狐女就脫下自己的衣服來代替。睡到天快亮的時候，她起來囑咐穆生說：「我送給你的錢，可馬上買些軟的綢緞做被褥，剩下的去做件棉衣，再買些糧食，足夠用的了。如果能和我永遠相好，你今後就不用為貧困擔憂了。」說完她就走了。穆生

新，喜曰：「君家娘子劬勞哉！」留金以酬之。從此至無虛夕。每去，必有所遺。年餘，屋廬修潔，內外皆衣文錦繡，居然素封①。

女賂遺漸少，生由此心厭之，聘術士至，畫符於門。女來，嚙折而棄之。入指生曰：「背德負心，至君已極！然此奈何我！若相厭薄，我自去耳。但情義既絕，受於我者，須要償也！」忿然而去。

❶ 素封：原指古代那些雖然沒有官爵封邑但同樣殷實富有的人家。這裏指較為富裕的家庭，猶如稱「家道小康」。

把這件事告訴了妻子，妻子也很高興，馬上買綢緞來縫製。夜裏，狐女又來了，看見牀上嶄新的被褥，高興地說：「你家娘子太辛苦了！」於是留下些銀子來酬謝她。從此，狐女每夜都來。臨走時，總要留下些金銀。過了一年多，穆生家修建得房屋整齊、庭院潔淨，一家人都穿上漂亮的衣裳，居然成了個土財主。

後來，狐女送的東西漸漸少了，穆生因此心裏厭惡她，就聘請了一個術士，在門上畫了一道驅妖符。狐女來了一看，把這道符咬下來丟掉。進屋去指着穆生說：「忘恩負義，你算到極點了！但這道符又能把我怎麼樣！要是你嫌棄我，我自然會走。只是既然情斷義絕了，你以前從我手裏得到的一切必須全部還給我！」說完氣憤地走了。

生懼，告術士。術士作壇，陳設未已，忽顛地下，血流滿頰；視之，割去一耳。衆大懼，奔散；術士亦掩耳竄去。室中擲石如盆，門窗釜甑，無復全者。生伏牀下，蓄縮汗聳。俄見女抱一物入，貓首猧尾，置牀前，嗾之曰：「嘻嘻！可嚼奸人足。」物即齕履，齒利於刃。生大懼，將屈藏之，四肢不能動。物嚼指，爽脆有聲。生痛極，哀祝。女曰：「所有金珠，盡出勿隱。」生應之。女曰：「呵呵！」物乃止。生不能起，但告以處。女自往搜括，

穆生很害怕，急忙告訴了那個術士。術士就搭起法壇，準備驅狐，還沒有佈置好，忽然摔倒在地，血流滿面。過去一看，術士的一隻耳朵被割去了。大家嚇得要死，連忙四散奔逃；術士也捂着耳朵逃竄而去。接着，有許多盆子大小的石頭被擲進了屋裏，門窗炊具全被砸爛了。穆生嚇得躲在牀下，縮作一團，渾身直冒冷汗。不一會兒，只見狐女抱着一隻貓頭狗尾的怪物進來，把它放在牀前，驅使它說：「嘻嘻！去咬那壞人的腳！」那怪物就上前咬穆生的鞋子，牙齒比刀還要鋒利。穆生嚇壞了，想把腳縮回來，無奈四肢動彈不得。怪物咬着他的腳趾頭，發出清脆的響聲。穆生疼痛難忍，哀叫求饒。狐女說：「所有金銀珠寶，必須全部交出來，不許隱瞞。」穆生趕緊答應。狐女叫了一聲：「呵呵！」怪物就不咬了。

珠鈿衣服之外，止得二百餘金。女少之，又曰：「嘻嘻！」物復嚼。生哀鳴求恕。女限十日，償金六百。生諾之，女乃抱物去。久之，家人漸聚，從牀下曳生出，足血淋漓，喪其二指。視室中，財物盡空，惟當年破被存焉。遂以覆生，令臥。又懼十日復來，乃貨婢鬻衣，以足其數。至期，女果至；急付之，無言而去。自此遂絕。生足創，醫藥半年始愈，而家清貧如初矣。

穆生痛得站不起來，只能把藏東西的地方告訴狐女。狐女親自去搜尋，除了珠寶、首飾、衣服之外，只得二百多兩銀子。狐女覺得太少，又叫道：「嘻嘻！」怪物又咬起來。穆生哭着哀求饒恕。狐女限他十天之內，償還六百兩銀子。穆生答應了，狐女才抱起怪物離去。過了很長時間，家人漸漸聚攏，把穆生從牀下拉出來，只見他腳上鮮血淋漓，已經被咬去了兩個腳趾頭。再看看屋裏，財物一空，只有當年的破被子還在。大家就把破被子蓋在他身上，讓他躺在牀上養傷。又怕十天后狐女再來，他就把婢女、衣服都賣掉，湊足了六百兩銀子。到了第十天，狐女果然來了。穆生趕緊把錢交給她，她一聲不吭地走了。從此，狐女就再也沒有來過。穆生腳上的傷，醫治了半年才好，但家境一貧如洗，又像當年一樣了。

狐適近村于氏。于業農，家不中貲；三年間，援例納粟①，夏屋連蔓，所衣華服，半生家物。生見之，亦不敢問。偶適野，遇女于途，長跪道左。女無言，但以素巾裹五六金，遙擲生，反身逕去。後于氏早卒，女猶時至其家，家中金帛輒亡去。于子睹其來，拜參之，遙祝曰：「父即去世，兒輩皆若子，縱不撫恤，何忍坐令貧也？」女去，遂不復至。

異史氏曰：「邪物之來，殺之

狐女後來嫁給鄰村一個姓于的。于某是個農民，家裏也不富裕。但是三年之間，他不僅花錢捐了個監生，而且蓋起了大屋，一間連着一間。所穿的漂亮衣服，多半是穆生家裏原來的東西。穆生見了，也不敢問。一次，穆生偶然到野外去，路上正好碰見了狐女，便跪在路旁。狐女沒有說話，只是用一條白手帕包了五六兩銀子，遠遠地扔給穆生，扭頭就走了。後來于某早早就死了，狐女還常常到他家。每去一次，于某家裏的財物就少一些。于某的兒子見她來了，就跪下向她行禮，遠遠地哀求她說：「父親雖然去世了，但我們都還是你的兒子，你縱然不加撫恤照顧，又怎能忍心看着我們窮下去呢？」狐女於是就走了，從此再也沒有來。

亦壯；而既受其德，即鬼物不可負也。既貴而殺趙孟②，則賢豪非之矣。夫人非其心之所好，即萬鍾何動焉。觀其見金色喜，其亦利之所在，喪身辱行而不惜者歟？傷哉貪人，卒取殘敗！」

❶ 援例納粟：援例，引用成例。納粟，明清兩代，富家子弟捐納財貨給官府，准入國子監肄業，稱為監生，可不經過府州縣學考試而直接參加鄉試。❷ 既貴而殺趙孟：趙孟，即趙盾，春秋時晉國貴族。晉靈公是靠着他才得以當上國君的，但即位以後，為了拒絕趙孟的諫諍，曾策劃殺死趙孟（但未成功）。這裏是用來比喻穆生的忘恩負義。

異史氏說：「邪惡的東西來到跟前，把它殺了也是勇敢的行為；但既然受了它的恩惠，那麼，就算它是鬼物也不能負心。富貴以後而殺害恩人，賢士豪傑就都要指責他了。對於一個人，如果不是他心裏喜愛的東西，就算是萬石糧食又怎能使他動心呢？看他見到銀子就喜形於色，不也就是那種只要有好處，即使喪失身體、玷辱品行也毫不顧惜的人嗎？可悲啊！貪婪的人，最終只落得個身殘名敗的結局！」

顧生

才過了半日時光，才演了七折劇本，那滿屋的嬰兒已變成了蓬首駝背的老人。白雲蒼狗，倏忽百年。人生祈求的是甚麼？是壽如彭祖？是財比石崇？是子孫滿堂？抑或是功名利祿？轉瞬之間，少者已老，是歎惜？是悲觀？還是別有所思？酒宴舞場，虛度一生，顧生的夢幻正是現實的曲折反映，它引起了作者的深思：人生的意義何在？這確實是值得探索的問題。

江南顧生，客稷下，眼暴腫，晝夜呻吟，罔所醫藥。十餘日，痛少減。乃合眼時輒睹巨宅，凡四五進，門皆洞闢；最深處有人往來，但遙睹不可細認。一日，方凝神注之，忽覺身入宅中，三歷門户，絕無人跡。有南北廳事，內以紅氈貼地。略窺之，見滿屋嬰兒，坐者、臥者、膝行者，不可數計。愕疑間，一人自舍後出，見之曰：「小王子謂有遠客在門，果然。」便邀之。顧不敢入，強之乃入。

江南有個姓顧的書生，旅居在山東臨淄，眼睛突然又紅又腫，他日夜不停地呻吟，卻沒有藥能夠醫治得好。過了十多天，疼痛稍微減輕了一些。但每當他合上眼睛時就看到一座很大的住宅，有四五個前後相連的院落，門都打開着；最深的地方有人來回走動，但遠遠望去看不清細部。一天，顧生正在聚精會神地注視着，忽然覺得身體已進入住宅，穿過三個院落，卻連一個人影也沒有。有南北兩個大廳，廳裏都鋪着紅色地毯。他偷偷一看，只見滿屋子都是嬰兒，有的坐着、有的躺着、有的用膝蓋爬行着，多得無法計算。顧生正奇怪，一個人從屋後走出來，看見他就說：「我們小王子說門外來了位遠方的客人，果然不錯。」說完就邀請他進屋。顧生不敢進去，那人硬要他去，他才跟着朝裏走。

問：「此何所？」曰：「九王世子居。世子瘧疾新瘥，今日親賓作賀，先生有緣也。」言未已，有奔至者，督促速行。俄至一處，雕榭朱欄①，一殿北向，凡九楹。歷階而升，則客已滿座。見一少年北面坐，知是王子，便伏堂下。滿堂盡起。王子曳顧東向坐。酒既行，鼓樂暴作，諸妓升堂，演《華封祝》②。才過三折，逆旅主人及僕喚進午餐，就牀頭頻呼之。耳聞甚真，心恐王子知，遂託更衣而出。

顧生一邊走一邊問：「這是甚麼地方？」那人回答說：「是九王世子的住宅。世子的瘧疾剛剛痊癒，今日親戚朋友都來慶賀，先生你真有緣分啊。」話音未落，只見一個人跑到跟前，催促他們走快點。一會兒，他們來到一個地方，台上的房屋是雕樑畫棟，欄杆被漆成朱紅色，一座大殿大門向北，殿前共有九根大柱子。沿着台階走上去，只見大殿裏早已坐滿了客人。顧生抬頭一望，見一個年輕人坐在北面，於是知道他是王子，就跪拜在殿堂下。整個殿堂裏的人都站了起來。王子把顧生拉起來，讓他向東而坐。酒過三巡，鼓樂聲突然響起來，舞妓們走上殿堂，演起了《華封祝》。才演了三段，旅館的主人以及僕役來叫顧生去吃午飯，他們走近牀頭頻頻叫喚。顧生聽得很真切，又恐怕王子知道，就藉口上廁所而走出了殿堂。

仰視日中夕，則見僕立牀前，始悟未離旅邸。心欲急反，因遣僕闔扉去。甫交睫，見宮舍依然，急循故道而入。路經前嬰兒處，並無嬰兒，有數十媼蓬首駝背，坐臥其中。望見顧，出惡聲曰：「誰家無賴子，來此窺伺！」顧驚懼，不敢置辨③，疾趨後庭，升殿即坐。見王子頷下添髭尺餘矣。見顧，笑問：「何往？劇本過七折矣。」因以巨觥示罰。移時曲終，又呈齣目。

❶榭：台上的房屋。❷《華封祝》：劇曲名。❸辨：通「辯」。

顧生抬頭一望，只見太陽掛在半空；又看見僕役站在牀前，才明白自己還沒有離開過旅館。他心裏想着趕緊回去，就叫僕役關門離開。顧生才閉上眼睛，看見宮殿房屋仍是先前的樣子，就急忙沿着舊路走進去。路過上次滿屋嬰兒的地方，卻並沒有嬰兒，而只有幾十個披頭散髮、駝背彎腰的老太婆，在裏面坐着、躺着。她們看見顧生，就惡聲惡氣地說：「誰家的無賴子，來這裏偷看！」顧生十分害怕，不敢分辯，急步走向後面的庭院，走上殿堂坐下來。只見王子的下巴已經長出一尺多長的鬍子了。王子看見顧生，笑着問：「你到哪去了？劇本已經演了七段了。」於是用大杯來罰顧生。不久，《華封祝》演完了，下面又呈上劇碼。

顧點《彭祖娶婦》①。妓即以椰瓢行酒，可容五斗許。顧離席辭曰：「臣目疾，不敢過醉。」王子曰：「君患目，有太醫在此，便合診視。」東座一客，即離坐來，兩指啟雙眥，以玉簪點白膏如脂，囑合目少睡。王子命侍兒導入複室，令臥；臥片時，覺牀帳香軟，因而熟眠。居無何，忽聞鳴鉦鍠聒，即復驚醒。疑是優戲未畢；開目視之，則旅舍中狗舐油鐺也。然目疾若失。再閉眼，一無所睹矣。

❶《彭祖娶婦》：劇曲名。傳說彭祖是顓頊（zhuān xū）帝玄孫陸終氏的第三子，姓籛（jiān）名鏗，活了八百歲，經歷了三個朝代。

顧生就點了一出《彭祖娶婦》。舞妓就用椰殼來敬酒，一個椰殼可以裝五斗左右。顧生離席辭謝說：「我眼睛有病，不敢喝得太多。」王子說：「你患了眼病，這裏有太醫，就讓他給診斷治療。」坐在東邊的一位客人，馬上離開座位走過來，兩個手指撐開顧生的眼皮，用玉簪蘸了些像脂肪一樣的白藥膏，點在顧生的眼睛裏，囑咐他閉上眼睛稍微睡一會兒。王子就叫侍兒領顧生走進殿堂裏的一個房間，讓顧生躺下；顧生躺了一會兒，覺得牀褥帳子又香又軟，因此很快就睡熟了。過了不多久，忽然聽到鑼聲很嘈雜，就又驚醒了。他以為是舞妓演戲還未結束；睜開眼睛一看，原來是旅館裏的狗在舔油鍋。不過眼病好像已消失。顧生再合上眼睛，殿堂人物，已經一無所見了。

大鼠

面對強者，並非靠匹夫之勇，一味地去硬拼硬鬥，而是先避其銳氣，待其懈怠之後一舉戰勝它。獅貓的策略符合生活中的辯證法。在寫法上，以眾人對獅貓的反應穿插其中，增強了藝術感染力。

萬曆間①，宮中有鼠，大與貓等，為害甚劇。遍求民間佳貓捕制之，輒被啖食。適異國來貢獅貓，毛白如雪。抱投鼠屋，闔其扉，潛窺之。

貓蹲良久，鼠逡巡自穴中出，見貓，怒奔之。貓避登几上，鼠亦登，貓則躍下。如此往復，不啻百次。眾咸謂貓怯，以為是無能為者。既而鼠跳擲漸遲，碩腹似喘，蹲地上少休。貓即疾下，爪掬頂毛，口齕首領，輾轉爭持，貓聲嗚

明朝萬曆年間，皇宮裏有一隻大老鼠，長得和貓一般大，為害很嚴重。到處搜尋民間好貓來捕捉牠，但那些貓總是被大老鼠吃掉了。正好這時外國進貢來一隻獅貓，全身毛色雪白。大家就把這只獅貓抱來，放進大老鼠藏身的屋裏，然後關上門，從屋外偷偷地觀看。

獅貓蹲在屋裏，很久也沒動。大老鼠探頭探腦地從洞裏爬出來，一看見獅貓，就發怒地衝過去。獅貓躲開牠，縱身一跳，跳到桌子上。大老鼠也跟着躥上去，而獅貓卻又一躍而下。這樣躥上跳下，不下一百次。大家都說獅貓膽怯，認為牠也是個沒能耐的傢伙。又過了不久，大老鼠跳躥得漸漸遲緩了，肥大的肚子一鼓一鼓地似乎在喘氣，牠蹲在地上準備休息一下再往上跳。說時

嗚，鼠聲啾啾。啟扉急視，則鼠首已嚼碎矣。然後知貓之避，非怯也，待其惰也。彼出則歸，彼歸則復[2]，用此智耳。噫！匹夫按劍，何異鼠乎！

❶ 萬曆：明神宗年號（1573—1620）。❷ 彼出則歸，彼歸則復：意思是敵人出擊我便退回，敵人退回我又出擊。語出《左傳・魯昭公三十年》。

遲那時快，只見獅貓迅速從桌上撲下來，利爪抓住大老鼠的頭頂毛，嘴巴一口就咬在大老鼠的脖子上。牠們翻來覆去地爭鬥着，只聽見獅貓嗚嗚地吼，大老鼠吱吱地叫。大家急忙推門去看，大老鼠的頭已經被獅貓咬碎了。這時大家才明白，獅貓開始時之所以躲避大老鼠，並不是膽怯，而是等待牠疲憊鬆懈。所謂「牠出來我就回去，牠回去我又出來」，獅貓用的就是這個計謀。唉！那些遇事就手按寶劍、怒氣沖沖的莽夫，和這只大老鼠有甚麼不同呢！

牧豎

《聊齋志異》有好幾個打狼的故事，都寫得異乎尋常。這裏寫兩個機智勇敢的小牧童，抓住惡狼的弱點，令其疲於奔命，終於智斃惡狼。可見，重視戰術，以己之長攻敵之短，就能戰勝敵手。

兩牧豎入山至狼穴，穴有小狼二，謀分捉之。各登一樹，相去數十步。少頃，大狼至，入穴失子，意甚倉皇。豎於樹上扭小狼蹄耳故令嗥；大狼聞聲仰視，怒奔樹下，號且爬抓。其一豎又在彼樹致小狼鳴急；狼輟聲四顧，始望見之，乃舍此趨彼，跑號如前狀。

有兩個牧童走進山裏，來到一個狼窩跟前，看見窩裏有兩隻小狼，他們商量好了以後，就一人捉了一隻。然後各自爬上一棵樹，那兩棵樹相隔幾十步遠。一會兒，大狼回來了，牠走進窩裏，發現小狼不見了，神態很驚慌。這時，一個牧童在樹上扭着小狼的爪子和耳朵，故意弄得牠大聲嚎叫。大狼聽到叫聲，抬頭看見了小狼，就狂怒地撲到這棵樹下，一邊嚎叫，一邊死命地亂爬亂抓。這時，另一個牧童又在另一棵樹上扭得小狼急聲嚎叫。大狼聽見了，就停住嚎叫，四處張望，才看見另一棵樹上的小狼，於是丟下這一隻，撲到那棵樹下，又是狂奔，又是嚎叫，和先前的情狀一模一樣。

前樹又鳴，又轉奔之。口無停聲，足無停趾，數十往復，奔漸遲，聲漸弱；既而奄奄僵臥，久之不動。豎下視之，氣已絕矣。今有豪強子，怒目按劍，若將搏噬；為所怒者，乃闔扇去。豪力盡聲嘶，更無敵者，豈不暢然自雄？不知此禽獸之威，人故弄之以為戲耳。

前頭那棵樹上的小狼又啼叫起來了，大狼又轉身奔回去。嘴不停地狂嚎亂叫，腳不停地奔跑爬抓，來來回回幾十次，奔跑的速度漸漸緩慢下來，嚎叫聲也漸漸減弱下來。不久，精疲力盡，直挺挺地栽倒在地上，很久也沒有動彈。兩個牧童溜下樹來一看，那大狼已經斷氣了。現在有些霸道的人，動不動就瞪着眼睛，握着寶劍，好像就要和人搏鬥、把人吃掉一樣；被他所憤恨的人卻關門進屋去了。這霸道的人直鬧得聲嘶力竭，看見再沒有一個敵手，怎不得意洋洋，自以為天下無敵呢？哪知道這是禽獸的淫威，人們故意捉弄他當做遊戲罷了。

王子安

本篇截取醉夢片斷，栩栩如生地刻畫了一個被功名利祿折騰得近乎癲狂的名士形象。王子安那變態的舉止，貌似可笑，實則可憐而可悲。與家人的清醒相對照，更把王子安的狂態表現得淋漓盡致。他是封建科舉制度的犧牲品，是被利鎖名韁扭曲了靈魂的舊文人的一個縮影。蒲松齡對王子安的奚落，飽含着哀痛的淚水。「七似」一段惟妙惟肖的描繪，更充滿了孤憤之情。

王子安，東昌名士，困於場屋。入闈後，期望甚切。近放榜時，痛飲大醉，歸臥內室。忽有人白：「報馬來①。」王踉蹌起曰：「賞錢十千！」家人因其醉，誑而安之曰：「但請睡，已賞矣。」王乃眠。俄又有入者曰：「汝中進士矣！」王自言：「尚未赴都，何得及第？」其人曰：「汝忘之耶？三場畢矣②。」王大喜，起而呼曰：「賞錢十千！」家人又誑之如前。又移時，一人急入曰：「汝殿試翰林，長班在此③。」果見二人拜牀

王子安是東昌府的名士，但在考場上卻很不順利，多次考不中。這一年他參加鄉試以後，盼望考中的心情很急切。快放榜時，他開懷痛飲，喝得酩酊大醉，回家後就在臥室裏躺下。忽然有人向他稟告：「騎馬報喜的人來了。」王子安一聽，踉踉蹌蹌地爬起來說：「賞給他們十貫錢！」家人因他醉了，為了讓他安靜下來，就哄騙他說：「你只管睡覺吧，已經給了賞錢啦。」王子安這才又躺下睡覺。一會兒，又有人進來說：「你考中進士了！」王子安自言自語地說：「我還沒有進京參加會試，怎麼能進士及第呢？」那個人說：「你忘記了嗎？三場考試都已經完了。」王子安高興極了，馬上爬起來大叫：「賞給他們十貫錢！」家人又像剛才那樣哄騙他。又過了一會兒，一個人急匆匆地走進來說：「你經過殿試，

下，衣冠修潔。王呼賜酒食，家人又紿之，暗笑其醉而已。

久之，王自念不可不出耀鄉里。大呼長班，凡數十呼，無應者。家人笑曰：「暫臥候，尋他去。」又久之，長班果復來。王搥牀頓足，大罵：「鈍奴焉往！」

❶ 報馬：給科舉考試得中的人家報喜的人叫「報子」，報子多騎馬，故稱「報馬」。下文「報條」，是報子所送上寫「捷報某某高中」等字樣的紙條。❷ 三場：指禮部會試的三場考試。鄉試中舉的舉人，要經過三年一次在京城舉行的會試，錄取後，再複試、殿試，考中的稱進士。下文的「殿試翰林」，指進士裏的前三名，因前三名都擔任翰林院的官。❸ 長班：明清時官僚隨身侍候的僕人。

官授翰林，你的跟班聽差在這裏伺候你。」王子安睜眼一看，果然有兩個人拜跪在牀下，穿戴得很整潔。於是他又大聲叫人給跟班賞賜酒食，家人又照舊誑他，暗中卻笑他醉得真厲害。

過了很長時間，王子安心裏想，中了進士，做了翰林，不能不出去在鄉里誇耀一番。於是就大聲呼叫跟班，一連喊了幾十聲，也沒有人答應。家人笑着說：「你先躺下等着，我們找他去。」等了很久，跟班果然又回來了。王子安又是捶牀，又是跺腳，大發脾氣地罵道：「蠢笨的奴才，你跑到哪裏去了！」

長班怒曰：「措大無賴！向與爾戲耳，而真罵耶？」王怒，驟起撲之，落其帽。王亦傾跌。妻入，扶之曰：「何醉至此！」王曰：「長班可惡，我故懲之，何醉也？」妻笑曰：「家中止有一媼，晝為汝炊，夜為汝溫足耳。何處長班，伺汝窮骨？」子女皆笑。王醉亦稍解，忽如夢醒，始知前此之妄。然猶記長班帽落；尋至門後，得一纓帽如盞大，共疑之。自笑曰：「昔人為鬼揶揄，吾今為狐奚落矣。」

跟班也怒沖沖地說：「你這窮酸真是無賴！剛才不過是跟你開個玩笑罷了，你就真的裝腔作勢罵人嗎？」王子安一聽就火了，猛然跳起來向跟班撲去，一下子就把跟班的帽子打落在地上。王子安也跟着跌倒了。這時他妻子走進來，扶起他說：「怎麼醉成這個樣子！」王子安說：「跟班太可惡了，我才懲罰他，哪裏是喝醉了？」妻子笑着說：「家裏只有一個老太婆，白天給你做飯，晚上給你暖腳罷了。哪裏有甚麼跟班來侍候你這窮骨頭？」他的兒女聽見都笑了。王子安的醉意這時也略微清醒，忽然像從夢裏醒來，才明白剛才這些事都是虛妄不實的。可是他仍然記得跟班的帽子被他打落在地上；於是就尋找起來，找到門後，果然拾到一頂像酒杯那麼大的綴着紅纓的帽子，大家都感到很奇怪。王子安笑着自我解嘲：

異史氏曰：「秀才入闈，有七似焉：初入時，白足提籃①，似丐。唱名時，官呵隸罵，似囚。其歸號舍也②，孔孔伸頭，房房露腳，似秋末之冷蜂。其出場也，神情惝怳，天地異色，似出籠之病鳥。迨望報也，草木皆驚，夢想亦幻。時作一得志想，則頃刻而樓閣俱成；作一失志想，則瞬息而骸骨已朽。此際行坐難安，則似被縶之猱。

❶ 白足提籃：清代科舉考試，為防止夾帶，考生入場時都要脫衣除襪接受檢查，故稱「白足」，也就是赤腳。籃，考籃，是考生攜帶入場的必需品。 ❷ 號舍：又稱「號房」，試場裏編號的隔成一個個的小房間，是考生食宿作文的地方。

「過去有人被鬼戲弄，我今天卻被狐狸奚落了。」

異史氏說：「秀才參加鄉試，與七樣東西相似。剛進入考場時，光着兩隻腳，提着籃子，像個乞丐。點名的時候，考官呵斥，差役辱罵，像個囚犯。等考生歸入號房以後，個個窗口伸出一個頭，間間號房露出兩隻腳，好像深秋時瑟瑟縮縮的冷蜂。他們走出考場的時候，神情恍惚，天地也變了顏色，好像走出籠子的病鳥。翹首盼望捷報的時候，草木搖動就使心裏驚慌，夢裏也是一片幻境。有時一想到考取，那麼，頃刻之間亭台樓閣全都建好了；要是一想到落第，那麼，轉瞬之間連自己的骸骨也已經腐朽了。此時坐立不安，就好像一隻被拴着的猴子。

忽然而飛騎傳人，報條無我，此時神色猝變，嗒然若死，則似餌毒之蠅，弄之亦不覺也。初失志，心灰意敗，大罵司衡無目①，筆墨無靈，勢必舉案頭物而盡炬之；炬之不已，而碎踏之；踏之不已，而投之濁流。從此披髮入山，面向石壁，再有以且夫、嘗謂之文進我者②，定當操戈逐之。無何，日漸遠，氣漸平，技又漸癢；遂似破卵之鳩，只得啣木營巢，從新另抱矣③。如此情況，當局者痛哭欲死；而自旁觀者視之，其可笑孰甚焉。王子安

忽然報馬前來給別人報喜，報條上卻沒有自己的名字，這時神色突變，垂頭喪氣得如同死了一樣，就好像一隻吃了毒餌的蒼蠅，就是擺弄他，也毫無反應。剛失意的時候，心灰意冷，大罵主考官有眼無珠，筆墨失靈，勢必拿起書桌上的東西，燒個一乾二淨；燒不完的，就用腳把它踩得稀巴爛；踩不爛的，就把它扔到渾濁的河流裏。從此披散着頭髮，走進深山，面向石壁學道修行，發誓如果再有人用『且夫』、『嘗謂』這些八股文來勸自己求取功名，就一定拿起刀子把他趕出去。可過了不久，隨着時間漸漸逝去，火氣漸漸平息，又技癢起來；就好像一隻毀了窩巢、摔了鳥蛋的斑鳩，只得啣來草木壘築新窩，重新孵卵了。像這種情形，當事者哭得死去活來；而從旁觀者看來，再沒有比他更可笑的人了。在王子

方寸之中，頃刻萬緒，想鬼狐竊笑已久，故乘其醉而玩弄之。牀頭人醒，寧不啞然失笑哉？顧得志之況味，不過須臾；詞林諸公，不過經兩三須臾耳，子安一朝而盡嘗之，則狐之恩與薦師等④。」

❶司衡：指主考官。❷且夫、嘗謂之文：指八股文。「且夫」、「嘗謂」均為八股文中的常用詞。❸另抱：重新孵卵。❹薦師：鄉、會試時，考生經某一閱卷的考官推薦而被錄取，就稱該考官為「薦師」。

安心裏，頃刻之間千頭萬緒，想必鬼神狐狸暗中笑他已經很久，所以趁他酩酊大醉時戲弄他。當人從牀上醒來時，怎不啞然失笑呢？但考取時志得意滿的滋味，也只不過持續片刻，接着就消失了；翰林院的那些翰林，也不過經歷了兩三個片刻罷了。王子安在一個早晨就把這一切全部嚐到了，那麼，狐狸對他的恩情，跟一個錄取他的考官的恩情是相同的。」

席方平

席方平魂赴陰曹代父伸冤，但所遇到的都是貪官酷吏。他先是告富豪羊某，城隍卻以「所告無據」駁回；他接着「以官役私狀告之郡司」，又被推回城隍覆審。備受械梏的席方平忿氣填胸，遁赴冥府，把貪酷的城隍和郡司告上一狀。誰料閻王也同樣貪贓枉法，他最後只得尋到二郎神，把閻王也告上了。

這樣，席方平從告豪紳轉為告官府，從告城隍、郡司轉為告閻王。托之鬼神，影射現實，這層層升級的告狀，它所揭露、諷刺和鞭撻的已不是某一官吏的罪惡，而是世間整個封建官僚機構的腐朽與黑暗。二郎神的一篇判詞，罵盡諸官，何等痛快淋漓！

直可作一部「官場現形記」來讀。

作品還成功地塑造了一個敢於和黑暗勢力抗爭到底的藝術形象。席方平的性格剛烈頑強，他受盡笞杖、火牀、解鋸諸般酷刑，卻毫不退縮；他面對「千金之產，期頤之壽」的利誘，也不為所動。生而復死，死而復生，「大冤未伸，寸心不死」。在反覆回環、不斷激化的鬥爭中，突現了席方平那萬劫不移的頑強反抗精神。席方平最後得以伸冤，是求助於更高的主宰者九王殿下和灌口二郎，這其實是作者清官思想的一種表現。本篇在情節安排上，忽而遁入冥府，忽而返回人世，忽而又馳騁天宮，體現了《聊齋志異》那幻真交融的藝術特色。

席方平，東安人。其父名廉，性戇拙。因與里中富室羊姓有郤，羊先死；數年，廉病垂危，謂人曰：「羊某今賄囑冥使搒我矣。」俄而身赤腫，號呼遂死。席慘怛不食，曰：「我父樸訥，今見陵於強鬼；我將赴地下，代伸冤氣耳。」自此不復言，時坐時立，狀類癡，蓋魂已離舍矣。席覺初出門，莫知所往，但見路有行人，便問城邑。少選，入城。其父已收獄中。至獄門，遙見父臥簷下，似甚狼狽；舉目見子，潸然涕流。便謂：「獄吏

席方平是東安人。他父親名叫席廉，生性憨厚老實。和同村的財主羊某結下了怨仇。羊某先死了；過了幾年，席廉也得了重病，臨死的時候對人說：「羊某現在賄賂了陰間的差役，叫他們拷打我呢。」一會兒，他就渾身紅腫，慘叫着死去了。席方平看到父親慘死的情景，悲痛得吃不下東西，他說：「我父親是個老實人，口齒笨拙，如今受着惡鬼的欺凌；我要到陰間去，給我父親伸冤出氣。」從此他就不言不語，一會兒坐着，一會兒站着，就像癡呆了一樣，原來他的靈魂已經離身而去了。席方平覺得剛一出門的時候，茫茫然不知該往哪兒走，只要看到路上有人經過，就打聽縣城在甚麼地方。走了不久，便進了城。一打聽，他父親已經被關押在監獄裏。他趕到監獄門口，遠遠望見父親躺在房簷下，樣子似乎

悉受賕囑，日夜搒掠，脛股摧殘甚矣！」席怒，大罵獄吏：「父如有罪，自有王章，豈汝等死魅所能操耶！」遂出，抽筆為詞。值城隍早衙①，喊冤以投。羊懼，內外賄通，始出質理。城隍以所告無據，頗不直席。席忿氣無所復伸，冥行百餘里，至郡，以官役私狀，告之郡司。遲之半月，始得質理。

❶ 早衙：古時官吏每天早晚兩次坐堂辦案，叫「坐衙」。早衙，即早上坐衙。

很狼狽；席廉抬頭看見兒子來了，眼淚禁不住撲簌簌地往下掉。他就對兒子說：「管監獄的全都得到羊某的賄賂，日日夜夜拷打我，兩條腿都被他們打爛了！」席方平聽了很憤怒，大罵那些獄吏說：「我父親如果有罪，自有王法懲治他，怎能讓你們這些死鬼胡作非為呢！」說完就走出監獄，拿起筆寫了一張狀子。剛好城隍早上坐堂問案，他就上去喊冤，遞了狀子。羊某害怕了，連忙裏裏外外進行賄賂，打通關節之後，才出庭和他對質。城隍認為席方平的控告沒憑沒證，不給他伸冤，把狀子駁回。席方平滿腹冤氣沒有地方伸訴，就摸黑走了一百多里，到了府城，把城隍衙役徇私舞弊的情況告到了郡司那裏。拖延了半個月，才得到審理。

郡司扑席，仍批城隍覆案。席至邑，備受械梏，慘冤不能自舒。城隍恐其再訟，遣役押送歸家。役至門辭去。

席不肯入，遁赴冥府，訴郡邑之酷貪。冥王立拘質對。二官密遣腹心，與席關說，許以千金。席不聽。過數日，逆旅主人告曰：「君負氣已甚，官府求和而執不從，今聞於王前各有函進，恐事殆矣。」席以道路之口，猶未深信。俄有皂衣人喚入。升堂，見冥王有怒色，

郡司一升堂，不問青紅皂白，就把席方平毒打了一頓，仍舊批回城隍覆審。席方平被押回縣城，受盡種種酷刑，心中的悲慘和冤憤無法排解。城隍怕他再去上告，就派差役押送他回家。差役把他押送到家門口就返回去了。

席方平不肯就此回家，連大門也不進，又偷偷跑到閻王府，控告郡司和城隍貪贓枉法。閻王立即差人去拘拿他們來對質。郡司和城隍慌了，連忙暗地派遣心腹之人向席方平說情，答應送給他一千兩銀子。席方平卻不理睬他們。過了幾天，客店的主人對席方平說：「先生你太過負氣了，官府前來請求和解，你卻執意不聽，現在聽說他們都向閻王送了很多禮物，恐怕你的事情不妙了。」席方平認為這是道聽塗說，還不大相

不容置詞，命笞二十。席厲聲問：「小人何罪？」冥王漠若不聞。席受笞，喊曰：「受笞允當，誰教我無錢耶！」冥王益怒，命置火牀。兩鬼捽席下，見東墀有鐵牀，熾火其下，牀面通赤。鬼脱席衣，掬置其上，反覆揉捺之。痛極，骨肉焦黑，苦不得死。約一時許，鬼曰：「可矣。」遂扶起，促使下牀着衣，猶幸跛而能行。復至堂上，冥王問：「敢再訟乎？」

信。不久，有兩個穿黑衣服的差役來傳他進去。上了公堂，只見閻王面有怒容，不容分說，就喝令打他二十大板。席方平厲聲質問：「我犯了甚麼罪？」閻王冰冷着臉，好像沒有聽到。席方平一面挨着板子，一面大聲喊叫：「該打！該打！誰叫我沒有錢啊！」閻王更加惱怒，喝令帶他下去受火牀的刑罰。兩個鬼役把席方平揪下去，只見東面的台階上有一張鐵牀，牀下烈火熊熊，把牀面烤得通紅。鬼役剝光席方平的衣服，把他提起來扔到火牀上，翻來覆去地揉搓他。席方平痛得要命，骨肉都被烤得焦黑，只恨不能馬上就死去。大約烤了一個時辰，鬼役說：「可以了。」就把他扶起來，催他下牀穿上衣服，幸而一瘸一拐的還勉強能夠走路。又回到閻王殿上，閻王問他：「還敢再告狀嗎？」

席曰：「大冤未伸，寸心不死，若言不訟，是欺王也。必訟！」又問：「訟何詞？」席曰：「身所受者，皆言之耳。」冥王又怒，命以鋸解其體。二鬼拉去，見立木，高八九尺許，有木板二，仰置其下，上下凝血模糊。方將就縛，忽堂上大呼「席某」，二鬼即復押回。冥王又問：「尚敢訟否？」答云：「必訟！」冥王命捉去速解。既下，鬼乃以二板夾席，縛木上。鋸方下，覺頂腦漸闢，痛不可禁，顧亦忍而不號。聞鬼曰：「壯哉此漢！」鋸

席方平說：「大冤還沒有伸雪，我的心是不會死的，如果說不再告狀，那是欺騙您閻王。我一定要告！」閻王又問：「你告甚麼呢？」席方平說：「凡是我親身遭受的一切，統統都要說出來。」閻王又發起怒來，下令用大鋸把他的身體鋸成兩半。兩個鬼役把席方平拉出去，只見那裏豎着一根木樁，大約八九尺高，有兩塊木板平放在木樁下面，木板上下凝結着的血跡一片模糊。鬼役剛要把席方平綁起來，忽然聽見殿堂上大聲傳呼席方平，兩個鬼役馬上又把他押回去。閻王又問他：「你還敢告狀嗎？」席方平回答說：「一定要告！」閻王就喝令快捉下去鋸開。下了殿堂以後，鬼役就用那兩塊木板把席方平夾起來，捆在木樁上。鋸子剛剛拉下去，席方平感到腦殼漸漸裂開，痛得實在忍受不了，但他還是咬緊牙關，一

隆隆然尋至胸下。又聞一鬼云：「此人大孝無辜，鋸令稍偏，勿損其心。」遂覺鋸鋒曲折而下，其痛倍苦。俄頃，半身闢矣。板解，兩身俱仆。鬼上堂大聲以報。堂上傳呼，令合身來見。二鬼即推令復合，曳使行。席覺鋸縫一道，痛欲復裂，半步而踣。一鬼於腰間出絲帶一條授之，曰：「贈此以報汝孝。」受而束之，一身頓健，殊無少苦。遂升堂而伏。

聲也不號叫。只聽見鬼役稱讚說：「真是個硬漢子啊！」鋸聲隆隆地響着，很快就鋸到胸口。又聽見一個鬼役說：「這是個大孝子，並沒有犯罪，我們把鋸子稍微拉偏一點，不要損壞他的心臟。」席方平就覺得鋸齒歪斜着拉下去，更感痛苦萬分。頃刻之間，身體已被鋸成兩半。鬼役剛解開木板，兩片身子都倒在地上。鬼役上了殿堂，大聲向閻王稟報。殿堂上傳下話來，叫把他的身體合起來再上殿堂。兩個鬼役立即把兩片身子推合到一塊，拉着他往前走。席方平覺得身上那道鋸縫，痛得又要裂開似的，剛挪動半步就跌倒了。一個鬼役從腰間取出一條絲帶交給他，說：「這條帶子送給你，酬報你的孝行。」席方平接過來往腰上一束，馬上覺得渾身壯健，一點痛也沒有了。於是就上了殿堂，跪在地下。

冥王復問如前；席恐再罹酷毒，便答：「不訟矣。」冥王立命送還陽界。隸率出北門，指示歸途，反身遂去。席念陰曹之暗昧尤甚於陽間，奈無路可達帝聽。世傳灌口二郎為帝勳戚①，其神聰明正直，訴之當有靈異。竊喜兩隸已去，遂轉身南向。奔馳間，有二人追至，曰：「王疑汝不歸，今果然矣。」捽回復見冥王。竊意冥王益怒，禍必更慘；而王殊無厲容，謂席曰：「汝志誠孝。但汝父冤，我已為若雪之矣。今已往生富貴家，

閻王又用先前那句話問他；席方平恐怕再遭毒刑，就說：「不告了。」閻王立刻下令送他回陽間。鬼役領他出了北門，指給他回家的路，轉身就回去了。席方平心想，這陰曹地府的暗無天日比陽間還更厲害，怎奈沒有辦法讓玉皇大帝知道。世上傳說灌口的二郎神是玉皇大帝的親戚，很有功勞，而且這位神仙聰明正直，向他告狀一定很有靈驗。心裏暗暗高興兩個鬼役已經走了，於是轉身向南奔去。正在急匆匆趕路的時候，有兩個人追上來，說：「閻工疑心你不回家，現在果然如此。」說完就揪住他，又押他回去見閻王。席方平心想，這次閻王一定更加惱怒，自己也一定受到更加慘酷的毒刑；哪知閻王臉上一點怒意也沒有，對席方平說：「你確實很孝順。不過你父親的冤屈，我已經為你們伸雪了。他現在已經

何用汝嗚呼為？今送汝歸，予以千金之產、期頤之壽②，於願足乎？」乃注籍中，嵌以巨印，使親視之。席謝而下。鬼與俱出，至途，驅而罵曰：「奸猾賊！頻頻翻覆，使人奔波欲死！再犯，當捉入大磨中，細細研之！」席張目叱曰：「鬼子胡為者！我性耐刀鋸，不耐撻楚。請反見王，王如令我自歸，亦復何勞相送。」乃返奔。二鬼懼，溫語勸回。

❶ 灌口二郎：神話傳說中的二郎神楊戩（jiǎn），他是玉皇大帝的外甥。故下文說「為帝勳戚」。灌口，在四川灌縣。❷ 期頤之壽：百年的壽命。語出《禮記・曲禮》。

託生到富貴人家，哪裏還要你嗚冤叫屈。現在送你回陽間，賞給你千金的家產、百歲的壽命，你心滿意足了嗎？」說完就把這些記在生死簿上，蓋上大印，還讓席方平親眼看看。席方平道謝後就走下殿堂。兩個鬼役和他一道出來，送到半路上，鬼役一邊驅趕他往前走，一邊罵道：「你這奸猾的賊子！一次又一次地翻來覆去，害得我們來回奔波，差點給你累死！如果再敢這樣，就把你提起來，塞進大磨裏，細細地把你磨成粉末！」席方平瞪着眼睛怒斥道：「鬼東西，你們想幹甚麼！我生性經得起刀砍鋸拉，就是耐不住打罵。請返回去面見閻王，要是閻王叫我自己回去，又何必勞駕你們來送我。」說完轉身往回就跑。兩個鬼役害怕了，連忙向他說好話，把他勸回來。

席故蹇緩，行數步，輒憩路側。鬼含怒不敢復言。約半日，至一村，一門半闢，鬼引與共坐；席便據門閾。二鬼乘其不備，推入門中。驚定自視，身已生為嬰兒。憤啼不乳，三日遂殤。

魂搖搖不忘灌口，約奔數十里，忽見羽葆來，旛戟橫路。越道避之，因犯鹵簿，為前馬所執，縶送車前。仰見車中一少年，丰儀瑰瑋。問席：「何人？」席冤憤正無所出，且意是必巨官，或當能作

席方平故意一步一拐地慢慢而行，走幾步就坐在路旁歇一歇。兩個鬼役雖然憋着一肚子火氣，卻不敢再咕噥了。大約走了半天，到了一個村莊，有戶人家大門半開着，鬼役就領着席方平一起坐下歇歇腳；席方平就坐在門檻上。兩個鬼役趁他沒有防備，把他推入大門裏。席方平吃了一驚，定神一看，自己已經轉生為嬰兒了。他憤怒地啼哭，一滴奶也不吃，三天后就死了。

他的魂魄飄飄蕩蕩，總忘不了要到灌口去，大約奔跑了幾十里，忽然看見一輛用羽毛裝飾的車過來了，旌旗如雲，劍戟林立，道路都給遮住了。席方平連忙穿過大路，想躲避一下，卻因此衝撞了儀仗隊，被開路的馬隊捉住，綁着送到車前。他抬頭一看，只見車裏坐着一位年輕人，

威福，因緬訴毒痛。車中人命釋其縛，使隨車行。俄至一處，官府十餘員，迎謁道左，車中人各有問訊。已而指席謂一官曰：「此下方人，正欲往愬，宜即為之剖決。」席詢之從者，始知車中即上帝殿下九王，所囑即二郎也。席視二郎，修軀多髯，不類世間所傳。九王既去，席從二郎至一官廨，則其父與羊姓並衙隸俱在。

儀表魁偉、氣度不凡。他問席方平：「你是甚麼人？」席方平滿腔冤憤正無處申訴，又猜想這個年輕人一定是個大官，或許有權力能給自己伸冤雪恨，就把自己所遭受的酷刑從頭細細訴說一番。車裏的年輕人聽後就叫人給席方平解開繩子，讓他跟着車子走。走了一會兒，來到一個地方，有十多名官員站在路旁迎接拜見。車裏的年輕人一個個和他們打了招呼。然後指着席方平對一位官員說：「這個下界的人正想上你那兒告狀，應該馬上替他剖明是非。」席方平私下向隨從人員打聽，才知道車裏坐的人是玉皇大帝的殿下九王；他所囑託的人就是二郎神。席方平打量一下二郎神，只見他高高的身材，滿臉鬍子，並不像世上傳說的那個樣子。九王走後，席方平跟着二郎神來到一所官署，只見他父親和羊某以及差役都在那裏。

少頃，檻車中有囚人出，則冥王及郡司、城隍也。當堂對勘，席所言皆不妄。三官戰慄，狀若伏鼠。二郎援筆立判；頃之，傳下判語，令案中人共視之。判云：「勘得冥王者：職膺王爵，身受帝恩。自應貞潔以率臣僚，不當貪墨以速官謗。而乃繁纓棨戟①，徒誇品秩之尊；羊很狼貪②，竟玷人臣之節。斧敲斫，斫入木，婦子之皮骨皆空；鯨吞魚，魚食蝦，螻蟻之微生可憫③。當掬西江之水，為爾湔腸④；即燒東壁之牀，請君入甕⑤。城隍、郡

一會兒，來了一輛囚車，從裏面走出幾個犯人，原來是閻王、郡司和城隍。二郎神馬上審問，叫他們當堂對質，席方平的控告句句屬實。三個鬼官嚇得渾身發顫，那醜態就像蜷伏在地上的老鼠。二郎神提起筆來立即判決；片刻，判決書傳了下來，叫和這個案子有關的人都看看。判決書寫道：「查得閻王：榮任王爵的職位，身受玉帝的恩德。本應忠貞廉潔以做下屬的表率，不該貪贓枉法招來人們的非議。你卻耀武揚威，只會誇耀品位的尊貴；又狠又貪，竟然玷污人臣的節操。像斧頭敲鑿、鑿子入木那樣敲詐勒索，連婦女小孩的皮骨都榨取一空；像鯨吞大魚、大魚吃蝦那樣弱肉強食，百姓那螻蟻般的生命實在可憐。應該捧來西江之水，給你洗刷骯髒的肚腸；馬上燒紅東牆下的鐵牀，請你入甕嚐嚐火烤的滋

司：為小民父母之官，司上帝牛羊之牧⑥。雖則職居下列，而盡瘁者不辭折腰⑦；即或勢逼大僚，而有志者亦應強項。乃上下其鷹鷙之手，既罔念夫民貧；

❶ 繁（pán）纓棨（qǐ）戟：繁纓，馬腹下的帶飾；棨戟，木製無刃的戟，用作儀仗。❷ 羊很狼貪：很，古同狠。古人認為羊性狠，狼性貪。❸ 螻蟻之微生：比喻下層人民的生命。螻蟻，螻蛄和螞蟻；微生，細小的生命。❹ 湔（jiān）：洗。❺ 請君入甕：唐代酷吏周興犯了罪，武則天命另一酷吏來俊臣審理。來俊臣問周興：「囚犯多不肯認罪，應該用甚麼辦法？」周興說：「這很容易！拿個大甕，四周用炭火來烤，叫囚犯進去，還有甚麼不肯承認的！」來俊臣馬上叫人燒好大甕，對周興說：「有人告你，請你入此甕。」周興惶恐，叩頭服罪。❻ 司上帝牛羊之牧：封建統治者把人民當成牛羊，把地方官叫做州牧或司牧。❼「雖則職居下列」二句：意思是雖然官位低，但能鞠躬盡瘁的人是不惜折腰的。折腰，出自晉陶淵明的故事。陶淵明不願為五斗米（做縣令的薪俸）而向督郵（上級派來的考察人員）折腰，於是辭去了彭澤縣令。

味。城隍、郡司：身為百姓的父母官，代替上帝治理人民。雖然官位低下，但能夠鞠躬盡瘁的人就會不辭勞苦；即使有大官以權勢相逼，但有志氣的人也應該決不屈服。你們卻像鷹鷙那樣兇殘，上下串通，全然不考慮人民的貧苦；

且飛揚其狙獪之奸[1]，更不嫌乎鬼瘦。惟受贓而枉法，真人面而獸心！是宜剔髓伐毛，暫罰冥死；所當脱皮換革，仍令胎生。隸役者：既在鬼曹，便非人類。只宜公門修行，庶還落蓐之身[2]；何得苦海生波，益造彌天之孽？飛揚跋扈，狗臉生六月之霜[3]；隳突叫號[4]，虎威斷九衢之路。肆淫威於冥界，咸知獄吏為尊；助酷虐於昏官，共以屠伯是懼[5]。當於法場之內，剁其四肢；更向湯鑊之中，撈其筋骨。羊某：富而不仁，狡而多詐。

又像狙獪那樣狡猾，要盡奸計，甚至不嫌窮鬼的瘦弱。只知貪贓枉法，真是人面獸心！應該剔掉骨髓，刮去皮毛，先在陰間處以死刑；還要脱去人皮，換上獸革，再讓你們投胎託生。陰差鬼役：既然身在鬼曹，就已不是人類。只應在衙門裏多做善事，也許還能復生為人身；怎能在苦海中興風作浪，犯下更多的彌天大罪？飛揚跋扈，六月的炎熱天氣，狗臉上也生出一層霜雪；狂衝亂叫，借老虎的威風把四通八達的道路阻斷。在陰間大逞淫威，使大家都知道獄吏的厲害；幫助殘暴的昏官，使大家説起劊子手就心驚。應該拉到法場上，砍去你們的四肢；再放到湯鍋裏，撈取你們的筋骨。羊某：為富不仁，狡猾奸詐。金銀的光芒遮蓋着地府，使閻羅殿上，陰森森黑霧彌漫；銅錢的臭氣薰染着天空，攪得枉死城裏昏

金光蓋地，因使閻摩殿上，盡是陰霾；銅臭熏天，遂教枉死城中，全無日月。餘腥猶能役鬼，大力直可通神。宜籍羊氏之家，以賞席生之孝。即押赴東嶽施行。」

又謂席廉：「念汝子孝義，汝性良懦，可再賜陽壽三紀。」

❶ 狙（jū）獪（kuài）：猴子的狡獪。狙，一種性情狡猾的猴子。❷ 落蓐之身：生身為人。蓐，草墊子，這裏指產牀。❸ 狗臉生六月之霜：形容差役臉孔冷酷。據傳說，戰國時鄒衍被誣陷下獄，仰天大哭，時正盛夏，天為之感動而下霜。見《太平御覽》引《淮南子》。這裏借用此典，含有因官吏枉法使人民蒙冤的意思。❹ 隳（huī）突叫號：暴跳如雷的樣子。隳突，橫衝直撞。❺ 屠伯：《漢書・嚴延年傳》載，嚴延年做河南太守時，治法嚴酷，殺了很多囚犯，以致血流數里，人稱他為「屠伯」。

沉沉日月全無。銅臭的餘腥尚且能夠驅使鬼役，財力的廣大簡直可以串通神明。應該抄沒羊某人的家產，用來獎賞席方平的孝義。立即把人犯押赴泰山，依法執行。」

判完之後，二郎神又對席廉說：「念你兒子孝義可嘉，你的性情又善良懦弱，可以再賜給你三十六年的陽壽。」

因使兩人送之歸里。席乃抄其判詞，途中父子共讀之。既至家，席先蘇；令家人啟棺視父，僵尸猶冰，俟之終日，漸溫而活。及索抄詞，則已無矣。自此，家日益豐。三年間，良沃遍野；而羊氏子孫微矣，樓閣田產，盡為席有。里人或有買其田者，夜夢神人叱之曰：「此席家物，汝烏得有之！」初未深信；既而種作，則終年升斗無所獲，於是復鬻歸席。席父九十餘歲而卒。

説完就讓兩個差役送他們回家。席方平便將判決詞抄下來，在路上父子兩人一同誦讀。到家以後，席方平先甦醒過來；他就叫家人打開棺材，只見父親的屍體還僵硬冰冷，等了一天，才逐漸回升體溫而復活過來。待要尋找那抄錄的判決詞，卻已經無影無蹤。從此以後，他們家的日子一天比一天富裕；三年的工夫，良田沃地遍野；而羊某的子孫卻一天天衰落，樓閣房舍，田園產業，全部歸到席方平家。村裏有人買了羊家的田產，夜裏就夢見神人斥責説：「這是席家的東西，你怎能佔有它！」起初還不大相信；等到種上莊稼以後，一年到頭也收不到一升半斗的糧食，於是又賣給了席方平家。席方平的父親活到九十多歲才離開人世。

異史氏曰：「人人言淨土①，而不知生死隔世，意念都迷，且不知其所以來，又烏知其所以去；而況死而又死，生而復生者乎？忠孝志定，萬劫不移，異哉席生，何其偉也！」

①淨土：佛教傳說中的西方極樂世界。

異史氏說：「人人都談論潔淨自然的佛國，卻不知生和死隔着一個世界，生前的一切想法死後都迷糊了，連它是怎麼來的都不知道，又如何知道它是怎麼去的？何況是死了又死，生了又生的人呢？忠孝的意志非常堅定，即使經歷萬般劫難也毫不動搖，不尋常的席方平，他是多麼偉大啊！」

這是一篇破案斷獄的小說，它的最大特色就是在昭雪冤獄時又造成新的冤獄。邑宰、郡守只靠嚴刑拷打來審案，自然造成了鄂生的冤獄。知府吳南岱能作較細緻的探索，但卻帶着「宿妓者必無良士」、「逾牆者何所不至」等憎惡感情來審案，主觀武斷，結果又以宿介之冤代替了鄂生之冤。學使施愚山則能深思研察，又利用心理戰術誘使兇犯暴露自己，終於為宿介平了冤。不過，施愚山那「淫亂之人，豈得專私一人」、「何忽貞白如此」等言論，其實也有主觀的成分。利用神鬼迷信識別兇犯，雖然與況鐘利用測字迷信誘使婁阿鼠吐露真情一樣，在當時不失為機智巧妙的一着，但如不慎用，同樣容易造成新的冤獄。貪官、昏官自然是冤獄的主要製造者，但像吳南岱這樣的清官又何嘗不判錯案？「覆盆之下多沉冤」，審案能夠不慎重嗎？本篇情節曲折、人物眾多。作者施展出騰挪跌宕的手段，造成山重水複、柳暗花明的奇觀。既頭緒紛紜，又線索清晰，並且在複雜的矛盾衝突中，刻畫了幾個鮮明生動的人物形象，表現了作者駕馭短篇小說的高超技巧。

東昌卞氏，業牛醫者，有女小字胭脂，才姿惠麗①。父寶愛之，欲占鳳於清門②，而世族鄙其寒賤，不屑締盟，以故及笄未字。

對户龔姓之妻王氏，佻脱善謔，女閨中談友也。一日，送至門，見一少年過，白服裙帽，丰采甚都③。女意似動，秋波縈轉之。少年俯其首，趨而去。去既遠，女猶凝眺。王窺其意，戲之曰：「以娘子才貌，得配若人，庶可無恨。」女暈紅上頰，脈脈不作一語。王

山東東昌府姓卞的牛醫，有個女兒，小名叫胭脂，生得十分聰明美麗。父親把她當做寶貝，十分愛她，一心想把她許配給有地位的人家，但那些世家大戶卻嫌他家門第低微而不願結親，所以胭脂到了十五歲尚未訂婚。

卞家對門住着個姓龔的，他的妻子王氏，生性輕佻，好開玩笑，是胭脂閨房裏一位聊天的伴兒。一天，胭脂送王氏到門口，看見一個年輕人從門前經過，穿戴着一身素白的衣帽，風度瀟灑，容貌俊秀。胭脂一見，似乎動了心，兩只水汪汪的眼睛圍着他身子轉動。那年輕人低着頭，急急地走了。已經去了很遠，胭脂還是凝神眺望着。王氏看出了她的心思，打趣説：「以姑娘的才貌來説，要能配上這個人，真可説是沒有遺憾了。」胭

問：「識得此郎否？」答云：「不識。」王曰：「此南巷鄂秀才秋隼，故識之。世間男子，無其温婉。今衣素，故孝廉之子。妾向與同里，故識以妻服未闋也。娘子如有意，當寄語使委冰焉④。」女無言，王笑而去。

數日無耗，心疑王氏未暇即往，又疑宦裔不肯俯拾。邑邑徘徊，縈念頗苦；漸廢飲食，寢疾惙頓。

❶ 惠：通「慧」，聰明。 ❷ 占鳳於清門：占鳳，許婚的意思。春秋時，懿氏打算把女兒嫁給陳敬仲，他的妻子占得「鳳凰于飛」的吉卦，婚事遂成。見《左傳・莊公二十二年》。清門，指門第高貴的人家。 ❸ 都：美好。 ❹ 委冰：託人做媒，下文的「冰人」，即媒人。

脂一聽，兩朵紅暈飛上臉頰，羞答答地並沒有説一句話。王氏問她：「你認識這位郎君嗎？」胭脂答道：「不認識。」王氏説：「他是住在南巷的秀才，名叫鄂秋隼，是已經去世的鄂舉人的兒子。我以前和他住在同一條巷裏，所以認識他。世上的男子，沒有像他那樣溫柔和順的，現在他穿着素白衣服，是因為他妻子死了，服喪尚未滿期。姑娘要是對他有意，我就捎個信，讓他託媒來提親。」胭脂沒有吭聲，王氏也就笑着走了。

幾天過去了，還沒有消息，胭脂疑心王氏一時沒空去説，又懷疑他是上層人家的後代，不肯低就。於是情緒憂鬱，心神不定，苦苦地牽掛、思慮着這件事情，漸漸地茶飯不思，竟至病倒在牀，疲憊不堪。

王氏適來省視，研詰病因。答言：「自亦不知。但爾日別後，即覺忽忽不快，延命假息，朝暮人也。」王小語曰：「我家男子，負販未歸，尚無人致聲鄂郎。芳體違和，非為此否？」女赬顏良久，王戲之曰：「果為此者，病已至是，尚何顧忌？先令夜來一聚，彼豈不肯可？」女歎息曰：「事至此，已不能羞。但渠不嫌寒賤，即遣媒來，疾當愈；若私約，則斷斷不可！」王頷之，遂去。王幼時與鄰生宿介通，既嫁，宿偵夫他出，輒尋舊

正好王氏又來看望她，見她這副模樣，就追問她得病的原因。胭脂回答說：「我自己也不知道。只是那天和你分手以後，就覺得心神恍惚，煩悶不安，現在我已是苟延殘喘，恐怕早晚就要死了。」王氏低聲對她說：「我丈夫出門做買賣還沒回來，所以還沒有人給鄂郎通個信。你身體不舒服，莫不是為了這樁事吧？」胭脂滿臉羞紅，半天沒有說話。王氏又開玩笑說：「果然是為了這件事，看你已病成這樣，還顧忌甚麼？先叫他晚上來跟你相會，他還能不答應？」胭脂歎了口氣，說：「事情到了這個地步，已經顧不上害羞了。只要他不嫌我出身低賤，馬上派媒人來，我的病就會好；如果是私自幽會，那是萬萬不行的！」王氏聽罷點了點頭，接着就走了。王氏年少時和鄰居的書生宿介私通，出嫁以後，宿介每

好。是夜宿適來，因述女言為笑，戲囑致意鄂生。宿久知女美，聞之竊喜，幸其機之可乘也。將與婦謀，又恐其妒，乃假無心之詞，問女家閨闥甚悉。次夜，逾垣入，直達女所，以指叩窗。內問：「誰何？」答以「鄂生」。女曰：「妾所以念君者，為百年，不為一夕。郎果愛妾，但宜速倩冰人；若言私合，不敢從命。」宿姑諾之，苦求一握纖腕為信。女不忍過拒，力疾啟扉。

探聽到她丈夫外出，就來找她重溫舊好。這天晚上恰好宿介來了，王氏就把胭脂的話當做笑料說給他聽，還開玩笑地囑咐他向鄂秋隼轉告。宿介早就知道胭脂很漂亮，聽到這些話，心裏暗暗高興，慶幸有機可乘。本想和王氏商量一番，又怕她吃醋，就裝作無意地套問胭脂的閨房住處，把情況了解得清清楚楚。第二天晚上，宿介爬牆進入卞家，一直摸到胭脂的閨房外面，用手指敲敲窗戶。裏面問：「誰呀？」他回答說：「鄂秋隼。」胭脂說：「我之所以日夜想念你，是為了白頭偕老，而不是為了一夜的歡聚。你要是真心愛我，只應該快去請媒人來求親；如果說私下苟合，我是不能從命的。」宿介假意應承她，又苦苦央求握一握她的纖手作為定情的信約。胭脂不忍心過分拒絕，勉強支撐着起來開門。

宿遽入，即抱求歡。女無力撐拒，仆地上，氣息不續。宿急曳之。女曰：「何來惡少，必非鄂郎；果是鄂郎，其人溫馴，知妾病由，當相憐恤，何遂狂暴如此！若復爾爾，便當鳴呼，品行虧損，兩無所益！」宿恐假跡敗露，不敢復強，但請後會。女以親迎為期。宿以為遠，又請之。女厭糾纏，約待病愈。宿求信物，女不許。宿捉足解繡履而去。女呼之返，曰：「身已許君，復何吝惜？但恐『畫虎成狗』，致貽污謗。今褻物已入君手①，料不

宿介急忙進屋，馬上就抱住她求歡。胭脂沒有力氣抵擋，跌倒在地上，喘得上氣不接下氣。宿介又猛來拉她。胭脂說：「哪來的小惡棍，一定不是鄂郎；要真是鄂郎，他為人溫柔，知道我的病因，一定會體貼我，怎會這樣狂暴無禮！你要是再這樣，我就大聲喊人了，敗壞了品行，你我都沒有好處！」宿介怕自己冒名頂替的行為被她識破，就不敢再強迫，只是要求約定下次相會的日期。胭脂答覆他，迎親的那一天就是相會的日子。宿介認為太遠，又要她重新定個時間。胭脂討厭他糾纏不清，就約定病好以後再相會。宿介又要求送他一件東西作信物，胭脂不肯。宿介就抓住她的腳硬脫下一隻繡鞋，拿着走了。胭脂喊他回來，說：「我的終身已經許給你了，還有甚麼捨不得的？只怕『畫虎不成反類狗』，以致留下

可反。君如負心，但有一死！」宿既出，又投宿王所。既臥，心不忘履，陰揣衣袂，竟已烏有。急起篝燈，振衣冥索。詰之，不應。疑婦藏匿，婦故笑以疑之。宿不能隱，實以情告。言已，遍燭門外，竟不可得。懊恨歸寢。竊幸深夜無人，遺落當猶在途也。早起尋之，亦復杳然。

❶ 褻物：貼身的衣物。這裏指繡花鞋。

話柄，遭人恥笑。現在我的繡鞋已落在你手裏，料想也收不回來。你如果變心，我就只有一死了之！」宿介出來，又到王氏那裏過夜。躺下之後，心裏還記着那只繡鞋，暗中往衣袖裏一摸，竟然不見了。他急忙爬起來把燈點亮，將衣服抖一抖，裏裏外外到處尋找。王氏問他找甚麼，他也不說，心裏卻懷疑王氏把鞋子藏起來了。王氏故意笑着逗弄他，使他更加疑心。宿介覺得再也不能隱瞞了，只好把實情告訴了王氏。說完之後，又拿着燈到門外各處去找，結果還是沒找到，只好又懊悔又惱恨地回屋裏睡覺。他還以為幸好是在深夜，沒有人來往，丟掉的鞋子應該還在路上。但他第二天一早起來出去尋找，仍是無影無蹤。

先是，巷中有毛大者，遊手無籍。嘗挑王氏不得，知宿與洽，思掩執以脅之。是夜，過其門，推之未扃，潛入。方至窗外，踏一物，耎若絮帛，拾視，則巾裹女舄①。伏聽之，聞宿自述甚悉，喜極，抽身而去。逾數夕，越牆入女家，門戶不悉，誤詣翁舍。翁窺窗，見男子，察其音跡，知為女來者。心忿怒，操刀直出。毛大駭，反走。方欲攀垣，而卞追已近，急無所逃，反身奪刃；媼起大呼，毛不得脱，因而殺之。女稍痊，聞喧始起。

在這以前，巷裏有個名叫毛大的，遊手好閒，沒有固定的職業。他曾經勾引過王氏，但沒有得手，他知道宿介跟王氏相好，就想找個機會突然捉姦，以便要脅王氏。就在這天晚上，毛大走過王氏門外，推了推門，裏面沒上閂，就躡手躡腳地摸進去。剛來到窗外，腳下踩着一件東西，軟軟的像是棉絮或者綢緞，撿起來一看，原來是一條頭巾包着一隻女鞋。他就伏在窗外偷聽，聽到宿介把經過情形講得很詳盡。他高興極了，抽身就溜了出去。過了幾個晚上，毛大爬過牆頭進了胭脂家，由於不熟悉門戶，誤摸到卞老頭住的房間。卞老頭聽見響聲，從窗裏偷偷往外一瞧，看見是一個男子，看他的舉止行跡，知道是為他女兒來的。卞老頭心裏直冒火，拿起一把刀就直趕出來。毛大大吃一驚，轉身就跑。剛想爬牆出去，

共燭之，翁腦裂不復能言，俄頃已絕。於牆下得繡履，媼視之，胭脂物也。逼女，女哭而實告之；但不忍貽累王氏，言鄂生之自至而已。

天明，訟於邑。邑宰拘鄂。鄂為人謹訥，年十九歲，見客羞澀如童子。被執，駭絕。上堂不知置詞，惟有戰慄。

❶ 舄（xì）：鞋。

卞老頭已經追到跟前，急切間無路可逃，就轉身奪下卞老頭的刀；卞大娘也已起身大聲叫喊，毛大一看脱不了身，就一刀把卞老頭殺了。胭脂這兩天病略好些，聽到喧嚷聲才起身出來。母女倆點燈一照，卞老頭已經腦骨迸裂，不能説話，不一會兒就斷了氣。她們在牆腳下揀到了一隻繡花鞋，卞大娘一看，認得是胭脂的。她馬上逼問女兒，胭脂痛哭着把實情告訴了母親；只是不忍心連累王氏，就説是鄂秋隼自己來的而已。

天亮以後，告到縣裏。縣官就派人拘捕了鄂秋隼。鄂秋隼為人拘謹，口舌笨拙，已經十九歲了，見人還羞答答的像個孩子。他被抓來以後，嚇得要死。上了公堂也不知怎麼為自己辯白，只是渾身發抖。

宰益信其情真，橫加梏械。書生不堪痛楚，以是誣服。既解郡，敲扑如邑。生冤氣填塞，每欲與女面相質；及相遭，女輒詬詈，遂結舌不能自伸，由是論死。往來覆訊，經數官無異詞。後委濟南府覆案。時吳公南岱守濟南①，一見鄂生，疑不類殺人者，陰使人從容私問之，俾得盡其詞。公以是益知鄂生冤。籌思數日，始鞫之②。先問胭脂：「訂約後，有知者否？」答：「無之。」「遇鄂生時，別有人否？」亦答：「無之。」乃喚生上，溫語慰

縣官見他這副模樣，更加相信他是殺人兇犯，就橫加拷打。鄂秋隼這個文弱書生受不了苦，於是屈打成招。押解到府裏以後，又像在縣裏一樣嚴刑拷打。鄂秋隼滿腔冤氣，屢次想和胭脂當面對質；可是等到見了面，胭脂總是痛罵，弄得他張口結舌，不能自己申辯。就這樣被判了死罪。來回反覆審訊，經過好幾個官員，都沒有對此案提出不同意見。最後把案子交給濟南府覆審。當時，吳南岱任濟南太守，一見鄂秋隼，就懷疑他不是殺人兇手，便暗中派人慢慢探問，讓他能夠把話都說出來。因此，吳南岱更加相信鄂秋隼是蒙受了冤屈。反覆考慮了好幾天，才升堂審問。他先問胭脂：「你和鄂秋隼當面訂約以後，有人知道這回事嗎？」胭脂回答說：「沒有。」又問：「你初次遇見鄂秋隼的時候，旁邊有沒有別人？」

之。生自言：「曾過其門，但見舊鄰婦王氏與一少女出，某即趨避，過此並無一言。」吳公叱女曰：「適言側無他人，何以有鄰婦也？」欲刑之。女懼曰：「雖有王氏，與彼實無關涉。」公罷質，命拘王氏。

數日已至，又禁不與女通，立刻出審，便問王：「殺人者誰？」王對：「不知。」公詐之曰：「胭脂供言，殺卞某汝悉知之，胡得隱匿？」

❶ 吳公南岱：吳南岱，江蘇武進人，順治年間任濟南知府。❷ 鞫（jū）：審問。

胭脂還是回答：「沒有。」吳南岱於是叫鄂秋隼上堂，用溫和的語氣安慰他。鄂秋隼自己說：「我曾經從她們前路過，只見以前的鄰居王氏和一個姑娘從裏面出來，我就急忙避開，從此以後並沒有和她說過一句話。」吳南岱就斥責胭脂說：「你剛才說旁邊沒有別人，怎麼又有個鄰居的婦女呢？」說完就要用刑。胭脂害怕了，連忙說：「雖然王氏在旁邊，但是和她實在沒有關聯。」吳南岱就暫停審問，下令拘拿王氏。

幾天以後，王氏拘到了。吳南岱又禁止她和胭脂見面，立刻升堂審問。他劈頭就問王氏：「殺人兇手是誰？」王氏回答說：「不知道。」吳南岱騙她說：「胭脂已經招供，說殺卞老頭的事你完全知道，你怎麼隱瞞得了？」

婦呼曰：「冤哉！淫婢自思男子，我雖有媒合之言，特戲之耳。彼自引奸夫入院，我何知焉！」公細詰之，始述其前後相戲之詞。公呼女上，怒曰：「汝言彼不知情，今何以自供撮合哉？」女流涕曰：「自己不肖，致父慘死，訟結不知何年，又累他人，誠不忍耳。」公問王氏：「既戲後，曾語何人？」王供：「無之。」公怒曰：「夫妻在牀，應無不言者，何得云無？」王供：「丈夫久客未歸。」公曰：「雖然，凡戲人者，皆笑人之愚，以炫己之慧，更

王氏喊道：「冤枉啊！這騷丫頭自己想男人，我雖然說過要給她做媒的話，只不過是開開玩笑罷了。她自己勾引姦夫進院子，我哪裏知道呢！」吳南岱細細盤問她，她才說出了前後開玩笑的話。吳南岱把胭脂傳上堂，很生氣地說：「你說她不知情，現在怎麼她自己供認說替你做媒呢？」胭脂流着眼淚說：「我自己不長進，害得父親慘死，官司不知打到哪一年才結束，再去連累別人，實在不忍心哪！」吳南岱又問王氏：「你跟她開了玩笑以後，曾經對誰說過？」王氏答道：「沒有。」吳南岱怒沖沖地說：「夫妻同牀並枕，應是無話不說的，怎麼能夠說沒有？」王氏說：「我丈夫外出很久了，還沒回來。」吳南岱說：「雖然如此，但凡是戲弄別人的，都是譏笑別人愚蠢以炫耀自己的聰明，你說再沒有告訴任何人，

不向一人言，將誰欺？」命梏十指。婦不得已，實供：「曾與宿言。」公於是釋鄂拘宿。宿至，自供：「不知。」公曰：「宿妓者必無良士！」嚴械之。宿自供：「賺女是真。自失履後，未敢復往，殺人實不知情。」公怒曰：「逾牆者何所不至！」又械之。宿不任凌籍，遂以自承。招成報上，無不稱吳公之神。鐵案如山，宿遂延頸以待秋決矣。然宿雖放縱無行，故東國名士①。

❶ 東國：指山東。

你想騙誰？」說完就吩咐把王氏的十個指頭夾起來。王氏迫不得已，只得如實招供：「曾經對宿介說過。」吳南岱於是釋放了鄂秋隼，派人去拘拿宿介。宿介被拘拿到案，供稱：「殺人的事我不知道。」吳南岱說：「嫖妓女的一定不是本分的讀書人！」就嚴刑拷問他。宿介只得供認：「冒名頂替欺騙胭脂是事實。不過，自從丟了繡鞋以後，再也不敢去了，殺人的事我實在不知道。」吳南岱發怒地說：「敢半夜三更爬過人家牆頭的人，還有甚麼事情幹不出來！」又給他用刑。宿介熬不住酷刑的折磨，只好自己承認了殺人。把他的招供寫成文書上報以後，人們無不稱讚吳南岱斷案如神。鐵案如山，宿介就只有伸着脖子等待秋後處決了。但是宿介雖然生性放蕩、行為不正，原來卻也是山東有名的才子。

聞學使施公愚山賢能稱最[1]，又有憐才恤士之德，因以一詞控其冤枉，語言愴惻。公討其招供，反覆凝思之。拍案曰：「此生冤也！」遂請於院、司[2]，移案再鞫。問宿生：「鞋遺何所？」供言：「忘之。但叩婦門時，猶在袖中。」轉詰王氏：「宿介之外，姦夫有幾？」供言：「無有。」公曰：「淫亂之人，豈得專私一個？」供言：「身與宿介，稚齒交合，故未能謝絕；後非無見挑者，身實未敢相從。」因使指其人以實之。供云：「同里毛

他聽說學使施愚山先生最為賢能，又有惜才愛士的美德，就寫了一張狀子轉給他，申訴自己的冤枉，寫得文辭悲切感人。施愚山看完狀子，就調閱了案卷，反覆琢磨，沉思默想。最後拍着桌子說：「這書生確是冤枉啊！」於是報請巡撫和按察使，把案子移交給他重新審理。他問宿介：「繡鞋是在哪裏丟失的？」宿介招供說：「忘了。不過我在敲王氏大門時，還在衣袖裏。」施愚山又轉而審問王氏：「除了宿介之外，你還有幾個姦夫？」王氏說：「沒有了。」施愚山說：「像你這樣淫亂的女人，怎會只私通一個？」王氏供稱：「我和宿介，是年少時就相好的，所以未能拒絕他；後來並不是沒有人來勾引我，不過我實在不敢依從。」施愚山就讓她指出人來加以證實。王氏說：「同巷的毛大，曾多次挑逗我，都被我拒

大，屢挑而屢拒之矣。」公曰：「何忽貞白如此？」命榜之。婦頓首出血，力辨無有③，乃釋之。又詰：「汝夫遠出，寧無有託故而來者？」曰：「有之，某甲、某乙，皆以借餽贈，曾一二次入小人家。」蓋甲、乙皆巷中游蕩子，有心於婦而未發者也。公悉籍其名，並拘之。既集，公赴城隍廟，使盡伏案前。便謂：「曩夢神人相告，殺人者不出汝等四五人中。

❶ 施公愚山：施愚山，名閏章，安徽宣城人，順治時進士，順治十年任山東提學僉事。❷ 院、司：院，指巡撫；司，指臬司，省級司法官。❸ 辨：通「辯」。

絕了。」施愚山說：「怎麼忽然這樣貞潔了呢？」就叫人拷打她。王氏嚇得連連磕頭，磕得鮮血直流，極力分辯再沒有別的姦夫，這才鬆開她。施愚山又問：「你丈夫出了遠門，難道沒有藉故到你家來的嗎？」王氏答道：「有的，某甲、某乙，都因借錢或送東西，曾經到我家來過一兩次。」原來這某甲、某乙都是巷裏的浪蕩子，有心勾引王氏卻還沒有表現出來。施愚山統統記下他們的名字，然後一齊抓了起來。一干人犯都到齊以後，施愚山就到城隍廟去，叫這些人全部跪在香案前。然後對他們說：「前幾天我夢見神人來告訴我，殺人兇手就在你們這四五個人之中。

今對神明，不得有妄言。如肯自首，尚可原宥；虛者，廉得無赦！」同聲言無殺人之事。公以三木置地，將並加之；括髮裸身，齊鳴冤苦。公命釋之，謂曰：「既不自招，當使鬼神指之。」使人以氈褥悉幛殿窗，令無少隙；袒諸囚背，驅入暗中，始授盆水，一一命自盥訖；繫諸壁下，戒令：「面壁勿動。殺人者，當有神書其背。」少間，喚出驗視，指毛曰：「此真殺人賊也！」蓋公先使人以灰塗壁，又以煙煤濯其手：殺人者恐神來書，故

現在你們對着神靈，不許說假話。如果肯自首，還可以從輕發落；說假話的，一經查出，絕不饒恕。」這幾個人齊聲說自己沒有殺人。施愚山吩咐把刑具放在地上，準備對他們用刑；於是把他們的頭髮紮起、衣服扒光，他們又一齊喊冤叫苦。施愚山就下令鬆開他們，對他們說：「你們既然不肯自己招認，就讓鬼神給指出來。」就叫人用氈子褥子把大殿的窗戶全部遮嚴，不留一點兒漏光的縫隙；又使這幾個犯人光着脊梁，把他們趕入黑暗的大殿裏，這才給他們一盆水，叫他們自己一個個把手洗過；再把他們用繩索拴在牆壁下，命令他們：「要面對牆壁，不許亂動。殺人的兇手，一定有鬼神在他背上寫字。」過了一會兒，把他們叫出來逐個驗看，最後指着毛大說：「這就是真正的殺人犯！」原來施愚山先叫

匿背於壁而有灰色；臨出，以手護背，而有煙色也。公固疑是毛，至此益信。施以毒刑，盡吐其實。

判曰：「宿介：蹈盆成括殺身之道①，成登徒子好色之名②。只緣兩小無猜，遂野鶩如家雞之戀③；為因一言有漏，致得隴興望蜀之心④。

❶盆成括：戰國時人，孟子聽說他要去齊國做官，認為他小有才能而不懂大道理，是自找死路，後來果然被殺。❷登徒子：戰國時宋玉作《登徒子好色賦》，後人便用「登徒子」稱好色的人。❸「野鶩」句：野鶩比喻外遇，家雞比喻妻子。❹「得隴」句：東漢時，岑彭攻取隴右後，光武帝又要他攻蜀。後人用以比喻人心不知足。這裏指宿介與王氏私通，又想騙姦胭脂。

人用石灰塗在牆壁上，又用煤煙水給他們洗手：殺人凶手害怕鬼神在他背上寫字，所以把脊背緊貼着牆壁而沾上了白灰；臨出來時，用手護着脊背，又抹上了煤煙的黑色。施愚山本來就懷疑是毛大，這時更加確信。於是嚴刑拷問，毛大就全部吐出了殺人的真相。

於是，施愚山在判決書中寫道：「宿介：重走盆成括殺身的道路，得到登徒子好色的醜名。只因為和王氏自幼相識，兩小無猜，於是把姘頭當做妻子一樣來愛戀；又因為一句話洩露了胭脂的秘密，竟產生『得隴望蜀』的貪心。

將仲子而逾園牆①，便如鳥墮；冒劉郎而至洞口②，竟賺門開。感悅驚尨③，鼠有皮胡若此④？攀花折樹，士無行其謂何！幸而聽病燕之嬌啼⑤，猶為玉惜；憐弱柳之憔悴，未似鶯狂⑥。而釋幺鳳於羅中，尚有文人之意；乃劫香盟於襪底，寧非無賴之尤！蝴蝶過牆，隔窗有耳⑦；蓮花卸瓣，墮地無蹤⑧。假中之假以生，冤外之冤誰信？天降禍起，酷械至於垂亡；自作孽盈，斷頭幾於不續。彼逾牆鑽隙，固有玷夫儒冠；而僵李代桃⑨，誠難消其

學仲子爬過牆頭，就像鳥兒那樣輕捷地落在地上；冒充鄂生而來到門口，竟然騙得胭脂開門。對青年女子毫無顧忌地扯動佩巾，驚動狗叫，老鼠都還有皮，人怎能這樣無禮？攀摘花朵，折斷樹枝，書生如此沒有品行，那算得甚麼東西！幸而聽到病燕的嬌啼，還能夠憐香惜玉；可憐細柳的憔悴，未像飛鶯那樣顛狂。而且在羅網之中釋放了幺鳳，還有文人的氣味；至於從襪底搶走繡鞋，豈不是無賴至極！蝴蝶飛過牆去，隔窗有人偷聽；蓮花落掉了花瓣，頓時無影無蹤。因而生出了假中之假，誰能夠相信冤外有冤？災禍從天而降，嚴酷的刑罰幾乎把他置於死地；自己作孽多端，差點丟掉了不能再續的頭顱。他幹爬牆鑽洞之類的事情，確實玷污了儒生的名聲；但李樹反而替桃樹受害，實在難以消除他的冤氣。因

冤氣。是宜稍寬笞扑，折其已受之慘；姑降青衣，開其自新之路。若毛大者：刁猾無籍，市井凶徒。被鄰女之投梭⑩，淫心不死；伺狂童之入巷，賊智忽生⑪。

❶「將（qiāng）仲子」句：《詩經・將仲子》有「將仲子兮，無逾我牆」之句，原意是女方請求仲子不要逾牆來求愛。這裏指宿介的爬牆。❷「劉郎」句：劉郎，指劉晨。相傳東漢時劉晨、阮肇到天台山采藥迷路，遇兩仙女，被留住洞中半年。這裏指宿介冒充鄂秋隼到胭脂住處。❸感帨（shuì）驚尨（máng）：《詩經・野有死麕》有「無感我帨兮，無使尨也吠」之句，意為不要扯動我的佩巾，不要驚動狗叫。這裏借指宿介的狂暴舉動。❹鼠有皮：《詩經・相鼠》有「相鼠有皮，人而無儀」之句，意為看那老鼠有皮，人卻不講禮義。這裏藉以諷刺宿介。❺病燕：指帶病的胭脂。下句的「玉」、「弱柳」均指胭脂。❻鶯狂：舊時以「鶯顛燕狂」比喻男女行樂。這裏借指宿介對胭脂尚無此等行為。❼「蝴蝶過牆」二句：指宿介與王氏的談話被毛大偷聽到。❽「蓮花卸瓣」二句：指宿介丟失繡鞋無法找尋。❾僵李代桃：語出古詩《雞鳴高樹巔》：「李樹代桃僵。」這裏借指宿介代毛大受罪。❿被鄰女之投梭：《晉書》載，謝鯤調戲鄰女，被她用織布的機梭打掉兩個牙齒。這裏指毛大被王氏拒絕。⓫「伺狂童」二句：指毛大趁宿介到王氏家的機會，在窗外偷聽，忽然產生了惡念。

此應稍加寬容，免於鞭打，來抵消他已受過的酷刑；暫且把他降為末等秀才，給他一條悔過自新之路。像毛大這個傢伙：奸詐狡猾，遊手好閒，是市井上的兇徒。調戲鄰居婦女曾被拒絕，但仍然淫心不死；見宿介這樣的狂童進了小巷，就忽然生出賊智。

開户迎風，喜得履張生之跡①；求漿值酒②，妄思偷韓掾之香③。何意魄奪自天，魂攝於鬼。浪乘槎木，直入廣寒之宮④；徑泛漁舟，錯認桃源之路⑤。遂使情火息焰，慾海生波。刀橫直前，投鼠無他顧之意⑥；寇窮安往，急兔起反噬之心。越壁入人家，止期張有冠而李借⑦；奪兵遺繡履，遂教魚脱網而鴻離⑧。風流道乃生此惡魔，温柔鄉何有此鬼蜮哉！即斷首領，以快人心。胭脂：身猶未字，歲已及笄。以月殿之仙人，自應有

王氏開着門等待情人，毛大就高興地循着宿介走過的路徑一直進入；想討杯水喝卻遇到美酒，就妄想如韓壽偷香似地乘機調戲胭脂。誰料到老天奪去他的七魄，鬼神攝走他的三魂。徒然乘着木筏直入廣寒宮；卻原來只顧撐着漁船向前，認錯了通往桃源的道路。於是情火的火焰熄滅，慾海生起了狂瀾。拿着刀向前就砍，全無投鼠忌器的顧慮；窮寇無路可逃，像情急的兔子，起了反咬一口的狠心。爬牆進入卞家時，只希望借鄂生的名義去騙姦；奪刀時丟了繡鞋，於是讓魚兒脱網而鴻雁遭殃。風流道上竟生出這樣的惡魔，溫柔鄉裏哪會有這樣的鬼蜮！趕快砍掉他的腦袋，使得人心大快。胭脂：尚未許配人家，卻已到了成人的年齡。憑着月宮仙女的容貌，自應有個英俊的郎君；原是霓

郎似玉；原霓裳之舊隊，何愁貯屋無金⑨？

❶「開戶迎風」二句：借用元稹《鶯鶯傳》故事。崔鶯鶯約張生相會的詩有「待月西廂下，迎風戶半開」句。這裏指宿介和王氏幽會，門沒有關，毛大追蹤而至。❷求漿值酒：借指毛大只想和王氏偷情，卻意外地獲得了調戲胭脂的好機遇。❸偷韓掾之香：賈充的女兒愛上韓壽，就把皇帝賜給她父親的異香偷贈給他。賈充察覺後，就把女兒嫁給了韓壽。韓壽是賈充的掾吏，故云韓掾。事見《世說新語》。這裏借指毛大妄圖騙姦胭脂。❹「浪乘槎木」二句：傳說海與天河相通，曾有人自海中乘木筏直達天河。見張華《博物志》。廣寒宮，即月宮，這裏借指胭脂的住處。❺「徑泛漁舟」二句：借用陶潛《桃花源記》所述漁夫泛舟至桃花源的故事。據說漁夫自桃花源進一山洞，見到了從秦末以來即在其間居住的人物，在那裏已居住了幾百年。這裏指毛大誤闖到卞老頭的窗前。❻「投鼠」句：是成語「投鼠忌器」的反說，意指毛大殺死卞老頭而毫無顧忌。❼張有冠而李借：化用成語「張冠李戴」，指毛大想冒充鄂秋隼。❽魚脫網而鴻離：離，通「罹」，遭遇。語出《詩經・新台》：「魚網之設，鴻則離之。」意謂設置漁網本為捕魚，結果投入羅網的不是魚而是鴻。這裏指毛大漏網，鄂秋隼遭殃。❾何愁貯屋無金：借用漢武帝金屋藏嬌故事。據《漢武故事》記載：漢武帝為太子時，曾經說：「若得阿嬌（漢武帝姑母的女兒）作婦，當作金屋貯之。」

裳舞隊的美人，何愁沒有金屋把她供養？

而乃感關睢而念好逑[1]，竟繞春婆之夢[2]；怨摽梅而思吉士[3]，遂離倩女之魂[4]。為因一線纏縈，致使羣魔交至。爭婦女之顏色，恐失『胭脂』；惹鷙鳥之紛飛，並托『秋隼』。蓮鉤摘去，難保一瓣之香；鐵限敲來，幾破連城之玉。嵌紅豆於骰子[5]，相思骨竟作厲階；喪喬木於斧斤[6]，可憎才真成禍水！葳蕤自守，幸白璧之無瑕；縲絏苦爭，喜錦衾之可覆[7]。嘉其入門之拒，猶潔白之情人；遂其擲果之心[8]，亦風流之雅事。仰彼邑令，作爾冰人。」

但是，她卻產生了類似《關睢》所歌詠的感情，想有一個好的配偶，竟然在夢裏都念念不忘；跟《有梅》裏的女子一樣，她抱怨自己成年未婚，因而思慕情郎，終於成為離魂的倩女。由於一縷情絲的纏繞，致使羣魔交替而來。他們爭奪這個漂亮的女子，都唯恐失掉『胭脂』；她惹得兇鷹紛紛飛來，兇鷹都假託『秋隼』的名字。繡鞋被強脱而去，這一片花瓣的清香已難以保持；鐵棒打來，幾乎砸破價值連城的璧玉。把紅豆鑲在骰子裏，入骨的相思竟變為禍端；父親在斧下喪命，可愛的人真成了禍水！在患病萎頓之際仍能堅守自己的貞操，幸而潔白的美玉沒有瑕疵；在被囚禁的時候極力責罵鄂生，把他當做兇手，可喜的是這個錯誤還可彌補。在宿介進門後她能夠拒絕，至今仍是潔白的多情人，這點深可嘉許；因

案既結，遐邇傳誦焉。自吳公鞫後，女始知鄂生冤。堂下相遇，靦然含涕，似有痛惜之詞，而未可言也。

❶感關睢而念好逑：用《詩經・關睢》篇詩意。該詩第一章說：「關關睢鳩，在河之洲。窈窕淑女，君子好逑。」這裏指胭脂見到鄂秋隼時的情思。❷春婆之夢：據說蘇軾貶居海南時，有個老婦對他說，你往日的富貴，只是一場春夢。後來當地人就稱這老婦人為「春夢婆」。後來也稱夢為「春婆夢」，意即「春婆」（春夢婆的簡稱）所謂的夢。❸怨摽（biào）梅而思吉士：用《詩經・摽有梅》及《野有死麇》篇詩意。《摽有梅》以梅樹漸老，比喻女子年齡漸長，表現女子想及早成婚的願望。《野有死麇》有「有女懷春，吉士誘之」之語。此句指胭脂成年未婚，對男子有思慕之心。❹離倩女之魂：唐人傳奇《離魂記》說張倩娘因思念書生王宙得病，魂隨王宙而去，與他一起生活了幾年。這裏藉以比喻胭脂因思念鄂秋隼而生病。❺嵌紅豆於骰子：紅豆又名相思子，骰子是一種骨製玩具，這裏取相思入骨的意思。❻喪喬木於斧斤：指卞老頭被殺的事。《尚書大傳・梓材》篇曾說：「喬（木）者，父道也……梓者，子道也。」後來把喬梓比作父子。❼錦衾之可覆：宋、元以來俗語，有「一牀錦被都包裹了」的話，意為過去的差錯可以原諒。❽擲果：《晉書・潘岳傳》載，潘岳年輕貌美，在洛陽時每逢外出，便有許多婦人擲果給他。後人便以「擲果」表示婦女對男子的愛慕。

此，成全她對鄂生的愛慕之心，也是一件風流雅事。就請縣官作為你的媒人。」

案子既已審結，此事就為遠近所傳誦。自從吳南岱審訊宿介之後，胭脂才知道鄂秋隼受了冤枉。每當堂下相遇時，她總是羞愧得淚眼盈盈，好像心裏有無數痛惜的話，卻又不好說出口。

生感其眷戀之情，愛慕殊切；而又念其出身微，且日登公堂，為千人所窺指，恐娶之為人姍笑，日夜縈迴，無以自主。判牒既下，意始安帖。邑宰為之委禽①，送鼓吹焉②。

異史氏曰：「甚哉！聽訟之不可以不慎也！縱能知李代為冤，誰復思桃僵亦屈？然事雖暗昧，必有其間，要非審思研察，不能得也。嗚呼！人皆服哲人之折獄明，而不知良工之用心苦矣。世

鄂秋隼感念她對自己的一片眷戀之情，也深深地愛慕她；但又顧慮她出身低賤，而且為了官司天天上公堂拋頭露面，被許多人觀看議論，恐怕娶了她會被人譏笑，這件事日夜縈繞在心，想來想去還是拿不定主意。直到判決書宣佈以後，這顆心才安定下來。縣官替他送了聘禮，派了吹鼓手，吹吹打打地為他們辦了婚事。

異史氏說：「審理官司是多麼不能不慎重啊！縱然能知道李樹代桃樹受苦是冤枉的，誰還會去想桃樹之死也是冤枉的呢？但是，事情雖然撲朔迷離，卻一定有某些可供突破之處，只是若不慎密地思索、審察，就不能發覺。唉！大家都佩服賢明而有智慧的人斷案如神，卻不知這些在審案方面的能工巧匠是費盡苦心的。世上有些做

之居民上者，棋局消日，綢被放衙③，下情民艱，更不肯一勞方寸。至鼓動衙開，巍然高坐，彼嘵嘵者直以桎梏靜之，何怪覆盆之下多沉冤哉④！」

❶ 委禽：致送聘禮。禽，指雁，古代婚禮行聘用雁。❷ 鼓吹：這裏指迎親的樂隊。❸「棋局消日」二句：形容地方官對人民的疾苦漠不關心，每天用下棋來消磨時光；到了應該坐早衙的時候，仍然躺在綢被裏，探出頭來叫衙門的人退班。❹ 覆盆：覆置的盆。比喻黑暗籠罩，沉冤莫白。

官的，以下棋來打發日子，到了應該坐早衙時，還躺在牀上，從綢被裏探出頭來叫衙役退班，對人民的情況，百姓的疾苦，卻不肯去操心。等到擂鼓升堂的時候，就威風凜凜地高坐在公堂之上，對那些不斷喊冤叫屈的百姓，乾脆用刑罰使他們安靜下來。這樣，在覆盆底下有很多無法辯白的冤案，又有甚麼可奇怪的呢！」

寫精靈怪異、死生變幻，卻並不驚心動魄、奇特詭譎，而是具有淡雅如菊的情致。黃英與馬子才之間的性格衝突，表現了兩種截然不同的人生態度。人固然不可貪求不正當的財富，但也不必自命清高、安貧樂道。「以東籬為市井」，賣菊致富何嘗不是一件雅事。其實，從當時的具體歷史條件着眼，這正是一種帶有資本主義萌芽色彩的思想意識，它反映了當時商人的崛起，以及亦農亦商的經營方式的蓬勃興起和社會結構的某些變化。作品中還引發出一些富有哲理意義的道理。「種無不佳，培溉在人」這句話，它的涵意就遠遠超出種菊的範圍。

馬子才，順天人①。世好菊，至才尤甚。聞有佳種，必購之，千里不憚。一日，有金陵客寓其家，自言其中表親有一二種②，為北方所無。馬欣動，即刻治裝，從客至金陵。客多方為之營求，得兩芽，裹藏如寶。

歸至中途，遇一少年，跨蹇從油碧車③，丰姿灑落。漸近與語。少年自言：「陶姓。」談言騷雅。因問馬所自來，實告之。

❶ 順天：順天府，即今天的北京市一帶。❷ 中表：與父親的姐妹的兒女的關係，或與母親的兄弟姐妹的兒女的關係，叫中表關係。❸ 油碧車：古代的一種車子，車壁用油塗飾，故名。多為婦女所乘。

馬子才是順天府人。他家祖祖輩輩都喜愛菊花，到了馬子才更是愛菊成癖。只要聽到有好的品種，就一定要買來，即使相距有千里之遙也不在乎。一天，有一位從南京來的客人住在他家裏，客人說自己的中表親戚有一兩種菊花，是北方所沒有的品種。馬子才一聽就勁頭來了，立刻準備行裝，跟着客人來到南京。客人想方設法為他奔走謀求，才得到兩株幼苗，馬子才高興得如獲至寶，細心把它包藏好。

在回家的路上，馬子才遇到一個年輕人，騎着驢子，跟在一輛油碧車後面，風度瀟灑。馬子才走到近前，和年輕人交談起來。年輕人自稱姓陶，他的談吐很風雅。他問馬子才從哪兒來，馬子才如實告訴了他。

少年曰：「種無不佳，培溉在人。」因與論藝菊之法。馬大悅，問：「將何往？」答云：「姊厭金陵，欲卜居於河朔耳。」馬欣然曰：「僕雖固貧，茅廬可以寄榻。不嫌荒陋，無煩他適。」陶趨車前，向姊咨稟。車中人推簾語，乃二十許絕世美人也。顧弟言：「屋不厭卑，而院宜得廣。」馬代諾之，遂與俱歸。

第南有荒圃，僅小室三四椽，陶喜，居之。日過北院，為馬治菊。菊已枯，拔根再植之，無不活。然

年輕人說：「菊花的品種沒有不好的，關鍵在於人的栽培和澆灌。」於是就和馬子才談論起栽培菊花的方法。馬子才聽得眉飛色舞，就問他：「你要到哪裏去？」年輕人回答說：「我姐姐久住南京，感到厭煩了，想到黃河以北找個地方住下。」馬子才高興地說：「我家雖然貧窮，但茅屋還可以住人。要是不嫌荒僻簡陋，就請不要到別的地方去了。」陶生趕到油碧車前面，找他姐姐商量這件事。車裏的人推開車簾說話，原來是一位二十歲左右的絕世美人。她看着弟弟說：「屋子簡陋倒不要緊，可是院子要寬敞才合適。」馬子才代替陶生答應了她，於是和他們一起回到家裏。

馬子才的住屋南邊有個荒蕪了的菜園，裏面只有三四間小屋，陶生很喜歡這個地方，就和姐姐住

家清貧，陶日與馬共食飲，而察其家似不舉火。馬妻呂，亦愛陶姊，不時以升斗餽恤之。陶姊小字黃英，雅善談，輒過呂所，與共紉績。陶一日謂馬曰：「君家固不豐，僕日以口腹累知交，胡可為常？為今計，賣菊亦足謀生。」馬素介，聞陶言，甚鄙之，曰：「僕以君風流高士，當能安貧；今作是論，則以東籬為市井，有辱黃花矣①。」

❶「以東籬為市井」二句：古人把菊花作為高潔的象徵，鄙視經商，因此說把菊圃作市場，用菊花做買賣，是對菊花的侮辱。晉陶淵明有「采菊東籬下」的詩句，後人便以「東籬」代指菊圃。市井，做生意買賣的地方。黃花即菊花。

下了。陶生每天都到北院，替馬子才栽培菊花。有的菊花已經枯萎了，他就連根拔起，重新種上，沒有不活的。但是陶家很清貧，陶生每天都和馬子才一起吃飯喝酒。而觀察他的家裏，似乎從不生火做飯。馬子才的妻子呂氏，也很喜愛陶生的姐姐，時常拿出一升半斗的糧食周濟她。陶生的姐姐小名叫黃英，很會說話，她常常到呂氏的房裏，和呂氏一同做針線活和紡織。一天，陶生對馬子才說：「你家本來不富裕，我又天天在你家吃喝，給好朋友增加了負擔，怎能長此下去呢？為今之計，我們可以賣菊花，這也足以謀生。」馬子才素來清高，聽了陶生這番話，心裏很鄙視他，說：「我原以為你是個風流高雅的人，一定能夠安於清貧的生活；今天說出這樣的話，簡直是把高雅的菊花園當成做買賣的市場，真是對菊花的侮辱啊。」

陶笑曰：「自食其力不為貪，販花為業不為俗。人固不可苟求富，然亦不必務求貧也。」馬不語，陶起而出。

自是，馬所棄殘枝劣種，陶悉掇拾而去。由此不復就馬寢食，招之始一至。未幾，菊將開，聞其門囂喧如市。怪之，過而窺焉，見市人買花者，車載肩負，道相屬也。其花皆異種，目所未睹。心厭其貪，欲與絕；而又恨其私秘佳本，遂款其扉，將就誚讓。陶出，握手曳入。見荒庭半畝皆菊畦，數椽之

陶生笑着說：「自食其力，不算貪婪；以賣菊花為職業，也不能說是俗氣。人固然不可用不正當手段去謀求財富，但也不必專門去尋求貧窮呀！」馬子才不吭聲。陶生站起來就走了。

從這以後，凡是馬子才扔掉的殘枝劣種，陶生全都拾回去，也不再主動到馬家吃飯和睡覺了。馬子才來請他，他才去一趟。不久，菊花要開了，馬子才聽到南院門口喧鬧得好像集市一樣，他感到很奇怪，就走過去偷偷一看，只見那些來買菊花的市民，有的用車拉，有的用肩挑，路上絡繹不絕。而那些菊花都是奇異的品種，從來沒有看見過。馬子才打心眼裏厭惡陶生的貪財，想和他絕交；但又惱恨他私下藏着奇異品種，就前去敲他的門，想責備他一頓。陶生出門來迎接，熱情地握着馬子

外無曠土。劚去者①，則折別枝插補之；其蓓蕾在畦者，罔不佳妙；而細認之，皆向所拔棄也。陶入屋，出酒饌，設席畦側，曰：「僕貧不能守清戒，連朝幸得微貲，頗足供醉。」少間，房中呼「三郎」，陶諾而去。俄獻佳肴，烹飪良精。因問：「貴姊胡以不字？」答云：「時未至。」問：「何時？」曰：「四十三月。」又詰：「何說？」但笑不言。盡歡始散。

❶ 劚（zhú）：掘取。

才的手，把他拉進園去。只見半畝荒廢了的院子都成了菊畦，除了那幾間小屋以外，再也找不到空閒的土地。已經挖走菊花的地方，又折下別的枝葉補插上；那些在畦裏含苞欲放的菊花，沒有一棵不是佳妙的。不過仔細一認，才發現這些都是自己以前拔下來扔掉的。陶生走進屋裏，拿出酒菜，在菊畦邊擺下座位，說：「我由於貧窮，不能遵守您的教訓，連日來僥倖得到一點微薄的錢財，還足夠我們痛飲一番。」過了一會兒，聽到房裏呼喚「三郎」，陶生答應着走進去。很快就端出幾樣好菜，烹煮得很精美。馬子才就問陶生：「你姐姐為甚麼不許配人家？」陶生回答說：「時候還沒到。」又問：「要到甚麼時候？」陶生說：「得四十三個月。」馬子才又追問道：「這話怎麼解釋呢？」陶生只是笑着，並不答話。兩人於是開懷暢飲，盡興而散。

過宿，又詣之，新插者已盈尺矣。大奇之，苦求其術。陶曰：「此固非可言傳；且君不以謀生，焉用此？」又數日，門庭略寂，陶乃以蒲席包菊，捆載數車而去。逾歲，春將半，始載南中異卉而歸，於都中設花肆，十日盡售，復歸藝菊。問之去年買花者，留其根，次年盡變而劣，乃復購於陶。陶由此日富：一年增舍，二年起夏屋。興作從心，更不謀諸主人。漸而舊日花畦，盡為廊舍。更於牆外買田一區，築墉四周，悉種菊。至秋，

過了一夜，馬子才又來到南院，看見新插的菊枝已經一尺多高了。他感到非常奇怪，苦苦求陶生把其中的奧妙傳授給他。陶生說：「這本來就不可言傳；況且你又不用它謀生，學它又有甚麼用處？」又過了幾天，門院寂靜些了，陶生就用蒲薦包起菊花，用繩子捆紮着，裝了好幾車走了。過年以後，春天快要過去一半了，陶生才載着南方的奇花異草回來，在京城裏開了個花店。十天功夫，花就全部賣完了。然後又回來培植菊花。問問那些去年買了菊花的人，都說他們留下花種栽種，誰知第二年都變成了劣種，於是又到陶生那裏去買。陶生從此一天天富裕起來；第一年增建了房屋，第二年蓋起了高大的樓閣。他隨着自己的心意興建樓房，再不同主人商量。漸漸地，從前的花畦都變成了樓廊房舍。陶生又在

載花去，春盡不歸。而馬妻病卒。意屬黃英，微使人風示之。黃英微笑，意似允許，惟專候陶歸而已。年餘，陶竟不至。黃英課僕種菊，一如陶。得金益合商賈，村外治膏田二十頃，甲第益壯。忽有客自東粵來，寄陶生函信，發之，則囑姊歸馬。考其寄書之日，即妻死之日；回憶園中之飲，適四十三月也，大奇之。

牆外買了一塊地，四周築起圍牆，裏面全部種上菊花。到了秋天，陶生用車子載着菊花走了，第二年春季過後還不見他回來。這時，馬子才的妻子因病去世了。他打算續娶黃英，就託人向她透露了一點口風。黃英微微一笑，意思好像是答應了，只是專等陶生回來而已。過了一年多，陶生竟然還沒有回來。黃英每天督促僕人種植菊花，一切跟陶生在家時一樣。她把賣花所賺到的錢，和商人合股，又在村外買了二十頃良田，住宅也更加壯觀了。一天，忽然從廣東來了一位客人，捎來陶生的一封信，打開一看，原來是囑咐姐姐嫁給馬子才。馬子才查對其寄信的日期，正是妻子去世的那一天；回憶那次同陶生在園中飲酒的時間，恰好相距四十三個月，他感到非常驚奇。

以書示英，請問「致聘何所」。英辭不受采。又以故居陋，欲使就南第居，若贅焉。馬不可，擇日行親迎禮。黃英既適馬，於間壁開扉通南第，日過課其僕。馬恥以妻富，恆囑黃英作南北籍，以防淆亂。而家所須，黃英輒取諸南第。不半歲，家中觸類皆陶家物。馬立遣人一一齎還之①，戒勿復取。未浹旬②，又雜之。凡數更，馬不勝煩。黃英笑曰：「陳仲子毋乃勞乎③？」馬慚，不復稽，一切聽諸黃英。鳩工庀料④，土木大作，馬不能禁。經數月，樓舍連亘，

於是把信拿給黃英看，又問她聘禮要送到甚麼地方。黃英辭謝說，不收聘禮。又認為他的舊居簡陋，想叫他住進南院來，就像招贅女婿一樣。馬子才不同意，就選擇一個良辰吉日把黃英娶到家裏。黃英嫁給馬子才以後，在牆上開了一道門直通南院，每天過去督促僕人培植菊花。馬子才覺得依靠妻子發財很不光彩，就經常囑咐黃英把南北兩院的財產分別登記立賬，以防混淆。可是家裏需要的東西，黃英總是從南院裏拿來。不到半年，家裏所用的都是陶家的東西。馬子才馬上派人把東西一一送回去，並告誡他們不要再拿來使用。不到十天，東西又混雜了。這樣折騰了好幾次，馬子才不勝麻煩。黃英笑着說：「你這位陳仲子先生，未免太勞苦了吧？」馬子才感到很不好意思，於是不再查點東西，一切都聽從黃英的

兩第竟合為一，不分疆界矣。然遵馬教，閉門不復業菊，而享用過於世家。

馬不自安，曰：「僕三十年清德，為卿所累。今視息人間，徒依裙帶而食，真無一毫丈夫氣矣。人皆祝富，我但祝窮耳！」黃英曰：「妾非貪鄙；但不少致豐盈，遂令千載下人，謂淵明貧賤骨⑤，百世不能發跡，故聊為我家彭澤解嘲耳。」

❶齎（jī）還：送還。❷浹旬：十天為一旬，浹旬即一旬。❸陳仲子：戰國時齊人，當時著名的清廉之士。他哥哥是齊國大貴族，食祿萬鍾，他以為不義，避居楚國。❹庀（pǐ）料：備齊建築材料。❺淵明：晉代著名詩人陶潛的字，他一生喜愛菊花。他做過彭澤縣令，下文的「彭澤」指的也是他。

安排。黃英召集工匠，備齊材料，大興土木，馬子才也制止不了。經過幾個月的建築，樓台屋舍連成一片，南北兩院竟然合為一體，分不出疆界了。不過，黃英遵從馬子才的吩咐，閉門在家，不再經營菊花買賣，而享受卻超過了世代做官的人家。

馬子才心裏很不安，說：「我三十年來不貪富貴的清德，被你牽累敗壞了。現在我活在世上，只是依靠妻子過活，真是連一點大丈夫的氣概都沒有。人人都祈禱發財，我只是祈禱快些受窮才好！」黃英說：「我不是貪婪、鄙俗的人；只是不稍微發點小財，就會讓千年之後的人，說陶淵明是窮骨頭，百世也不能發達，所以我姑且為我家的陶公爭一口氣。」

然貧者願富，為難；富者求貧，固亦甚易。牀頭金任君揮去之，妾不靳也。」馬曰：「捐他人之金，抑亦良醜。」黃英曰：「君不願富，妾亦不能貧也。無已，析君居：清者自清，濁者自濁，何害。」乃於園中築茅茨，擇美婢往侍馬。馬安之。然過數日，苦念黃英。招之，不肯至；不得已，反就之。隔宿輒至，以為常。黃英笑曰：「東食西宿①，廉者當不如是。」馬亦自笑，無以對，遂復合居如初。

但是窮人想變富，是很難的；富家想變窮，本來就很容易。家裏的錢財任你隨意揮霍，我決不吝嗇。」馬子才說：「花費別人的錢財，也是很可恥的。」黃英說：「你不願意富，我也不能變窮。別無他法，只好和你分開住：清高的自己清高，渾濁的自己渾濁，對誰也沒有妨害。」於是黃英請人在園中蓋了一座茅屋，還挑了漂亮的丫頭去侍候他。馬子才住得很安心。但是過了幾天，他就苦苦地想念黃英。派人去請她，她不肯來；迫不得已，只好返到黃英那裏。每隔一夜就去一趟，習以為常。黃英笑他說：「在東家吃飯，西家住宿，講究清廉的人大概不應這樣吧。」馬子才自己也感到好笑，無話可答，於是又像當初那樣合居一處。

會馬以事客金陵，適逢菊秋。早過花肆，見肆中盆列甚煩，款朵佳勝，心動，疑類陶製。少間，主人出，果陶也。喜極，具道契闊，遂止宿焉。要之歸。陶曰：「金陵，吾故土，將婚於是。積有薄貲，煩寄吾姊。我歲杪當暫去。」馬不聽，請之益苦。且曰：「家幸充盈，但可坐享，無須復賈。」坐肆中，使僕代論價，廉其直，數日盡售。逼促囊裝，賃舟遂北。

❶ 東食西宿：據《藝文類聚・風俗通》載，齊國有兩個男子同時向一個女子求婚，東家男子醜而富，西家男子美而貧。女子的父母問女兒要嫁哪一家，她說兩家都嫁，在東家吃飯，西家住宿。

一次，馬子才恰好有事到了南京，正趕上菊花盛開的秋天。清晨路過花店，看見店裏陳列着一盆盆的菊花，花朵的樣子特別好看，他心裏一動，覺得很像陶生栽培的。不一會兒，店主人出來了，果然是陶生。他高興極了，詳細地訴説久別以後的思念之情，於是便住在花店。他請陶生一齊回去。陶生説：「南京是我的故鄉，我要在這裏成婚。我積攢了一點錢，麻煩你帶給我姐姐。年底我一定回去住一段時間。」馬子才不同意，進一步請求他一起回去，並且説：「家裏幸而很豐裕，只要坐享其成就可以，不必再經商做買賣了。」説完就坐在店裏，叫僕人代為論價，把花降價出售，不幾天菊花就賣光了。然後他催促陶生收拾行裝，租了一條船向北而去。

入門，則姊已除舍，牀榻裀褥皆設，若預知弟也歸者。陶自歸，解裝課役，大修亭園，惟日與馬共棋酒，更不復結一客。為之擇婚，辭不願。姊遣兩婢侍其寢處，居三四年，生一女。陶飲素豪，從不見其沉醉。有友人曾生，量亦無對。適過馬，馬使與陶相較飲。二人縱飲甚歡，相得恨晚。自辰以訖四漏，計各盡百壺。曾爛醉如泥，沉睡座間。陶起歸寢，出門踐菊畦，玉山傾倒①，委衣於側，即地化為菊，高如人；花十餘朵，皆大於拳。

回到家裏，黃英已經打掃房間，牀鋪被褥都準備好了，就好像預先知道弟弟回來似的。陶生自從回家以後，放下行裝，督促雜役，大修亭園，又每天和馬子才一起下棋飲酒，再也不結交一個客人。給他提親，他都推辭了，表示不願意。黃英就派了兩個丫頭服侍他睡覺，住了三四年，生了一個女兒。陶生一向酒量很大，從沒見他喝醉過。馬子才有個姓曾的朋友，酒量也大得驚人。一天，曾生恰好來看望馬子才，馬子才叫他和陶生比比酒量。兩人縱情暢飲，喝得很痛快，相見恨晚。從辰時一直喝到四更，每人都喝了一百壺。曾生喝得爛醉如泥，趴在桌上睡過去了。陶生起身回去睡覺，出門時踩着了菊畦，身體一下子跌倒了，衣服堆在菊畦邊，就地化為一株菊花，有一個人那麼高；開了十幾朵花，都比拳頭

馬駭絕，告黃英。英急往，拔置地上，曰：「胡醉至此！」覆以衣，要馬俱去，戒勿視。既明而往，則陶臥畦邊。馬乃悟姊弟菊精也，益愛敬之。而陶自露跡，飲益放，恆自折柬招曾，因與莫逆。值花朝②，曾來造訪，以兩僕舁藥浸白酒一罈，約與共盡。罈將竭，二人猶未甚醉。馬潛以一瓶續入之，二人又盡之。曾醉已憊，諸僕負之以去。

❶ 玉山傾倒：三國時的嵇康長得很俊美，人們用「玉山」來比喻他。他喜歡喝酒，經常醉得傾倒。後來人們就常用「玉山傾倒」來形容醉倒的姿態。❷ 花朝：舊俗以農曆二月十五日為百花生日，號「百花節」，又稱「花朝」。

還大。馬子才驚駭至極，急忙告訴黃英。黃英連忙跑到跟前，把花連根拔下來放在地上，說：「怎麼醉成這個樣子！」就用衣服把這株花蓋上，叫馬子才跟她一同離開，告誡他不要在那裏看。天亮以後跑到那裏，見陶生睡在菊畦邊。馬子才這時才明白他們姐弟倆都是菊花精，於是越發敬愛他們。而陶生自從顯露了本相以後，更是毫無拘束地喝酒，常常自己寫請帖邀請曾生，因此和曾生成了知己。在二月十五日百花節那天，曾生前來拜訪，還讓兩個僕人抬着一罈用藥浸過的白酒，約定和陶生一起把它喝光。罈裏的酒快喝光了，可是兩人還沒怎麼醉。馬子才偷偷把一大瓶酒加進去，兩人又把它喝光了。這一下曾生可醉得不行了，僕人們把他背了回去。

陶臥地，又化為菊。馬見慣不驚，如法拔之，守其旁以觀其變。久之，葉益憔悴。大懼，始告黃英。英聞駭曰：「殺吾弟矣！」奔視之，根株已枯。痛絕，掐其梗，埋盆中，攜入閨中，日灌溉之。馬悔恨欲絕，甚怨曾。越數日，聞曾已醉死矣。盆中花漸萌，九月既開，短幹粉朵，嗅之有酒香，名之「醉陶」，澆以酒則茂。後女長成，嫁於世家。黃英終老，亦無他異。

異史氏曰：「青山白雲人①，

陶生也醉倒在地上，又變成了菊花。馬子才已經見慣了，不再驚慌，就仿照黃英的辦法把它拔起來，守在旁邊觀察它的變化。過了很久，菊花的葉子越來越憔悴了。馬子才很害怕，這才去告訴黃英。黃英一聽，吃驚地說：「害死我弟弟了！」跑去一看，根和莖都已經枯乾了。黃英悲痛欲絕，掐下一段花梗，埋在花盆裏，帶回閨房，每天給它澆水。馬子才後悔得想死，於是非常怨恨曾生。過了幾天，聽說曾生已經醉死了。而那盆裏的花梗漸漸長出新芽，到了九月就開花了，短短的枝幹，粉紅的花朵，嗅它時可聞到酒香，於是給它取名叫「醉陶」。用酒澆它，就長得更繁茂。後來，陶生的女兒長大成人，嫁給了做官人家的子弟。黃英直到老死，也沒有其他異樣的變化。

遂以醉死，世盡惜之，而未必不自以為快也。植此種于庭中，如見良友，如對麗人——不可不物色之也。」

異史氏說：「一個心胸曠達、無拘無束的人，竟然因為醉酒而死去，世上的人無不感到可惜，而他自己未必不認為那是一種快樂。在院子裏種上這樣的菊花，就好像見到了好朋友，又好像面對着絕世佳人——不能不去尋覓一株啊。」

❶ 青山白雲人：唐人傅奕每次得病，都不請醫服藥，他自己寫墓誌銘說：「傅奕，青山白雲人也。因酒醉死。」（《舊唐書・傅奕傳》）青山白雲，比喻曠達、無拘束。

晚霞

一個是吳門名妓，一個是鎮江小童，他們才藝出眾，卻被迫置身於危險的鬥龍舟之戲中，最後墮水而死。在富麗繁華的龍宮裏，他們相遇相愛。而他們面對的卻是宮禁森嚴的封建統治，自由戀愛是違法的，他們只能相視神馳，只能暗中幽會。後來，他們隨龍窩君去為吳江王祝壽，晚霞又被留下教舞，兩人音耗遂絕。失去起碼的人身自由，又怎能談得上愛情與幸福！為了自由，為了愛情，他們被迫投江自盡，死而再死，卻因此僥倖逃離了令人窒息的龍宮。誰知人間的王爺又向他們伸出了魔掌。晚霞被迫以龜尿毀容，為了維護自由的生活和生死以求的愛情，又一次付出了沉重的代價。

五月五日，吳越間有鬥龍舟之戲：刳木為龍，繪鱗甲，飾以金碧；上為雕甍朱檻[1]；帆旌皆以錦繡；舟末為龍尾，高丈餘；以布索引木板下垂，有童坐板上，顛倒滾跌，作諸巧劇。下臨江水，險危欲墮。故其購是童也，先以金啖其父母，預調馴之，墮水而死，勿悔也。吳門則載美妓，較不同耳。

❶ 甍（méng）：棟樑，屋脊。

五月初五端午節，江浙一帶有賽龍舟的遊戲：把大木頭挖空，製成龍形的船，船身描繪鱗甲，裝飾得金碧輝煌；船上裝有雕花的棟樑，朱紅的欄杆；船帆和旗幟都是用綢緞做的；船末作為龍尾，翹起一丈多高；用布繩子吊下一塊木板，有個小孩坐在木板上，翻滾跌仆，做各種奇巧表演。木板的下面就是江水，人隨時有掉下江裏的危險。因此，在僱這種小孩的時候，總是先用重金引誘他的父母，預先訓練好，並聲明假如小孩掉進江裏淹死，父母也不能反悔。在蘇州，則是讓美貌的妓女坐在木板上，和別處稍有不同而已。

鎮江有蔣氏童阿端，方七歲，便捷奇巧莫能過，身價益起，十六歲猶用之。至金山下，墮水死。蔣媼止此子，哀鳴而已。阿端不自知死，有兩人導去，見水中別有天地；回視，則流波四繞，屹如壁立。俄入宮殿，見一人兜牟坐①。兩人曰：「此龍窩君也。」便使拜伏。龍窩君顏色和霽，曰：「阿端伎巧可入柳條部。」遂引至一所，廣殿四合。趨上東廊，有諸年少，出與為禮，率十三四歲。即有老嫗來，眾呼解姥。坐

鎮江有個蔣家的男孩，名叫阿端，剛七歲時，在木板上就已身姿輕便敏捷，動作靈巧多變，沒有人比得過他，所以聲價越來越高，直到十六歲，還用他來表演。這一年，在龍舟經過金山下時，阿端跌進水中淹死了。蔣母只有這麼一個兒子，但也無可奈何，只有呼天搶地地痛哭罷了。阿端並不知道自己死了，只看到兩個人領着他向前走，水中別有一番天地；回頭一看，則流動的波濤四面環繞，像牆壁一樣陡然聳立着。一會兒進了一座宮殿，只見一個人戴着頭盔坐在上面。那兩個引路人說：「這是龍窩君。」就叫阿端跪下朝拜。龍窩君和顏悅色地說：「根據阿端的技巧，可以編入柳條部。」於是兩人又領阿端到一個地方，四面都是寬闊的宮殿。阿端快步走上東廊，就有許多少年出來和他見面行禮，大抵

令獻技。已，乃教以錢塘飛霆之舞②，洞庭和風之樂③。但聞鼓鉦喤聒，諸院皆響。既而諸院皆息。姥恐阿端不能即嫻，獨絮絮調撥之；而阿端一過，殊已了了。姥喜曰：「得此兒，不讓晚霞矣！」

❶ 兜牟（móu）：古代一種用皮或鐵製的帽子，也稱「頭盔」。
❷ 錢塘飛霆之舞：錢塘，即錢塘江龍王錢塘君。他因姪女受到夫家欺凌，前去為她報仇。當其出發時，「千雷萬霆，激繞其身」，「乃擘青天而飛去」。見唐代李朝威所作《柳毅傳》。錢塘飛霆之舞，當為表現錢塘君為姪女報仇的舞蹈。❸ 洞庭和風之樂：王嘉《拾遺記》中説，洞庭湖上四時有金石絲竹之聲。洞庭和風之樂，當即表現洞庭湖在風和日麗之時，金石絲竹悠揚悦耳的美妙情景的樂曲。

都是十三四歲的孩子。接着有個老婦人走出來，大家都叫她解姥姥。解姥姥坐下來，叫阿端表演。表演完後，就教他們《錢塘飛霆》的舞蹈和《洞庭和風》的樂曲。只聽得鑼鼓齊鳴，各個院子都響了起來。教完以後，各個院子又都靜了下來。解姥姥怕阿端不能馬上學得很熟練，又獨自絮絮叨叨地指點他；可是阿端學過一遍，就已經掌握得很好。解姥姥高興地説：「得到這個孩子，就不怕晚霞了！」

明日，龍窩君按部，諸部畢集。首按夜叉部，鬼面魚服。鳴大鉦，圍四尺許；鼓可四人合抱之，聲如巨霆，叫噪不復可聞。舞起，則巨濤洶湧，橫流空際，時墮一點星光，及着地消滅。龍窩君急止之，命進乳鶯部，皆二八姝麗，笙樂細作，一時清風習習，波聲俱靜，水漸凝如水晶世界，上下通明。按畢，俱退立西墀下。次按燕子部，皆垂髫人①。內一女郎，年十四五以來，振袖傾鬟，作散花舞；翩翩翔起，衿袖襪履間，皆出

第二天，龍窩君考查各部的情況，各部都集合在宮殿裏。首先考查夜叉部，他們的面部跟鬼一樣，穿着魚服。敲着大鑼，鑼的周圍約有四尺長；擂着的大鼓，大概四個人才能合抱。敲打的聲音好像巨大的霹靂，震耳欲聾，即使大吵大鬧也聽不見了。夜叉們跳起舞來，頓時巨浪洶湧，橫流天際，不時落下點點星光，等掉到地上便消失了。龍窩君急忙叫他們停止，讓乳鶯部上來表演。這乳鶯部都是十五六歲的秀麗女子，她們吹奏起笙簫，清脆柔美，一時間清風習習，波濤聲也靜了下來，碧淨的水漸漸凝集，好像一個水晶世界，上下通明透亮。她們考查完後，就都退下去，站在西邊的台階下。接着輪到燕子部考查，都是未成年的小姑娘。其中有一個，大約十四五歲，時而高揚長袖，時而低頭旋轉，跳起了散花

五色花朵，隨風颺下，飄泊滿庭。舞畢，隨其部亦下西墀。阿端旁睨，雅愛好之。問之同部，即晚霞也。無何，喚柳條部。龍窩君特試阿端。端作前舞，喜怒隨腔，俯仰中節。龍窩君嘉其惠悟，賜五文袴褶，魚鬚金束髮②，上嵌夜光珠。阿端拜賜下，亦趨西墀，各守其伍。端於眾中遙注晚霞，晚霞亦遙注之。

❶ 垂髫人：古時幼童不束髮，頭髮下垂，叫「垂髫」。這裏指未成年的女孩子。 ❷ 金束髮：古代十五歲至十九歲的男子，把頭髮束成一髻。常用紡織品束髮。以金代替紡織品作為束髮用具的，稱為「金束髮」。

舞。隨着她翩翩起舞，在衣襟、袖口以及鞋襪上，都散出五彩繽紛的花朵，隨風飄揚，飛滿了院子。跳完以後，便隨着燕子部站在西邊的台階下。阿端站在一旁注視着，非常愛慕她。他問自己同部的人，才知道她就是晚霞。不一會兒，呼喚柳條部表演。龍窩君特意要試試阿端的技藝。阿端便跳起前一天學會的舞蹈，他所表現的喜怒之情跟曲調很和諧，他的俯仰轉折也無不合乎音樂的節拍。龍窩君讚許他的聰明伶俐，特別獎賞他一套繡着五彩花紋的衣褲，一副魚鬚狀的純金束髮用具，上面鑲着夜明珠。阿端拜謝龍窩君的賞賜之後退了下來，也快步走到西邊的台階下。各部都守着自己的隊伍。阿端在人羣裏遠遠地注視着晚霞，晚霞也遠遠地凝望着他。

少間，端逡巡出部而北，晚霞亦漸出部而南；相去數武，而法嚴不敢亂部，相視神馳而已。既按蛺蝶部，童男女皆雙舞，身長短、年大小、服色黃白，皆取諸同。諸部按已，魚貫而出。柳條在燕子部後，端疾出部前，而晚霞已緩滯在後。回首見端，故遺珊瑚釵，端急納袖中。既歸，凝思成疾，眠餐頓廢。解姥輒進甘旨，日三四省，撫摩殷切，病不少痊。姥憂之，罔所為計，曰：「吳江王壽期已促，且為奈何！」

一會兒，阿端慢慢地離開原位而向北走去，晚霞也漸漸地離開原位而向南走；兩人相隔只有幾步遠，但是由於規矩嚴厲，誰也不敢越過各部的界線，只能互相凝望、心往神馳罷了。隨後又考查蛺蝶部，童男童女都成對起舞，同一對的兩個人，身材的高矮、年齡的大小、服色的或黃或白，都是一樣的。各部都考查完了以後，便一部跟着一部走出宮殿。柳條部跟在燕子部後面，阿端連忙快步走到本部的前頭，而晚霞已經放慢腳步落在本部的後頭。晚霞回頭看見阿端，故意丟下一支珊瑚釵，阿端急忙拾起來藏進衣袖裏。回去以後，阿端苦苦思念晚霞，以致得了相思病，頓時睡不着覺、吃不下飯。解姥姥就給他送來好吃的東西，一天來看望三四次，殷勤真誠地撫摩安慰，可是病一點也不見好。解姥姥很擔憂，但

薄暮，一童子來，坐榻上與語，自言：「隸蛺蝶部。」從容問曰：「君病為晚霞否？」端驚問：「何知？」笑曰：「晚霞亦如君耳。」端悽然起坐，便求方計。童問：「尚能步否？」答云：「勉強尚能自力。」童挽出，南啟一戶；折而西，又闢雙扉。見蓮花數十畝，皆生平地上；葉大如席，花大如蓋，落瓣堆梗下盈尺。

沒有辦法可想。她對他說：「為吳江王慶壽的日期已經迫近了，這可怎麼辦呢！」

這天傍晚，來了一個小孩，坐在牀上和阿端說話，他自我介紹說：「我是屬於蛺蝶部的。」然後不慌不忙地問道：「你是不是因為想念晚霞而生病？」阿端驚訝地問：「你怎麼知道？」小孩笑着說：「晚霞也像你一樣啊。」阿端悽然地坐起身來，請求他想個辦法。小孩問：「你還能走動嗎？」阿端回答說：「還勉強能走。」那小孩就攙扶着阿端走出來，推開南邊的一道門，走了一段，拐了個彎向西走，又推開了兩扇門。只見有幾十畝荷花，都生長在平地上；荷葉像蓆子那麼大，荷花也大得像傘蓋，落下來的花瓣堆在花梗下，足有一尺厚。

童引入其中，曰：「姑坐此。」遂去。少時，一美人撥蓮花而入，則晚霞也，相見驚喜，各道相思，略述生平。遂以石壓荷蓋令側，雅可幛蔽；又勻鋪蓮瓣而藉之，忻與狎寢。既訂後約，日以夕陽為候，乃別。端歸，病亦尋愈。由此兩人日一會於蓮畝。過數日，隨龍窩君往壽吳江王。稱壽已，諸部悉還，獨留晚霞及乳鶯部一人在宮中教舞，數月更無音耗，端悵惘若失。惟解姥日往來吳江府；端託晚霞為外妹，求攜去，冀一見之。留吳

小孩把他領進荷花叢中，說：「你暫且坐一下。」說完就走了。一會兒，有個美麗的女子撥開荷花走進來，原來就是晚霞。兩人相見，又驚又喜，各自訴說相思之情，也大致介紹了自己的身世。於是用石頭壓得荷葉向旁傾側，這樣就可起到遮蔽作用；又均勻地鋪好花瓣，兩人便欣然躺在上面親熱。隨後兩人又約定，每天太陽落山時到這裏相會，這才分手。阿端回去以後，病也很快就好了。從此，兩人每天都在荷花地裏幽會。過了幾天，他們跟隨龍窩君去給吳江王祝壽。祝壽完畢，各部都回來了，唯獨留下晚霞和乳鶯部的一個人在吳江王宮裏教舞蹈。這以後好幾個月都沒有晚霞的消息，阿端心情惆悵，失魂落魄。只有解姥姥經常去吳江王府；阿端便假託晚霞是自己的表妹，求解姥姥帶他去，希望能見晚霞一面。

江門下數日，宮禁森嚴，晚霞苦不得出，怏怏而返。積月餘，癡想欲絕。一日，解姥入，戚然相弔曰：「惜乎！晚霞投江矣！」端大駭，涕下不能自止。因毀冠裂服，藏金珠而出，意欲相從俱死。但見江水若壁，以首力觸不得入。念欲復還，懼問冠服，罪將增重。意計窮蹙，汗流浹踵。忽睹壁下有大樹一章，乃猱攀而上，漸至端杪；猛力躍墮，幸不沾濡，而竟已浮水上。

可是在吳江王府外院待了好幾天，由於宮廷門禁森嚴，晚霞想盡辦法也出不來，他只好悶悶不樂地回去了。又過了一個多月，阿端天天思念晚霞，痛苦欲絕。一天，解姥姥急匆匆地趕來，很悲痛地告訴阿端：「可惜啊！晚霞投江了！」阿端大吃一驚，哭得淚如泉湧，無法控制自己。於是，他把金束髮拆掉，五彩衣褲撕裂，揣着金子和夜明珠跑出來，想要跟隨晚霞一道死去。只見江水像牆壁一樣聳立着，用腦袋使勁去撞也撞不進去。他想再回去，又怕追問起金束髮和五彩衣褲，將會加重治罪。想來想去都毫無辦法，急得汗水順着脊梁一直流到腳跟。忽然看見水牆腳下有一棵大樹，他連忙像猴子一樣爬了上去，漸漸爬到了樹梢；猛力一跳，落下來時，幸而沒有浸得衣服濕透，竟然浮出水面上了。

不意之間，恍睹人世，遂瓢然泅去。移時，得岸，少坐江濱，頓思老母，遂趁舟而去。抵里，四顧居廬，忽如隔世。次且至家，忽聞窗中有女子曰：「汝子來矣。」音聲甚似晚霞。俄，與母俱出，果霞。斯時兩人喜勝於悲；而媼則悲疑驚喜，萬狀俱作矣。初，晚霞在吳江，覺腹中震動，龍宮法禁嚴，恐旦夕身娩，橫遭撻楚；又不得一見阿端，但欲求死，遂潛投江水。身泛起，沉浮波中。有客舟拯之，問其居里。晚霞故吳名妓，溺水

出乎意料地，他彷彿看到了人間世界，於是隨着水流向前游去。一會兒，游到岸邊，爬了上去，在江邊坐下來稍微休息一下，並立刻想起老母親，於是搭了一條便船回家去。到達家鄉以後，阿端看看這家房屋，望望那家院落，恍如隔世。他猶猶豫豫地走到家門口，忽然聽到窗戶裏有個女子呼喊：「你兒子回來了。」聲音很像晚霞。一會兒，那女子和他母親一塊兒走出房門，果然是晚霞。這時，兩個人歡喜超過了悲傷；而他母親卻是又悲傷、又疑惑，又驚訝、又喜悅，百感交集，一時說不清是甚麼滋味。當初，晚霞在吳江王府裏發覺腹中胎兒在騷動，而龍宮裏法規森嚴，恐怕早晚生了孩子，會橫遭鞭打；又見不到阿端，所以只想求死，就偷偷地投進江裏。哪知身體卻被江水浮了起來，在波濤中忽上忽下地漂

不得其尸。自念衏院不可復投①，遂曰：「鎮江蔣氏，吾婿也。」客因代貰扁舟，送諸其家。蔣媼疑其錯誤，女自言不誤，因以其情詳告媼。媼以其風格韻妙，頗愛悅之；第慮年太少，必非肯終寡也者。而女孝謹，顧家中貧，便脫珍飾售數萬。媼察其志無他，良喜。然無子，恐一旦臨蓐，不見信於戚里，以謀女。女曰：「母但得真孫，何必求人知。」媼亦安之。

❶ 衏（háng）院：妓院。

流。正好碰到一隻客船把她救了上來，問她家住哪裏。晚霞原來是蘇州的名妓，被水淹沒以後沒有撈到屍體。現在她尋思不能再回去投奔妓院，就說：「鎮江有戶姓蔣的，是我丈夫家。」船客便替她租了一隻小船，把她送到蔣家。蔣母懷疑她認錯了人家，晚霞說沒有錯，就把事情的經過詳細告訴了蔣母。蔣母見晚霞瀟灑美麗，很喜愛她；只是擔心她年紀輕輕，必定不肯終身守寡。可是晚霞非常孝順勤謹，看到家裏很窮，就摘下珍寶首飾，賣了幾萬錢幫補家用。蔣母見她誠心誠意，萬分高興。但是兒子不在了，恐怕晚霞一旦生了孩子，親戚鄰居不相信是蔣家的骨肉，就和晚霞商量。晚霞說：「母親只要得到親孫子就行了，何必非讓外人相信不可呢！」蔣母聽她這麼一說，也就安心了。

會端至，女喜不自已。媼亦疑兒不死；陰發兒冢，骸骨具存。因以此詰端。端始爽然自悟；然恐晚霞惡其非人，囑母勿復言。母然之。遂告同里，以為當日所得非兒尸。然終慮其不能生子。未幾，竟舉一男，捉之無異常兒，始悅。久之，女漸覺阿端非人，乃曰：「胡不早言！凡鬼衣龍宮衣，七七魂魄堅凝，生人不殊矣。若得宮中龍角膠，可以續骨節而生肌膚，惜不早購之也。」

現在恰好阿端回來了，晚霞高興得簡直不能控制自己。蔣母也懷疑兒子沒有死；暗中挖開兒子的墳墓，看見兒子的屍骨還都在裏面。蔣母就詢問阿端。阿端這才恍然大悟，自己已經不是活人；又害怕晚霞嫌他不是人，就囑咐母親不要再說。母親同意了。於是告訴鄉鄰，說當初撈到的不是她兒子的屍體。但蔣母始終擔心他們不能生孩子。過了不久，晚霞竟然生了一個男孩，蔣母抱起來細看，和普通人家的孩子沒有甚麼兩樣，這才高興起來。過了很久，晚霞逐漸感覺到阿端不是人，就對他說：「你怎麼不早說呢！凡是鬼穿了龍宮裏的衣服，過了七七四十九天，魂魄就會凝固，和活着的人沒有差別了。要是得到龍宮裏的龍角膠，可以使骨節連接起來，重新長出肌肉和皮膚，可惜沒有早早買一點。」

端貨其珠，有賈胡出貲百萬①，家由此巨富。值母壽，夫妻歌舞稱觴②，遂傳聞王邸。王欲強奪晚霞。端懼，見王自陳：「夫婦皆鬼。」驗之無影而信，遂不之奪。但遣宮人就別院，傳其技。女以龜溺毀容③，而後見之。教三月，終不能盡其技而去。

❶ 賈（gǔ）胡：唐時稱經商的胡人為賈胡。後來也泛指外國商人。
❷ 稱觴：敬酒，這裏指祝壽。 ❸ 龜溺毀容：用龜尿毀壞自己的容貌。據《本草》載，龜尿沾染人的皮膚後，就無法洗掉。

後來，阿端要賣掉他的夜明珠，有一個西域商人花百萬錢買去了，家裏因此變得很富有。趕上蔣母做壽，夫妻兩人載歌載舞，舉杯祝壽，這件事傳到了王府裏，王爺想要強奪晚霞。阿端很害怕，就親自去見王爺說：「我們夫妻都是鬼。」王爺親自驗看，果然沒有身影，才相信了他的話，也就打消了搶奪晚霞的念頭。只是派了一些宮女住在別的院子裏，叫晚霞傳授舞技。晚霞用龜尿塗在臉上，毀損了自己美麗的容顏，然後才去見王爺。教了三個月，宮女們始終不能全部學會晚霞的舞技，晚霞便回家去了。

王者

蒲松齡對貪官污吏是深惡痛絕的，在《聊齋志異》裏曾有廣泛而深刻的揭露。本篇卻別出心裁，以幻想的方法描畫出一個專門懲辦貪官污吏的「王者」形象。但是，孰是王者？何處求之？作者心中茫然。「嗚呼！是何神歟？苟得其地，恐天下之赴訴者無已時矣。」這最後的兩句，反映了人世間貪官污吏多如牛毛、受害羣眾無處申訴的黑暗現實，也體現了作者為民呼喚卻又找不到出路的無可奈何的心情。

湖南巡撫某公①，遣州佐押解餉六十萬赴京②。途中被雨，日暮愆程，無所投宿，遠見古刹，因詣棲止。天明，視所解金，蕩然無存。眾駭怪，莫可取咎。回白撫公，公以為妄，將置之法。及詰眾役，並無異詞。公責令仍反故處，緝察端緒。

至廟前，見一瞽者，形貌奇異，自榜云：「能知心事。」因求卜筮。

❶ 巡撫：清代的巡撫是省級地方政府的長官，總攬一省的軍事、吏治、刑獄、民政等。也稱「撫軍」或「撫院」。❷ 州佐：清代知州或知府的輔佐官。

湖南有個巡撫，派遣州佐押送六十萬兩餉銀進京。路上遇到大雨，耽誤了行程，天快黑了，卻沒有投宿的地方。遠遠看見一座古廟，就到廟裏去歇宿。天亮以後，發現押送的餉銀早已無影無蹤。大家又驚又怕，可又不知道該責怪誰。只好回去向巡撫稟告，巡撫認為是胡說八道，要把州佐法辦。後又盤問一起送銀的差役，並沒有不同的供詞。巡撫就責令州佐等人仍然返回原地，察訪蹤跡和線索。

州佐等人回到廟前，看見一個瞎子，相貌生得很古怪，旁邊豎着一塊牌，上面寫着：「能知心事。」州佐就請他卜卦。

瞽曰：「是為失金者。」州佐曰：「然。」因訴前苦。瞽者便索肩輿，云：「但從我去，當自知。」遂如其言，官役皆從之。瞽曰：「東。」東之。瞽曰：「北。」北之。凡五日，入深山，忽睹城郭，居人輻輳①。入城，走移時，瞽曰：「止。」因下輿，以手南指：「見有高門西向，可款關自問之。」拱手自去。

州佐如其教，果見高門。漸入之。一人出，衣冠漢制，不言姓名。州佐述所自來。其人云：「請

瞎子說：「你是因為丟失了餉銀。」州佐說：「是的。」就把丟失餉銀所受的苦楚訴說了一遍。瞎子便要一頂轎子抬着他，說：「只要跟着我去，就自然知道了。」於是照他說的辦，州佐和差役都跟在轎子後面。瞎子說：「向東。」大家向東走。瞎子說：「向北。」大家就向北走。一共走了五天，進到深山裏，忽然看見一座城市，人煙很稠密。進了城，又走了不久，瞎子叫道：「停轎。」於是走下轎來，用手向南邊一指說：「看到有個朝西而開的大門，可以敲開門自己去問問。」說完拱拱手就獨自走了。

州佐按照瞎子指示的方向走去，果然看見那個朝西的大門，就一步一步走進去。這時，一個人從裏面走出來，一身漢朝人的穿着打扮，也沒

留數日，當與君謁當事者。」遂導去，令獨居一所，給以食飲。暇時閒步，至第後，見一園亭，入涉之。老松翳日，細草如氈。數轉廊榭，又一高亭，歷階而入，見壁上掛人皮數張，五官俱備，腥氣流熏。不覺毛骨森豎，疾退歸舍。自分留鞹異域②，已無生望，因念進退一死，亦姑聽之。

明日，衣冠者召之去，曰：

❶ 居人輻（fú）輳（còu）：比喻人煙稠密。輻，車輪轂中連接軸心和輪圈的直木條。輳，車輪的直木條集中於上，引申為聚集。

❷ 留鞹（kuò）異域：把命丟在異鄉。鞹，皮革，這裏指人皮。

有說自己的姓名。州佐向他說明來意。那個人說：「請你暫時留下住幾天，一定和你去拜見負責人。」說完就領他進去，叫他單獨住在一間屋子裏，按時給他送來食物。州佐閒着沒事，就去散步，走到屋後，看見有一處園亭，就進去遊覽一番。只見古老的蒼松遮天蔽日，嫩綠的小草好像鋪着的氈子。轉過幾道走廊台榭，又看見一座高大的亭閣，踏着台階走進去，看見牆上掛着幾張人皮，人皮上五官俱全，散發出陣陣薰人的腥臭味。州佐不禁毛骨悚然，趕緊退了出來，急步走回住處。心想自己的皮早晚也要被剝下來留在異鄉，已經沒有生還的希望了；接着又想到進退都是一死，也只好暫且聽之任之。

第二天，那個穿着漢服的人把他叫去，說：

「今日可見矣。」州佐唯唯。衣冠者乘怒馬甚駛，州佐步馳從之。俄，至一轅門，儼如制府衙署，皂衣人羅列左右①，規模凜肅。衣冠者下馬，導入。又一重門，見有王者，珠冠繡紱，南面坐。州佐趨上，伏謁。王者問：「汝湖南解官耶？」州佐諾。王者曰：「銀俱在此。是區區者，汝撫軍即慨然見贈，未為不可。」州佐泣訴：「限期已滿，歸必就刑，稟白何所申證？」王者曰：「此即不難。」遂付以巨函云：「以此復之，可保無

「今天可以見到負責人了。」州佐唯唯應命。那個人騎着一匹烈馬，跑得很快，州佐跑步跟在後邊。一會兒，來到一個轅門前，看樣子好像總督的官署，穿黑衣服的衙役排列在兩旁，顯得莊嚴肅穆。那個人跳下馬，領着州佐進去。又過了一道門，看見有個大王模樣的人，頭戴鑲有珍珠的帽子，身穿繡着圖案的官服，面朝南坐着。州佐趕忙走上去，跪在地上叩頭拜見。大王問：「你是湖南押送餉銀的差官嗎？」州佐應了一聲：「是。」大王說：「銀子都在這裏。這麼一點點數目，你們的巡撫就慷慨贈予我，也沒有甚麼不可以的。」州佐哭泣着說：「給我的限期已經滿了，回去必定要受刑，我向巡撫稟報銀子由您收着，有甚麼可以為自己申辯的憑證呢？」大王說：「這個不難。」就把一個很大的信封交給他說：「用

恙。」又遣力士送之。州佐慴息，不敢辨②，受函而返。山川道路，悉非來時所經。既出山，送者乃去。

數日，抵長沙，敬白撫公。公益妄之，怒不容辨，命左右飛索以縶。州佐解樸出函，公折視未竟，面如灰土。命釋其縛，但云：「銀亦細事，汝姑出。」於是急檄屬官，設法補解訖。

❶ 皂衣人：古代官差穿黑色衣服，故叫「皂衣人」。❷ 辨：通「辯」。

這個去回復，可以保你平安無事。」又派了武士護送他出去。州佐嚇得連大氣也不敢出，更不敢分辯，接過信封就往回走。只見沿途的山川道路，都不是來時所經過的。走出深山以後，護送的人就回去了。

州佐走了幾天，回到了長沙，就把自己的經歷原原本本地向巡撫稟報。巡撫越發認為他是在瞎編亂造，怒氣沖沖不容他分辯，下令衙役用繩索立即把他捆起來。州佐連忙解開包袱，拿出那個信封送上去。巡撫拆開信封，還沒有看完，臉色就變得像死灰一樣。急忙叫人給州佐解開繩子，嘴上只是說：「丟了餉銀也不過是小事，你先出去吧。」於是馬上發下公文通知手下的官員，叫他們設法把銀子補上完事。

數日，公疾，尋卒。先是，公與愛姬共寢，既醒，而姬髮盡失。闔署驚怪，莫測其由。蓋函中即其髮也。外有書云：「汝自起家守令，位極人臣。賕賂貪婪，不可悉數。前銀六十萬，業已驗收在庫。當自發貪囊，補充舊額。解官無罪，不得妄加譴責。前取姬髮，略示微警。如復不遵教令，旦晚取汝首領。姬髮附還，以作明信。」公卒後，家人始傳其書。後屬員遣人尋其處，則皆重巖絕壑，更無徑路矣。

過了幾天，巡撫得了病，沒多久就死了。原來在這之前，有一天，巡撫和他的愛妾一起睡覺，醒來時，愛妾的頭髮全部被人剪光了。整個衙署都感到很驚異，誰也猜不出這是甚麼原因。而州佐捎回的那信封裏裝的就是愛妾丟失的頭髮。此外，還有一封信，上面說：「你從縣令、太守，一直做到巡撫，成了朝廷的大臣。你受賄枉法，貪贓害理，罪惡數不勝數。前些天的六十萬兩銀子，已點清數目驗收入庫。你應該從腰包裏掏出貪贓得來的錢，補足六十萬兩的數額。押送餉銀的官是無罪的，不許橫加責罰。上次剪掉你愛妾的頭髮，不過是略微表示警告之意。如果再不遵從我的吩咐，早晚要砍掉你的腦袋。你愛妾的頭髮隨信奉還給你，以此作為證明。」巡撫死了以後，家人才把這封信的內容傳出來。後來，巡撫

異史氏曰：「紅線金合[1]，以儆貪婪，良亦快異。然桃源仙人[2]，不事劫掠；即劍客所集，烏得有城郭衙署哉？嗚呼！是何神歟？苟得其地，恐天下之赴訴者無已時矣。」

❶ 紅線金合：唐傳奇《紅線》故事，說俠女紅線是潞州節度使薛嵩的婢女，魏博節度使田承嗣要侵犯潞州，紅線夜入田的臥室，神奇地盜走他枕邊的金盒，以示警戒。❷ 桃源：陶潛《桃花源記》中所寫的理想世界。這裏指王者所居的深山城郭。

手下的官員派人去尋找那大王的住處，但看到的都是懸崖峭壁、萬丈深淵，再也沒有道路了。

異史氏說：「俠女紅線盜走田承嗣的金盒，藉以警告那種貪婪的人，也確實是一件大快人心的奇事。但是世外桃源的仙人，是不會做這類搶劫之事的；就算是劍客聚集的地方，又怎會有城池和官署呢？唉！這是甚麼神仙呢？假如能找到那麼一個地方，恐怕人世間到那裏去訴苦告狀的人將絡繹不絕，永無休止吧。」

一不是武林高手，二不是英雄豪傑，也沒有刀槍劍戟，只靠茅草針錐，就在含笑之間巧妙地殺掉了三個為非作歹的大兵。這是一個有膽有謀、智勇雙全的女英雄形象。篇幅雖短，卻響如霹靂，足以振聾發聵，它大膽而犀利地揭露了清王朝軍隊為害甚於盜賊的罪行，表現了當時階級矛盾的激化。在文字獄盛行的清朝，本篇的政治色彩無疑是非常強烈的，以至於乾隆年間的青柯亭刻本《聊齋志異》不敢收刻①。

凡大兵所至，其害甚於盜賊：蓋盜賊人猶得而仇之，兵則人所不敢仇也。其少異於盜者，特不敢輕於殺人耳。甲寅歲②，三藩作反③，南征之士，養馬兗郡，雞犬廬舍一空，婦女皆被淫污。時遭霪雨，田中瀦水為湖④，民無所匿，遂乘桴入高粱叢中。兵知之，裸體乘馬，入水搜淫，鮮有遺脫。

❶《聊齋志異》在清代康熙、雍正時期一直以抄本形式流傳，從乾隆時期起才有刻本；它最早的刻本就是青柯亭本。❷甲寅歲：康熙十三年，即1674年。❸三藩作反：清初，封明朝降將吳三桂、耿仲明、尚可喜為王，稱為三藩。1673年清廷決定撤藩，吳三桂等相繼反叛，史稱「三藩之亂」。❹瀦（zhū）：水積聚。

凡是大兵所到的地方，他們帶來的禍害比盜賊還要嚴重：因為對於盜賊，人們還可以抓住他來報仇，而對於大兵，人們卻是不敢和他們作對的。大兵稍微不同於盜賊的地方，只是不敢輕易殺人罷了。康熙十三年，吳三桂等三個藩王反叛，南征的士兵在山東兗州休兵養馬，當地的雞犬房舍都被他們洗劫一空，婦女都被姦污了。當時正遇到連綿陰雨，田地裏積水成湖。老百姓沒有藏身之所，就坐着木筏躲進高粱地裏。大兵知道後，就脱光衣服，騎着戰馬，到水裏搜索婦女，進行姦污，很少有漏掉或逃脱的。

惟張氏婦不伏，公然在家。有廚舍一所，夜與夫掘坎深數尺，積茅焉；覆以薄，加蓆其上，若可寢處。自炊竈下。有兵至，則出門應給之。二蒙古兵強與淫。婦曰：「此等事，豈可對人行者！」其一微笑，啁嗻而出①。婦與入室，指蓆使先登。薄折，兵陷。婦又另取蓆及薄覆其上，故立坎邊，以誘來者。少間，其一復入。聞坎中號，不知何處。婦以手笑招之曰：「在此處。」兵踏蓆，又陷。婦乃益投以薪，擲火其中。火大熾，屋焚。

只有張家的媳婦沒有躲藏，公然在家裏住着。她家有一間廚房，晚上，她和丈夫一起在裏面挖了一個幾尺深的大坑，坑裏堆放了一些茅草；坑口蓋上一張蘆葦簾，上面再加上一張蓆子，好像是可以睡覺的地方。張家媳婦就自己在廚房裏燒火做飯。有大兵來了，她就出來應付。一天，有兩個蒙古兵要強姦她。她說：「這種事，怎能在第三個人面前幹呢。」其中一個蒙古兵微微一笑，嘰哩呱啦地走了出去。張家媳婦和另一個進了廚房，指着蓆子叫他先上去。蘆葦簾踩折了，大兵就陷進深坑裏。張家媳婦又另外拿來一張蓆子和蘆葦簾把坑口蓋好，故意站在坑邊，引誘進來的大兵。一會兒，門外的那個大兵又進來了。他聽見坑內有號叫的聲音，卻不知在甚麼地方。張家媳婦笑着用手招呼他說：「在

婦乃呼救。火既熄，燔尸焦臭。人問之。婦曰：「兩豬恐害於兵，故納坎中耳。」

由此離村數里，於大道旁並無樹木處，攜女紅往坐烈日中。村去郡遠，兵來率乘馬，頃刻數至。笑語啁嗻❶，雖多不解，大約調弄之語。

❶ 啁（zhāo）嗻（zhè）：說話很多，而所說之話如同鳥鳴，無法理解（因當時的漢人聽不懂蒙古話）。啁，鳥鳴；嗻，多言。

這裏。」大兵踏上蓆子，又陷了進去。張家媳婦就往坑裏扔了更多的柴草，又點把火扔進去。頓時，大火熊熊燃燒，把廚房也燒着了。她就大聲喊人救火。火撲滅以後，從裏面散發出一股燒焦屍體的臭味。有人問她燒了甚麼，她說：「家裏有兩頭豬，恐怕被大兵宰了，所以藏在坑裏。」

從這天以後，張家媳婦來到離村子好幾里路的地方，在沒有樹木的大路旁邊，帶着針線活，坐在烈日下縫縫補補。村子離兗州城很遠，大兵來時大都騎着馬，頃刻之間就來了好幾個。這些大兵看着張家媳婦，笑嘻嘻的，嘴裏又嘰哩呱啦地說個不停，雖然大多聽不懂，但大概都是調戲她的話。

然去道不遠，無一物可以蔽身，輒去，數日無患。一日，一兵至，甚無恥，就烈日中欲淫婦。婦含笑不甚拒。隱以針刺其馬，馬輒噴嘶，兵遂縶馬股際，然後擁婦。婦出巨錐猛刺馬項，馬負痛奔駭。韁縶股不得脱，曳馳數十里，同伍始代捉之。首軀不知處，韁上一股，儼然在焉。

異史氏曰：「巧計六出①，不失身於悍兵。賢哉婦乎，慧而能貞！」

可是，這裏離大路不遠，又沒有一點可以遮蔽身子的東西，他們調戲一會兒也就走了，好幾天也沒有遭到甚麼禍患。一天，來了一個大兵，非常無恥，竟然要在烈日之下姦污她。張家媳婦微微含笑，也不大抗拒。偷偷地用針去刺那大兵的馬，馬就噴着鼻子嘶叫起來。大兵怕馬跑了，就把馬韁繩拴到自己的大腿上，然後就去摟抱她。她便拿出一把大錐子，猛力刺進馬脖子上，馬疼痛難忍，驚慌地狂奔起來。韁繩拴在大兵的腿上，大兵掙脱不掉，被馬拖着跑了幾十里路，他的同夥才把馬捉住。大兵的腦袋和身子已經不知碎在甚麼地方了，韁繩上的一條大腿，還血肉模糊地拴在那裏。

異史氏說：「多次施展巧計，沒有失身於蠻

橫的大兵。德才兼備的張家媳婦，既聰明又能守住貞節！」

❶ 巧計六出：漢陳平輔佐漢高祖劉邦，曾六出奇計，建立卓著的功勳。

石清虛

石癡邢雲飛，對奇石有執着的愛。然而，他得到了一塊奇異的石頭，卻因此招來無窮的禍患。小偷穿窬，勢豪搶掠，貪官逼勒，邢雲飛也差點身喪囹圄。在那個黑暗的世界裏，官府甚至比盜賊更卑鄙險毒。那石頭是有靈的：勢豪搶掠，它墮於河中，隱而不見；尚書以卑劣手段得之，它那生雲如絮的靈異頓失；貪官「欲得之，命寄諸庫」，它墮地而碎。這奇石不正是邢雲飛的象徵嗎？邢雲飛那倔強的性格，正是通過石頭三番五次的得失而展現出來的。人們不僅為石頭的遭遇而歎息，而且更為主人公的命運而扼腕。表面是在寫石，實際是在寫人。這一明一暗兩條線索互相交織，和諧而嚴謹。五次起落，錯落有致，扣人心弦。篇末官府審墓盜的一筆，是萬丈狂濤之後的餘波，顯得含蓄而意味深長。

邢雲飛，順天人。好石，見佳石，不惜重直。偶漁於河，有物掛綱，沉而取之，則石徑尺，四面玲瓏，峯巒疊秀。喜極，如獲異珍。既歸，雕紫檀為座，供諸案頭。每值天欲雨，則孔孔生雲，遙望如塞新絮。有勢豪某，踵門求觀。既見，舉付健僕，策馬徑去。邢無奈，頓足悲憤而已。僕負石至河濱，息肩橋上，忽失手，墮諸河。豪怒，鞭僕。即出金，僱善泅者，百計冥搜，竟不可見。乃懸金署約而去①。由是尋石者日盈於河，

邢雲飛是順天府人。他喜歡石頭，只要看見好石頭，就不惜高價把它買回來。一天，他偶然在河裏打漁，覺得有個東西把網掛住，就潛入水底把它摸上來，原來是塊直徑一尺左右的石頭，四面玲瓏剔透，峯巒層疊，峻拔挺秀。邢雲飛高興極了，就像得到了奇珍異寶。回家以後，用紫檀木雕了一個底座，把石頭供放在桌子上。每逢天要下雨的時候，石頭上的每個小孔就冒出雲霧，遠遠望去，好像每個孔都塞着雪白的棉花。當地有一個惡霸聽到消息，親自登門要求觀看石頭。看過以後，竟把石頭拿起來交給跟來的身強力壯的僕人，翻身上馬，揮動馬鞭，揚長而去。邢雲飛無可奈何，只有捶胸頓足，滿腔悲憤而已。那個僕人背着石頭來到河邊，在橋上休息了一下，一不小心，石頭失手掉進河裏。惡霸十

迄無獲者。後邢至落石處，臨流於邑，但見河水清澈，則石固在水中。邢大喜，解衣入水，抱之而出。攜歸，不敢設諸廳所，潔治內室供之。

一日，有老叟款門而請。邢託言石失已久。叟笑曰：「客舍非耶？」

❶ 懸金署約：懸金，懸賞；署約，寫下約定，這裏指出招貼，寫明條件。

分惱怒，用鞭子把僕人狠狠打了一頓。又立即拿出錢來，僱一些善於游泳的人下河尋找，千方百計打撈，幾乎把河底摸遍了，可就是不見石頭的蹤影。於是貼上一個懸賞打撈的招貼，然後才離開。從此，河裏每天都擠滿了尋找石頭的人，但始終沒有找到。後來，邢雲飛來到石頭落水的地方，對着流水傷心痛哭，忽見河水清澈見底，那塊石頭就在水裏。邢雲飛喜出望外，急忙脱去衣服跳進水裏，把石頭抱了上來。帶回家以後，再不敢擺在廳堂上，就把內室打掃得乾乾淨淨，然後把石頭供放在那裏。

一天，忽然有個老人來敲門，請求看看石頭。邢雲飛推説石頭已經丢失很久了。老人笑着説：「擺在客廳裏的不是嗎？」

邢便請入舍，以實其無。及入，則石果陳几上。愕不能言。叟撫石曰：「此吾家故物，失去已久，今固在此耶。既見之，請即賜還。」邢窘甚，遂與爭作石主。叟笑曰：「既汝家物，有何驗證？」邢不能答。叟曰：「僕則故識之。前後九十二竅，巨孔中五字云：『清虛天石供①。』」邢審視，孔中果有小字，細如粟米，竭目力裁可辨認②；又數其竅，果如所言。邢無以對，但執不與。叟笑曰：「誰家物，而憑君作主耶！」拱手而出。

邢雲飛就請他進客廳，以證實自己說的不假。誰知進了客廳，石頭果然擺在桌子上。邢雲飛驚愕得一時說不出話來。老人輕輕撫摩着石頭說：「這是我家的舊物，失去已經很久了，現在才知道它原來在你這裏啊。既然我已經看見了，就請你把它歸還給我吧。」邢雲飛很窘迫，就和老人爭辯起來，說自己是石頭的主人。老人笑着說：「既然說是你家的東西，有甚麼憑證呢？」邢雲飛答不上來。老人說：「我卻早已知道。它前後共有九十二個小孔，其中一個大孔裏有五個字：『清虛天石供。』」邢雲飛仔細一看，孔裏果然有五個小字，像小米粒那麼細微，用盡眼力去看才能辨認出來；又數數小孔，數目果然和老人所說的一樣。這下邢雲飛無話可說了，但還是執意不肯還給老人。老人笑笑說：「誰家的東西可以任憑你

邢送至門外；既還，已失石所在。邢急追叟，則叟緩步未遠。奔牽其袂而哀之。叟曰：「奇哉！徑尺之石，豈可以手握袂藏者耶？」邢知其神，強曳之歸，長跽請之。叟乃曰：「石果君家者耶、僕家者耶？」答曰：「誠屬君家，但求割愛耳。」叟曰：「既然，石固在是。」入室，則石已在故處。叟曰：「天下之寶，當與愛惜之人。此石能自擇主，僕亦喜之。」

❶ 清虛天石供：清虛天所玩賞的石頭。清虛天，即清虛洞天，道教傳說中的仙境。供，陳設、玩賞的物品。 ❷ 裁：通「才」。

做主呀！」說完，拱一拱手就走了。邢雲飛把老人送到門外；轉身回來，石頭已經不見了。急忙出去追趕，看見老人緩步而行，還沒走出多遠。邢雲飛連忙飛跑上前，拉着老人的衣袖哀求他。老人說：「這就奇怪了！直徑一尺左右的石頭，怎能捏在手心裏或藏在衣袖裏呢？」邢雲飛知道老人是個神人，就硬把他拉回家。長跪在地上請求他賜給石頭。老人就問他：「石頭真是你家的呢，還是我家的呢？」邢雲飛回答說：「確實是您老人家的，只是求您割愛罷了。」老人說：「既然這樣，石頭還是在原來的地方。」邢雲飛走進內室，看見石頭已經擺在原處了。老人說：「天下的寶物，應該給那真正愛惜它的人。這塊石頭能夠自己選擇主人，我也很高興。

然彼急於自見，其出也早，則魔劫未除。實將攜去，待三年後，始以奉贈。既欲留之，當減三年壽數，乃可與君相終始。君願之乎？」曰：「願。」叟乃以兩指捏一竅，竅軟如泥，隨手而閉。閉三竅，已，曰：「石上竅數，即君壽也。」作別欲去。邢苦留之，辭甚堅；問其姓字，亦不言，遂去。

積年餘，邢以故他出，夜有賊入室，諸無所失，惟竊石而去。邢歸，悼喪欲死。訪察購求，全無蹤

但是它急於自己呈現出來，出來得太早，命中注定的劫難尚未消除。我原想把它帶走，等三年以後，才奉送給你。既然你要把它留下，就得減你三年壽命，才能夠和你始終相伴。你願意嗎？」邢雲飛說：「願意。」老人就用兩個指頭捏合一個小孔，小孔竟軟如泥土，隨手就捏合了。一連捏合了三個小孔，捏完以後，對邢雲飛說：「石頭上小孔的數目，就是你的壽數。」說完就要告別。邢雲飛苦苦挽留，老人還是堅決告辭；問他的姓名，也不肯說，就走了。

過了一年多，邢雲飛因為有事到外地去了，夜裏有個小偷竄進內室，別的東西都沒要，只把那塊石頭偷走了。邢雲飛回來後，發現石頭丟失了，悲傷欲死。他到處察訪，想用錢把它贖回

跡。積有數年，偶入報國寺，見賣石者，則故物也，將便認取。賣者不服，因負石至官。官問：「何所質驗？」賣石者能言竅數。邢問其他，則茫然矣。邢乃言竅中五字及三指痕，理遂得伸。官欲杖責賣石者，賣石者自言以二十金買諸市，遂釋之。邢得石歸，裹以錦，藏櫝中，時出一賞，先焚異香而後出之。有尚書某，購以百金。

來，可是蹤影全無。過了好幾年，他偶然來到報國寺，看見一個人在賣石頭，原來就是自己丟失的那塊。邢雲飛上前就說這石頭是被盜走的，應該歸還自己。賣石的不服氣，於是背着石頭同去見官。當官的問：「你們各有甚麼憑證說明石頭是自己的？」賣石人就說出小孔的數目。邢雲飛問他還有甚麼標記，賣石人就茫然不知了。邢雲飛於是說了孔裏有五個小字和三處手指捏合的痕跡。這樣，官司就打贏了。當官的要用棍子責打賣石人，賣石人說是自己花了二十兩銀子在市集上買的，這才放了他。邢雲飛得到石頭，回到家裏，就用絲綢把它包起來，珍藏在匣子裏，常拿出來玩賞一番，玩賞時先點上一炷異香，然後再拿出來。有一個尚書，想用一百兩銀子來買這塊石頭。

邢曰：「雖萬金不易也。」尚書怒，陰以他事中傷之。邢被收，典質田產。尚書託他人風示其子。子告邢，邢願以死殉石。妻竊與子謀，獻石尚書家。邢出獄始知，罵妻毆子，屢欲自經，家人覺救，得不死。夜夢一丈夫來，自言：「石清虛。」戒邢勿戚：「特與君年餘別耳。明年八月二十日，昧爽時，可詣海岱門①，以兩貫相贖。」邢得夢，喜，謹誌其日。其石在尚書家，更無出雲之異，久亦不甚貴重之。明年，尚書以罪削職，尋死。

邢雲飛說：「別說一百兩，就是一萬兩銀子也不賣。」尚書惱火了，暗地裏捏造罪名來陷害他。邢雲飛被抓進了監獄，家裏就典賣田產來營救他。尚書託人把想要石頭的意思透露給邢雲飛的兒子。他兒子把這件事告訴邢雲飛，邢雲飛表示寧願為石頭而死，也不把它獻給尚書。他妻子私下和兒子商量，就把石頭獻到尚書家。邢雲飛出獄後才知道這件事，他又罵妻子，又打兒子，幾次要上吊自盡，都被家人發覺搶救才沒有死。一天夜裏，邢雲飛夢見一個男子來到跟前，自稱是「石清虛」。他勸邢雲飛不要憂傷，說：「我只不過是和你暫時分別一年多罷了。明年八月二十日黎明時分，你可以到海岱門，花兩貫錢把我贖回來。」邢雲飛做了這個夢，心裏很高興，就小心地記下這個日子。卻說那塊石頭在尚書家裏，

邢如期至海岱門，則其家人竊石出售，因以兩貫市歸。

後邢至八十九歲，自治葬具；又囑子，必以石殉。及卒，子遵遺教，瘞石墓中。半年許，賊發墓，劫石去。子知之，莫可追詰。越二三日，同僕在道，忽見兩人，奔蹟汗流②，望空投拜，曰：「邢先生，勿相逼！我二人將石去，不過賣四兩銀耳。」

❶ 海岱門：北京崇文門的別稱，當時買賣來歷不明的舊貨的夜市，就設在崇文門外。 ❷ 奔蹟（zhì）：邊跑邊跌跤。

再也沒有生雲的靈異景象，久而久之，也就不怎麼珍重它了。第二年，尚書因犯了罪被罷官，不久就死了。邢雲飛在八月二十日黎明時到了海岱門，果然尚書家裏的奴僕把石頭偷出來在賣，就用兩貫錢買了回來。

當邢雲飛活到八十九歲那年，就自己準備好喪葬用具；又囑咐兒子，等他死後一定要用石頭陪葬。邢雲飛去世後，他兒子遵照他的遺囑，把石頭埋在墳墓裏。大約過了半年，有小偷挖開他的墳墓，把石頭偷走了。他兒子知道後，也沒有辦法去追查。過了兩三天，他兒子和僕人走在路上，忽然看見兩個人，跑得跌跌撞撞，汗流浹背，望着天空，倒身下拜說：「邢先生，不要追逼我們了！我們倆偷走石頭，不過賣了四兩銀子罷了。」

遂縶送到官，一訊即伏。問石，則鬻宮氏。取石至，官愛玩，欲得之，命寄諸庫。吏舉石，石忽墮地，碎為數十餘片。皆失色。官乃重械兩盜論死。邢子拾碎石出，仍瘞墓中。

異史氏曰：「物之尤者禍之府①。至欲以身殉石，亦癡甚矣！而卒之石與人相終始，誰謂石無情哉？古語云：『士為知己者死。』非過也！石猶如此，何況於人！」

❶ 物之尤者禍之府：最出色的東西常常是禍患的根源。府，聚集的地方。

於是，邢雲飛的兒子就把這兩個人捆起來送到官府，一審問他們就全部招認了。追問他們石頭在哪裏，回答說已經賣給一個姓宮的了。等到把石頭取來以後，那縣官很喜愛，拿在手裏玩賞着，想據為己有，就命令把它寄存於官庫。差吏捧起石頭，石頭忽然掉在地上，碎成好幾十塊。眾人大驚失色。縣官於是把兩個小偷狠狠打了一頓，並判處死刑。邢雲飛的兒子拾起碎石塊，走出衙門，仍舊把它埋在墳墓裏。

異史氏說：「好得出奇的東西，也就是禍患的策源地。至於想用性命去殉葬石頭，也實在太癡心了！但那石頭終究和他相始終，誰說石頭沒有感情呢？古語說：『士為知己者死。』說得不算過分。石頭尚且如此，何況是人呢！」